NO SEU PESCOÇO

CHIMAMANDA NGOZI ADICHIE

No seu pescoço

Tradução
Julia Romeu

19ª reimpressão

COMPANHIA DAS LETRAS

Copyright © 2009 by Chimamanda Ngozi Adichie
Todos os direitos reservados.

Grafia atualizada segundo o Acordo Ortográfico da Língua Portuguesa de 1990, que entrou em vigor no Brasil em 2009.

Título original
The Thing Around Your Neck

Capa e ilustração
Claudia Espínola de Carvalho

Preparação
Ana Lima Cecilio

Revisão
Adriana Moreira Pedro
Angela das Neves

Dados Internacionais de Catalogação na Publicação (CIP)
(Câmara Brasileira do Livro, SP, Brasil)

Adichie, Chimamanda Ngozi
 No seu pescoço / Chimamanda Ngozi Adichie ; tradução Julia Romeu. — 1ª ed. — São Paulo : Companhia das Letras, 2017.

 Título original: The Thing Around Your Neck.
 ISBN 978-85-359-2945-4

 1. Ficção nigeriana em inglês I. Título.

17-05254 CDD-823.92

Índice para catálogo sistemático:
1. Ficção: Literatura nigeriana em inglês 823.92

Todos os direitos desta edição reservados à
EDITORA SCHWARCZ S.A.
Rua Bandeira Paulista, 702, cj. 32
04532-002 — São Paulo — SP
Telefone: (11) 3707-3500
www.companhiadasletras.com.br
www.blogdacompanhia.com.br
facebook.com/companhiadasletras
instagram.com/companhiadasletras
twitter.com/cialetras

Para Ivara

Sumário

A cela um, 9
Réplica, 29
Uma experiência privada, 50
Fantasmas, 64
Na segunda-feira da semana passada, 83
Jumping Monkey Hill, 105
No seu pescoço, 125
A embaixada americana, 139
O tremor, 154
Os casamenteiros, 180
Amanhã é tarde demais, 201
A historiadora obstinada, 212

A cela um

Na primeira vez em que nossa casa foi roubada, foi nosso vizinho Osita que entrou pela janela da sala de jantar e levou a televisão, o videocassete e as fitas de *Purple Rain* e *Thriller*, que meu pai tinha trazido dos Estados Unidos. Na segunda vez em que nossa casa foi roubada, foi meu irmão Nnamabia que forjou um arrombamento e roubou as joias da minha mãe. Era um domingo. Meus pais tinham ido para nossa cidade natal, Mbaise, visitar nossos avós, por isso eu e Nnamabia fomos à igreja sozinhos. Ele dirigiu o Peugeot 504 verde da minha mãe. Sentamos juntos na igreja, como sempre, mas não ficamos nos cutucando e sufocando risadas por causa do chapéu feio ou do cafetã surrado de alguém, pois Nnamabia foi embora sem dizer uma palavra depois de uns dez minutos. Ele voltou um pouco antes de o padre dizer: "A missa acabou. Vão em paz". Eu fiquei um pouco chateada. Imaginei que tivesse saído para fumar e encontrar alguma menina, já que finalmente tinha o carro só para ele, mas podia pelo menos ter dito aonde ia. Voltamos para casa em silêncio e, enquanto meu irmão estacionava o carro no longo caminho que ia do nosso portão à garagem, parei no jardim para colher algumas flores do pé de ixora até que ele destrancasse a porta da frente. Quando entrei, encontrei-o parado no meio da sala de estar.

"Fomos roubados!", ele disse em inglês.

Levou um instante até que eu compreendesse, para que absorvesse a bagunça do cômodo. Mesmo depois, senti que havia qualquer coisa de teatral no modo como as gavetas estavam escancaradas, como se tivessem sido deixadas daquela maneira por alguém que queria impressionar quem as encontrassem. Ou talvez fosse simplesmente o fato de eu conhecer meu irmão tão bem. Mais tarde, quando meus pais voltaram e os vizinhos vieram todos para dizer *ndo*, estalar os dedos e dar de ombros, fiquei sozinha no meu quarto e entendi o que era aquele enjoo na boca do estômago: Nnamabia tinha feito aquilo, eu sabia. Meu pai também sabia. Ele comentou que a veneziana tinha sido aberta por dentro, não por fora (Nnamabia era bastante esperto para não cometer esse erro; talvez estivesse com pressa de voltar para a igreja antes de a missa acabar), e que o ladrão sabia exatamente onde ficavam as joias da minha mãe — no canto esquerdo de seu baú de metal. Nnamabia encarou meu pai com um sofridíssimo olhar dramático e disse: "Sei que já causei uma dor terrível a vocês dois antes, mas jamais violaria sua confiança desse jeito". Ele falou em inglês, usando palavras desnecessárias como "dor terrível" e "violaria", exatamente como fazia sempre que estava se defendendo. Então, saiu pela porta dos fundos e não voltou para casa naquela noite. Nem na seguinte. Nem na que veio depois. Voltou duas semanas mais tarde, magro, cheirando a cerveja, chorando, dizendo que sentia muito e que tinha penhorado as joias com os comerciantes hausa de Enugu e gastado todo o dinheiro.

"Quanto eles deram pelo meu ouro?", perguntou minha mãe. E quando Nnamabia contou, ela colocou as mãos na cabeça e exclamou: "Oh! Oh! *Chi m egbuo m!* Meu Deus me matou!". Parecia que ela achava que meu irmão tivesse que pelo menos conseguir um bom preço pelas joias. Eu quis bater nela. Meu pai pediu que Nnamabia escrevesse um relatório contando como as tinha roubado, em que tinha gastado o dinheiro, com quem tinha gastado. Eu não achei que Nnamabia fosse contar a verdade, e creio que meu pai também não, mas ele gostava de relatórios, meu pai, o professor; gostava que as coisas fossem bem escritas e documentadas de maneira organizada. Além do mais, Nnamabia tinha dezessete anos e uma barba aparada com cuidado. Estava naquele hiato entre o ensino médio e a universidade, velho demais para levar uma surra. O que mais meu pai podia ter feito? Depois que Nnamabia escreveu o relatório, meu pai o arquivou na gaveta de aço do escritório, onde guardava nossos trabalhos escolares.

"Como ele pôde magoar a mãe desse jeito?", murmurou meu pai. Foi a última coisa que disse sobre o assunto.

Mas Nnamabia, na verdade, nunca quis magoá-la. Ele fez aquilo porque as joias da minha mãe eram os únicos objetos de valor da casa: toda uma vida reunindo uma coleção de peças de ouro maciço. Também fez aquilo porque outros filhos de professores estavam fazendo. Era a temporada de furtos no nosso sereno campus em Nsukka. Meninos que tinham passado a infância assistindo à *Vila Sésamo*, lendo Enid Blyton, comendo cereal no café da manhã e frequentando a escola primária reservada aos filhos dos professores da universidade com suas sandálias marrons brilhantes agora cortavam as telas contra mosquito dos vizinhos, deslizavam as venezianas de vidro e pulavam pelas janelas para roubar televisões e videocassetes. Nós conhecíamos os ladrões. O campus de Nsukka era um lugar tão pequeno — com ruas arborizadas e casas dispostas lado a lado, separadas apenas por cercas baixas — que era impossível não saber quem estava roubando. Mesmo assim, quando os pais professores se encontravam no clube reservado aos docentes, na igreja ou nas reuniões da universidade, continuavam a lamentar o fato de que a ralé da cidade estava entrando em seu campus sagrado para roubar.

Os meninos que roubavam eram os mais populares. Eles dirigiam os carros dos pais à noite, com os bancos inclinados para trás e os braços esticados para alcançar o volante. Osita, o vizinho que roubara nossa televisão poucas semanas antes do incidente com Nnamabia, era ágil, tinha uma espécie de beleza prestes a aflorar e andava com a elegância de um gato. Suas camisas estavam sempre bem engomadas; eu costumava olhar por cima da cerca, vê-lo e fechar os olhos imaginando que ele estava caminhando na minha direção, vindo declarar que eu lhe pertencia. Ele nunca me notou. Quando nos roubou, meus pais não foram até a casa do professor Ebube para dizer a ele que pedisse ao filho para devolver nossas coisas. Disseram publicamente que tinha sido a ralé da cidade. Mas sabiam que tinha sido Osita. Osita era dois anos mais velho que Nnamabia; a maioria dos meninos que roubavam era um pouco mais velha que meu irmão, e talvez por isso ele não tenha roubado a casa de outra pessoa. Talvez não se sentisse velho o suficiente, experiente o suficiente, para nada maior do que as joias da minha mãe.

Nnamabia era igualzinho à minha mãe, com a pele clara cor de mel, olhos grandes e uma boca generosa que se curvava perfeitamente. Quando minha mãe nos levava ao mercado, os feirantes gritavam: "Ei! Senhora, por que desperdiçou sua pele clara num menino e deixou a menina tão escura? O que um menino está fazendo com tanta beleza?". E minha mãe ria, como se assumisse uma alegre e travessa responsabilidade pela beleza de Nnamabia. Quando, aos onze anos, Nnamabia quebrou a janela da sala de aula com uma pedra, minha mãe deu a ele o dinheiro para pagar pelo conserto e não contou para o meu pai. Quando ele perdeu alguns livros da biblioteca no segundo ano, ela disse à professora que eles tinham sido roubados pelo menino que trabalhava lá em casa. Quando, no terceiro ano, Nnamabia, apesar de sair cedo todos os dias para ir ao catecismo, não pôde receber a primeira comunhão, pois depois se descobriu que ele não tinha ido nem uma vez, ela disse aos outros pais que ele teve malária no dia da prova. Quando Nnamabia pegou a chave do carro do meu pai e fez um molde num pedaço de sabão que meu pai encontrou antes que ele pudesse levar a um chaveiro, ela disse vagamente que aquilo era coisa da juventude e não significava nada. Quando Nnamabia roubou do escritório as questões da prova e vendeu para os alunos do meu pai, minha mãe gritou com ele, mas depois disse ao meu pai que Nnamabia afinal de contas já tinha dezesseis anos, e devia receber uma mesada maior.

Não sei se Nnamabia sentiu remorso por roubar as joias dela. Nem sempre eu conseguia saber o que realmente seu rosto encantador e sorridente dizia. E nós não conversamos sobre isso. Apesar de as irmãs da minha mãe terem lhe mandado seus brincos de ouro, apesar de ela ter comprado um conjunto de brincos e pingente da sra. Mozie, a mulher glamorosa que importava ouro da Itália, e de ter começado a ir à sua casa de carro uma vez por mês para pagar as prestações, nós, depois daquele dia, nunca mais falamos sobre o fato de que Nnamabia roubara suas joias. Era como se fingir que Nnamabia não tinha feito o que fizera fosse lhe dar a oportunidade de começar do zero. Talvez o roubo jamais voltasse a ser mencionado se, três anos depois, quando estava no terceiro ano da faculdade, Nnamabia não tivesse sido preso e trancado numa cela na delegacia.

Era a época dos cultos no nosso sereno campus em Nsukka. A época em que surgiram cartazes por toda a universidade que diziam, em letras grandes: "DIGA NÃO AOS CULTOS". Os mais conhecidos eram o Black Axe, os Buccaneers e os Pirates. Podiam ter começado como fraternidades inofensivas, mas tinham evoluído e agora eram chamados de "cultos"; jovens de dezoito anos que haviam aprendido a imitar com perfeição as bravatas vistas nos vídeos de rap americanos passavam por cerimônias de iniciação secretas e estranhas que às vezes deixavam um ou dois cadáveres na colina Odim. Armas, lealdades forçadas e machados agora eram comuns. Guerras entre os cultos agora eram comuns: um menino dizia uma gracinha para uma menina que, por acaso, era a namorada de um chefão do Black Axe, e mais tarde aquele menino, ao andar até um quiosque para comprar um cigarro, levava uma facada na coxa. Mas ele, por acaso, era membro dos Buccaneers, de modo que os outros rapazes do culto iam a um bar e atiravam no primeiro membro do Black Axe que viam, e então no dia seguinte um Buccaneer era morto a tiros no refeitório, com o cadáver caindo sobre as tigelas de sopa de alumínio, e naquela tarde um Black Axe era estraçalhado em seu quarto num alojamento masculino, deixando seu CD player todo manchado de sangue. Era insano. Isso era tão anormal que logo se tornou normal. As meninas não saíam dos alojamentos depois das aulas, os professores tremiam, e bastava que uma mosca zumbisse alto demais para que todos sentissem medo. Por isso, a polícia foi chamada. Eles passavam a toda pelo campus em seu Peugeot 505 azul, uma lata-velha, com armas enferrujadas saindo pelas janelas, olhando feio para os estudantes. Nnamabia chegava em casa das aulas rindo. Ele achava que a polícia ia ter que se esforçar mais; todo mundo sabia que os meninos dos cultos tinham armas mais modernas.

    Meus pais observavam o rosto sorridente de Nnamabia com uma preocupação silenciosa e eu soube que eles também se perguntavam se ele pertencia a um culto. Eu, às vezes, achava que sim. Todo mundo admirava os membros dos cultos e todo mundo admirava Nnamabia. Os meninos gritavam seu apelido — The Funk! — e apertavam sua mão por onde quer que ele passasse, e as meninas, principalmente as famosas Big Chicks, lhe davam um abraço longo demais sempre que ele as cumprimentava. Ele ia a todas as festas, tanto às mais tranquilas no campus como às mais loucas na cidade, e era um conquistador que ao mesmo tempo tinha muitos amigos homens, do tipo que fumava um maço de Rothmans por dia e cultivava a fama de conseguir beber uma dúzia de latas de cerveja Star numa noite. Às vezes, eu achava que Nnamabia não pertencia a um culto justamente *por ser* tão popular, pois me parecia mais seu estilo ficar amigo dos meninos de todos os cultos e não ser inimigo de ninguém. Além do mais, eu não tinha nenhuma certeza de que meu irmão tinha a característica necessária — fosse coragem ou insegurança — para ser membro de um culto. Na única ocasião em que lhe perguntei se fazia parte de um deles, ele me olhou com surpresa, com aqueles cílios longos e espessos, como se eu já devesse saber a resposta, e disse: "É claro que não". Eu acreditei. Meu pai também acreditou. Mas a nossa fé nele não fez muita diferença, pois Nnamabia já tinha sido preso e acusado de ser um membro. Ele me disse esse "É claro que não" em nossa primeira visita à delegacia onde estava preso.

Foi assim que aconteceu. Numa segunda-feira úmida, quatro membros de um culto se postaram no portão do campus e armaram uma emboscada para uma professora que dirigia uma Mercedes vermelha. Puseram uma arma na cabeça dela, empurraram-na para fora do carro e dirigiram até a Faculdade de Engenharia, onde atiraram em três meninos que estavam saindo das salas de aula. Era meio-dia. Eu estava numa aula ali perto e, quando ouvimos os barulhos agudos dos tiros, nosso professor foi o primeiro a sair correndo da sala. Algumas pessoas berraram e, de repente, as escadas ficaram entupidas de estudantes desesperados, sem saber em que direção correr. Lá fora, havia três cadáveres sobre a grama. A Mercedes vermelha sumiu cantando pneu. Muitos estudantes enfiaram depressa as coisas nas mochilas e os motoristas das *okadas* cobraram o dobro do preço normal para levá-los ao estacionamento. O reitor anunciou que todas as aulas noturnas estavam canceladas e não seria permitido circular pelo campus após as nove da noite. Isso não fez muito sentido para mim, já que as mortes tinham acontecido em plena luz do dia, e talvez não tenha feito sentido para Nnamabia também, porque, no primeiro dia do toque de recolher, ele não foi para casa às nove e passou a noite na rua. Eu presumi que tinha dormido na casa de um amigo; nem sempre passava a noite em casa, de qualquer maneira. Na manhã seguinte, um segurança veio dizer a meus pais que Nnamabia tinha sido preso num bar com alguns dos meninos do culto e levado numa viatura. "*Ekwuzikwana!* Não diga isso!", gritou minha mãe. Meu pai agradeceu calmamente e nos levou de carro à delegacia da cidade. Lá, um policial mastigando uma caneta suja disse: "Está falando daqueles meninos do culto que prenderam ontem? Foram levados para Enugu. É um caso muito sério! Precisamos acabar com esse problema dos cultos de uma vez por todas!".

Nós voltamos para o carro, tomados por um medo inédito. Era possível lidar com aquela situação em Nsukka — nosso campus sossegado e isolado, na nossa cidade ainda mais sossegada e isolada; ali, meu pai conhecia o superintendente de polícia. Mas Enugu era um lugar anônimo, a capital do estado, onde ficavam a Divisão de Infantaria Mecanizada do Exército da Nigéria, o quartel-general da polícia e os guardas nos cruzamentos cheios de carros. Era o lugar onde a polícia podia fazer o que todos sabiam que fazia quando estava sob pressão para apresentar resultados: matar pessoas.

* * *

A estação de polícia de Enugu ficava numa enorme propriedade murada cheia de prédios; havia uma pilha de carros enferrujados e empoeirados ao lado do portão, perto da placa que dizia "SALA DO COMISSÁRIO DE POLÍCIA". Meu pai dirigiu até a casa retangular do outro lado do terreno. Minha mãe subornou os dois policiais da recepção com dinheiro, arroz *jollof* e carne, tudo amarrado numa sacola de plástico preta, e eles permitiram que Nnamabia saísse da cela para se sentar conosco num banco debaixo de um pé de musizi. Ninguém perguntou por que ele tinha ficado na rua aquela noite, apesar de saber que havia um toque de recolher. Ninguém disse que os policiais estavam errados por entrar em um bar e prender todos os meninos que estavam bebendo lá, além do barman. Em vez disso, ficamos ouvindo enquanto Nnamabia falava. Ele ficou sentado no banco de madeira com uma perna de cada lado e a quentinha de arroz e frango à sua frente, os olhos brilhando de expectativa: um artista prestes a fazer sua performance.

"Se a Nigéria funcionasse como essa cela", disse, "o país não teria nenhum problema. As coisas são tão organizadas! Nossa cela tem um chefe chamado general Abacha e ele tem um vice. Quando você chega, tem que dar algum dinheiro para eles. Se não der, vai ter problemas."

"E você tinha algum dinheiro?", perguntou minha mãe.

Nnamabia sorriu; seu rosto estava ainda mais bonito, com uma mordida de mosquito na testa que parecia uma espinha, e ele disse, em igbo, que tinha enfiado o dinheiro no ânus assim que foi preso no bar. Sabia que os policiais iam lhe tomar as notas se ele não as escondesse e sabia que ia ter que pagar por proteção na cela. Ele mordeu uma coxa de frango frita e mudou para inglês. "O general Abacha ficou impressionado com a maneira como eu escondi meu dinheiro. Eu sou respeitoso com ele. Vivo lhe fazendo elogios. Quando os homens mandaram todos os novatos segurar as orelhas e pular que nem sapos enquanto eles cantavam, ele me deixou parar depois de dez minutos. Os outros tiveram que pular durante quase meia hora."

Minha mãe abraçou o próprio corpo, como se estivesse com frio. Meu pai não disse nada e ficou observando Nnamabia com cuidado. E eu imaginei meu irmão, aquele rapaz *respeitoso*, enrolando notas de cem nairas em tubinhos finos como cigarros e enfiando a mão nos fundos das calças para realizar a dolorosa operação de deslizá-las para dentro de seu corpo.

Mais tarde, quando estávamos voltando para Nsukka, meu pai disse: "É isso que eu devia ter feito quando ele arrombou a casa. Eu devia tê-lo trancado numa cela".

Minha mãe ficou olhando pela janela, sem dizer nada.

"Por quê?", eu perguntei.

"Porque isso o abalou de uma vez por todas. Você não percebeu?", perguntou meu pai com um leve sorriso. Eu não percebi. Não naquele dia. Nnamabia me pareceu normal, mesmo com toda aquela história de enfiar o dinheiro no ânus.

O primeiro choque de Nnamabia foi ver um Buccaneer chorando aos soluços. O garoto era alto e durão, havia boatos de que era responsável por uma das mortes e que estava na fila para se tornar chefão no próximo semestre, e, no entanto, ali estava ele na cela, encolhido, aos soluços, depois de o chefe lhe dar um soco por trás da cabeça. Nnamabia me contou isso quando o visitamos no dia seguinte, num tom que misturava asco e decepção; era como se subitamente tivesse se dado conta de que o Incrível Hulk era só um homem pintado de verde. O segundo choque, alguns dias depois, foi a Cela Um, ao lado da sua. Dois policiais tinham saído da Cela Um carregando um homem morto todo inchado, parando diante da de Nnamabia para se certificarem de que o cadáver estava sendo visto por todos.

Até o chefe da cela dele parecia temer a Cela Um. Quando Nnamabia e seus companheiros de cela — apenas aqueles que tinham dinheiro para comprar a água que vinha em baldes de plástico já usados para misturar tinta — iam tomar banho no pátio aberto, os policiais que vigiavam muitas vezes gritavam: "Pare com isso ou você vai para a Cela Um agora!". Nnamabia tinha pesadelos com a Cela Um. Não conseguia imaginar um lugar pior que a sua, tão lotada que ele muitas vezes ficava de pé, pressionado contra a parede rachada. Minúsculos *kwalikwata* moravam dentro das rachaduras e suas mordidas eram terríveis. Quando Nnamabia gritava de dor, seus companheiros de cela o chamavam de Leite com Banana, Menino Universitário, Garoto Fino.

Era difícil acreditar que bichinhos tão pequenos dessem picadas tão doloridas. As picadas pioravam durante a noite, quando todos tinham que dormir lado a lado, os pés de um na cabeça do outro, com exceção do chefe, cujas costas se espalhavam confortavelmente no chão. Era o chefe que dividia os pratos de *garri* e a sopa aguada que eram empurrados para dentro da cela todos os dias. Cada pessoa ganhava duas colheradas. Nnamabia nos contou isso durante a primeira semana. Enquanto falava, eu me perguntei se os insetos da parede tinham picado seu rosto também, ou se as bolhas que se espalhavam por sua testa eram algum tipo de infecção. Algumas tinham pontos de pus cor de creme. Nnamabia as coçou enquanto dizia: "Tive que cagar numa sacola impermeável hoje, em pé. A privada estava cheia demais. Eles só dão descarga no sábado".

O tom dele era histriônico. Senti vontade de pedir que calasse a boca, porque ele estava gostando de seu novo papel de sofredor de indignidades, porque ele não entendia como era sortudo de os policiais permitirem que saísse da cela para comer a comida que trazíamos, porque ele tinha sido idiota de ter ficado na rua bebendo naquela noite, porque ele não sabia quão duvidoso era que fosse ser solto.

Nós o visitamos todos os dias na primeira semana. Íamos no velho Volvo do meu pai, pois não era considerado seguro sair de Nsukka com o Peugeot 504 da minha mãe, mais velho ainda. Quando passávamos pelas blitz da polícia na estrada, eu notava que meus pais ficavam diferentes — de maneira sutil, mas ainda assim diferentes. Assim que nos mandavam seguir, meu pai não fazia mais um monólogo sobre como os policiais eram analfabetos e corruptos. Não mencionava o dia em que nos detiveram durante uma hora porque ele se recusou a suborná-los, ou a ocasião em que pararam o ônibus no qual viajava minha prima Ogechi, linda, e a separaram dos outros passageiros, chamaram-na de puta porque possuía dois celulares e lhe pediram tanto dinheiro que ela se ajoelhou no chão, na chuva, implorando-lhes que a deixassem ir, já que seu ônibus já tinha sido liberado. Minha mãe não murmurava "Eles são sintomas de um mal mais amplo". Pelo contrário, meus pais ficavam em silêncio. Era como se, recusando-se a criticar a polícia como sempre faziam, tornassem a liberdade de Nnamabia mais iminente. "Delicada" fora a palavra que o superintendente de Nsukka tinha usado. Tirar Nnamabia da cadeia em pouco tempo seria uma questão delicada, principalmente com o comissário de polícia se gabando, satisfeito, nas entrevistas sobre a prisão dos membros dos cultos na televisão em Enugu. O problema dos cultos era sério. Os poderosos de Abuja estavam acompanhando os acontecimentos. Todos queriam parecer estar tomando providências.

Na segunda semana, eu disse a meus pais que não iríamos visitar Nnamabia. Não sabíamos quanto tempo aquilo ia durar, a gasolina era cara demais para dirigirmos três horas todos os dias e seria bom para Nnamabia ter que se virar sozinho durante um dia.

Meu pai me encarou, surpreso, e disse: "Como assim?". Minha mãe me olhou de cima a baixo e foi até a porta, dizendo que ninguém estava me implorando para ir junto; eu podia ficar ali sem fazer nada enquanto meu irmão inocente sofria. Ela saiu caminhando em direção ao carro e eu corri atrás dela, mas, ao chegar do lado de fora, fiquei sem saber o que fazer, e por isso peguei uma pedra que havia ao lado do pé de ixora e atirei-a no para-brisa do Volvo. Ele rachou. Eu ouvi o som do vidro sendo estilhaçado e vi as linhas minúsculas se espalhando como raios de sol antes de me virar, correr escada acima e me trancar no quarto para me proteger da fúria da minha mãe. Ouvi os gritos dela. Ouvi a voz do meu pai. Finalmente, ficou tudo silencioso e eu não ouvi ninguém ligando o carro. Ninguém foi ver Nnamabia naquele dia. Foi uma surpresa para mim, aquela pequena vitória.

Nós o visitamos no dia seguinte. Não falamos nada sobre o para-brisa, embora as rachaduras tivessem se espalhado como ondulações num lago congelado. O policial da recepção, o simpático de pele escura, perguntou por que não tínhamos ido lá no dia anterior, dizendo que tinha sentido falta do arroz *jollof* da minha mãe. Eu esperava que Nnamabia também perguntasse, que estivesse chateado, mas ele parecia estranhamente sério, com uma expressão que eu nunca tinha visto antes. Nnamabia não comeu todo o arroz. Ficava olhando para longe, na direção da pilha de carros meio queimados do outro lado do terreno, as sobras de diversos acidentes.

"O que aconteceu?", minha mãe perguntou. Nnamabia começou a falar quase que de imediato, como se estivesse esperando alguém perguntar. Falou igbo num tom uniforme, sem erguer nem baixar a voz. Um velho tinha sido empurrado para dentro de sua cela no dia anterior, um homem de mais de setenta anos, com cabelos brancos, a pele fina e enrugada, e aquele refinamento antiquado de um funcionário público aposentado e incorruptível. O filho dele estava sendo procurado por assalto à mão armada e, quando a polícia não encontrou o filho, decidiu prender o pai.

"O homem não fez nada", disse Nnamabia.

"Mas você também não fez nada", disse minha mãe.

Nnamabia balançou a cabeça, como se ela não entendesse. Nas visitas seguintes, ele estava ainda mais deprimido. Falava pouco, quase sempre sobre o velho: como ele não tinha dinheiro e não podia comprar a água do banho, como os outros homens caçoavam dele ou o acusavam de esconder o filho, como o chefe o ignorava, como ele parecia assustado e tão absurdamente frágil.

"Ele sabe onde o filho está?", perguntou minha mãe.

"Ele não vê o filho há quatro meses", respondeu Nnamabia.

Meu pai disse qualquer coisa sobre ser irrelevante que o homem soubesse ou não onde o filho estava.

"É claro", disse minha mãe. "É horrível, mas a polícia sempre faz isso. Se não encontram a pessoa que estão procurando, prendem o pai, a mãe ou um parente."

Meu pai passou a mão na calça na altura do joelho — um gesto impaciente. Ele não entendia por que minha mãe estava dizendo obviedades.

"O homem está doente", contou Nnamabia. "Suas mãos tremem sem parar, mesmo quando está dormindo."

Meus pais não disseram nada. Nnamabia fechou a quentinha e se virou para meu pai. "Eu quero dar um pouco desta comida para ele, mas se levar para dentro da cela, o general Abacha vai pegar."

Meu pai entrou e perguntou ao policial da recepção se nós podíamos ver o senhor que estava na cela de Nnamabia durante alguns minutos. Quem estava lá era o homem desagradável de pele clara que nunca agradecia quando minha mãe lhe entregava o suborno de arroz e dinheiro. Ele sorriu com desprezo na cara do meu pai e disse que podia perder o emprego por deixar Nnamabia sair da cela, e agora nós ainda por cima estávamos pedindo para ver outro prisioneiro? Será que ele achava que aquilo era dia de visita no internato? Não sabia que aquela era uma cadeia de segurança máxima para elementos criminosos da sociedade? Meu pai saiu, sentou-se com um suspiro e Nnamabia coçou o rosto cheio de bolhas, em silêncio.

No dia seguinte, Nnamabia mal tocou no arroz. Ele contou que os policiais tinham jogado água com detergente no chão e nas paredes da cela sob o pretexto de deixá-la mais limpa, como sempre faziam, e que o velho, que não tinha dinheiro para comprar água e não tomava banho há uma semana, tinha corrido para dentro da cela, arrancado a camisa e esfregado as costas magras no chão molhado e cheio de detergente. Os policiais tinham começado a rir quando o viram fazer isso e mandaram que tirasse toda a roupa e desfilasse no corredor diante da cela; quando o velho obedeceu, eles riram mais alto e perguntaram se seu filho ladrão sabia que o pênis do papai era tão murcho. Nnamabia estava olhando para o arroz laranja-amarelado enquanto falava e, ao erguer a cabeça, eu vi que os olhos do meu irmão — meu irmão malandro — estavam cheios de lágrimas, e senti uma ternura por ele que, se alguém me pedisse, eu não seria capaz de explicar.

Dois dias depois, houve outro ataque dos cultos no campus: um menino matou outro com um machado bem em frente ao prédio do departamento de música.

"Isso é bom", disse minha mãe quando ela e meu pai estavam

se arrumando para ir ver o superintendente de polícia de Nsukka mais uma vez. "Agora, eles não podem dizer que prenderam todos os meninos dos cultos." Nós não fomos a Enugu naquele dia, pois meus pais passaram tempo demais com o superintendente, mas eles voltaram com boas notícias. Nnamabia e o barman seriam soltos imediatamente. Um dos meninos do culto tinha concordado em fazer uma delação e insistiu que Nnamabia não era membro. Nós saímos mais cedo que o normal na manhã seguinte, sem o arroz *jollof*, e o sol já estava tão quente que foi preciso abrir todas as janelas do carro. Minha mãe passou a viagem inteira nervosa. Tinha o costume de dizer *"Nekwa ya!* Cuidado!" para o meu pai, como se ele não conseguisse ver os carros fazendo curvas perigosas na outra pista, mas dessa vez fez isso com tanta frequência que, logo antes de chegarmos a Ninth Mile, onde os camelôs cercavam o carro com suas bandejas de *okpa*, ovos cozidos e castanhas de caju, meu pai parou e perguntou, irritado: "Quem está dirigindo aqui, Uzoamaka?".

Dentro do enorme terreno da cadeia, dois policiais açoitavam alguém deitado no chão sob o pé de musizi. A princípio, eu, com um aperto no peito, achei que fosse Nnamabia, mas não era. Eu conhecia o menino deitado no chão, se contorcendo e gritando a cada golpe do *koboko* do policial. Ele se chamava Aboy, tinha o rosto grave e feio de um cão enorme, dirigia uma Lexus pelo campus e diziam que era um Buccaneer. Tentei não olhar para ele quando entramos na cadeia. O policial de plantão, aquele que tinha marcas tribais nas faces e que sempre dizia "Deus lhe abençoe" quando pegava o suborno, desviou o olhar quando nos viu. Os pelos do meu corpo todo se arrepiaram. Eu sabia que havia algo de errado. Meus pais entregaram ao homem o bilhete do superintendente. O policial não olhou para ele. Ele disse a meu pai que sabia da ordem de soltura; o barman já tinha sido solto, mas havia uma complicação no caso do menino. Minha mãe começou a gritar: "O menino? Como assim? Onde está meu filho?".

O policial se levantou. "Vou chamar meu superior para explicar para a senhora."

Minha mãe correu para ele e agarrou sua camisa. "Onde está meu filho? Onde está meu filho?" Meu pai a arrancou dali e o policial, antes de se virar e começar a se afastar, espanou a camisa, como se ela a tivesse sujado.

"Onde está nosso filho?", perguntou meu pai, numa voz tão grave, tão dura, que o policial estacou.

"Eles levaram o menino daqui, senhor", disse.

"Levaram daqui?", interrompeu minha mãe, ainda gritando. "O que isso quer dizer? Vocês mataram meu filho? Vocês mataram meu filho?"

"Onde está ele?", perguntou meu pai de novo, no mesmo tom grave. "Onde está nosso filho?"

"Meu superior disse que era para eu ir chamá-lo quando vocês chegassem", respondeu o policial e, dessa vez, se virou e saiu depressa por uma porta.

Depois que ele saiu, senti o medo gelar meu corpo, quis correr atrás dele e, como minha mãe, puxar sua camisa até ele trazer Nnamabia. O superior apareceu e eu perscrutei seu rosto impassível, em busca de uma expressão.

"Bom dia, senhor", ele disse a meu pai.

"Onde está nosso filho?", perguntou meu pai. Minha mãe arquejava. Depois, eu me daria conta de que, naquele momento, cada um de nós suspeitava intimamente que Nnamabia tivesse sido morto por um policial desastrado e que aquele homem tinha a tarefa de descobrir qual era a melhor mentira sobre sua morte que podia inventar para nós.

"Não há nenhum problema, senhor. Ele foi transferido, só isso. Eu levo vocês até lá agora mesmo." O policial demonstrava certo nervosismo; seu rosto continuava impassível, mas ele não encarava meu pai.

"Transferido?"

"Recebemos a ordem de soltura esta manhã, mas a transferência já havia ocorrido. Não temos gasolina, por isso estava esperando vocês chegarem para que pudéssemos ir juntos ao local onde ele está."

"Onde ele está?"

"Em outro local. Eu levo vocês lá."

"Por que ele foi transferido?"

"Eu não estava aqui, senhor. Eles disseram que ele se comportou mal ontem e foi levado para a Cela Um, e então ocorreu uma transferência de todos os prisioneiros da Cela Um para outro local."

"Ele se comportou mal? Como assim?"

"Eu não estava aqui, senhor."

Minha mãe então disse, com a voz embargada: "Eu quero ver meu filho! Eu quero ver meu filho!".

Eu sentei no banco de trás, ao lado do policial. Ele tinha o cheiro de cânfora velha que parecia ser eterno no baú da minha mãe. Ninguém disse nada, com exceção do policial, que ensinou o caminho ao meu pai até chegarmos ao local cerca de quinze minutos depois, com meu pai dirigindo extraordinariamente rápido, no ritmo das batidas do meu coração. O pequeno terreno estava descuidado, com a grama crescendo aqui e ali, e garrafas velhas, sacolas de plástico e pedaços de papel espalhados por todo lado. O policial mal esperou meu pai estacionar para abrir a porta e saltar para fora e, mais uma vez, eu senti o corpo gelado de medo. Nós estávamos naquela parte da cidade onde as ruas não eram asfaltadas, não havia nenhuma placa ali que dizia Delegacia de Polícia, e o ar estava parado, passando uma estranha sensação de abandono. Mas o policial voltou com Nnamabia. Lá estava ele, meu lindo irmão, caminhando em nossa direção, exatamente como sempre me pareceu, até que chegou perto o suficiente para que minha mãe o abraçasse e eu o vi estremecer e se afastar; seu braço esquerdo estava coberto de vergões em carne viva. Uma crosta de sangue seco ao redor de seu nariz.

"*Nna-Boy*, por que bateram tanto em você?", perguntou minha mãe. E, virando-se para o policial: "Por que vocês fizeram isso com meu filho?".

O homem deu de ombros, com uma insolência renovada em seus modos; era como se antes ele não estivesse certo sobre o bem-estar de Nnamabia, mas agora ele se permitisse falar. "Vocês não sabem criar seus filhos, todos vocês que se acham importantes por trabalharem na universidade. Quando seus filhos se comportam mal, acham que eles não têm que ser castigados. A senhora tem sorte, muita sorte de ele ter sido solto."

"Vamos", disse meu pai.

Ele abriu a porta, Nnamabia entrou no carro e nós fomos para casa. Meu pai não parou em nenhuma das blitz na estrada; houve um momento em que um policial fez um gesto ameaçador com a arma quando passamos zunindo. Durante toda a viagem, feita em silêncio, minha mãe só abriu a boca para perguntar se Nnamabia queria que parássemos em Ninth Mile para comprar *okpa*. Nnamabia disse que não. Já estávamos em Nsukka quando ele finalmente falou.

"Ontem o policial perguntou ao velho se ele queria um balde de água de graça. Ele disse que sim. Então, eles o mandaram tirar a roupa e desfilar pelo corredor. Meus companheiros de cela riram. Mas alguns deles disseram que era errado tratar um velho daquele jeito." Nnamabia fez uma pausa, com o olhar distante. "Eu gritei com o policial. Disse que o velho era inocente, que estava doente e que, se eles o deixassem preso, nunca iam encontrar seu filho, pois ele nem sabia onde o homem estava. Eles disseram que eu tinha que calar a boca imediatamente ou me levariam para a Cela Um. Não me importei. Não calei a boca. Então eles me pegaram, me bateram e me levaram para a Cela Um."

Nnamabia parou de falar ali, e nós não perguntamos mais nada. Em vez de perguntar, eu o imaginei erguendo a voz, chamando o policial de imbecil, covarde, sádico, filho da puta, e imaginei o susto dos policiais, o susto do chefe olhando de queixo caído, os outros companheiros de cela pasmos com a audácia do menino bonito da universidade. E imaginei o próprio velho olhando com surpresa e orgulho, sem tirar a roupa numa recusa muda. Nnamabia não disse o que tinha acontecido com ele na Cela Um, ou o que aconteceu no outro local, que me pareceu ser para onde eles levavam aqueles que mais tarde desapareceriam. Teria sido tão fácil para meu irmão encantador transformar aquela história num drama elegante, mas ele não fez isso.

Réplica

Nkem está fitando os olhos esbugalhados e oblíquos da máscara do Benin que fica sobre a lareira da sala quando descobre que o marido tem uma namorada.

"Ela é bem jovem. Deve ter uns vinte anos", diz sua amiga Ijemamaka ao telefone. "Tem o cabelo curto e crespo; você sabe, com aqueles cachinhos bem pequenos. Não deve usar relaxante. Acho que deve ser um texturizador. Ouvi dizer que agora os jovens gostam de texturizadores. Eu não ia falar nada, *sha*, sei como são os homens, mas ouvi dizer que ela se mudou para a sua casa. É isso que acontece quando você se casa com um homem rico." Ijemamaka faz uma pausa e Nkem ouve-a suspirando alto, um som intencional, exagerado. "Digo, Obiora é um bom homem, *é claro*", continua Ijemamaka. "Mas levar a namorada para dentro da sua casa? Que falta de respeito. Ela dirige os carros dele por Lagos inteira. Eu mesma a vi na rua Awolowo, dirigindo o Mazda."

"Obrigada por me contar", diz Nkem. Ela imagina Ijemamaka fazendo o bico que sempre faz, enrugado como uma laranja que foi sugada até o bagaço, como se a boca estivesse cansada de tanto falar.

"Eu tive que contar. Para que servem as amigas? O que mais eu podia *fazer?*", diz Ijemamaka, e Nkem se pergunta se aquilo é alegria, aquele tom agudo na voz de Ijemamaka, aquela ênfase na palavra "fazer".

Durante os quinze minutos seguintes, Ijemamaka fala sobre sua visita à Nigéria, sobre como os preços aumentaram desde a última vez em que esteve lá — até o *garri* ficou caro. Como há mais crianças vendendo coisas nos sinais, como a erosão comeu pedaços enormes da estrada principal que vai até sua cidade natal no estado de Delta. Nkem solta muxoxos e suspiros audíveis nos momentos apropriados. Não relembra Ijemamaka que ela também esteve na Nigéria há poucos meses, no Natal. Não diz que seus dedos estão dormentes, que gostaria que Ijemamaka não tivesse ligado. Por fim, antes de desligar, promete que vai levar as crianças para visitar Ijemamaka em Nova Jersey qualquer fim de semana desses — uma promessa que sabe que não vai cumprir.

Ela vai até a cozinha, pega um copo d'água, mas o deixa sobre a mesa, sem dar nenhum gole. Ao voltar para a sala, olha para a máscara do Benin, cor de cobre, com feições abstratas, grandes demais. Os vizinhos dizem que a máscara é "nobre"; por causa dela, o casal que mora a duas casas dali começou a colecionar arte africana, e eles também se contentam com boas réplicas, embora gostem de conversar sobre como é impossível encontrar originais.

Nkem imagina o povo do Benin esculpindo as máscaras originais há quatrocentos anos. Obiora contou a ela que eles usavam as máscaras em cerimônias oficiais, dispondo uma de cada lado do rei para protegê-lo, para espantar o mal. Apenas pessoas especialmente escolhidas podiam ser guardiãs da máscara, as mesmas pessoas responsáveis por trazer as cabeças humanas recém-cortadas usadas nos enterros dos reis. Nkem imagina os rapazes orgulhosos, musculosos, sua pele marrom brilhando com o óleo de semente de palma, suas elegantes tangas amarradas na cintura. Ela imagina — e isso ela imagina por conta própria, pois Obiora não sugeriu que aconteceu desse jeito — os rapazes orgulhosos desejando não ter que decapitar estranhos para enterrar seu rei, desejando poder usar as máscaras para proteger a si mesmos, desejando que eles também tivessem voz.

Ela estava grávida quando foi aos Estados Unidos com Obiora pela primeira vez. A casa que ele alugou, e que mais tarde compraria, tinha um cheiro fresco, que lembrava chá verde, e o caminho curto que ia do portão à garagem era coberto por uma grossa camada de cascalho. "Nós moramos num lindo subúrbio perto da Filadélfia", disse ela por telefone às amigas de Lagos. Mandou-lhes fotos dela e de Obiora diante do Sino da Liberdade, escrevendo, orgulhosa, "muito importante na história americana" no verso e enfiando nos envelopes panfletos lustrosos com imagens de um Benjamin Franklin calvo.

Seus vizinhos da alameda Cherrywood, todos brancos, esguios e loiros, vieram se apresentar e perguntar se ela precisava de ajuda com alguma coisa — tirar a carteira de motorista, instalar uma linha de telefone, contratar um serviço de manutenção. Ela não se importou com o fato de que seu sotaque e sua condição de estrangeira a fizessem parecer incapaz de resolver tudo isso sozinha. Gostava deles e de suas vidas. Vidas que Obiora muitas vezes dizia serem "de plástico". Mas ela sabia que ele também queria que seus filhos fossem como os filhos dos vizinhos, o tipo de criança que virava a cara para a comida que tinha caído no chão, dizendo que ela estava "suja". Durante a infância de

Nkem, quem tinha um alimento, fosse ele qual fosse, pegava e engolia.

Obiora ficou na casa durante os primeiros meses, por isso os vizinhos só começaram a perguntar por ele mais tarde. Onde estava o marido dela? Tinha acontecido alguma coisa? Nkem disse que estava tudo bem. Ele vivia na Nigéria e *também* nos Estados Unidos; eles tinham duas casas. Ela viu a desconfiança nos olhos deles, percebeu que estavam pensando em outros casais com segundas casas em lugares como Flórida ou Montreal, mas eram casais que habitavam cada uma das casas ao mesmo tempo, juntos.

Obiora riu quando ela lhe contou da curiosidade dos vizinhos sobre eles. Ele disse que o povo *oyibo* era assim. Se você fazia alguma coisa de um jeito diferente, pensavam que você era estranho, como se o jeito deles fosse o único possível. E, apesar de Nkem conhecer muitos casais nigerianos que viviam juntos durante o ano todo, não disse nada.

Nkem passa uma das mãos sobre o metal arredondado do nariz da máscara do Benin. Uma das melhores réplicas, dissera Obiora quando a comprara alguns anos antes. Ele contou que os ingleses tinham roubado as máscaras originais no final do século XIX, durante o que chamaram de Expedição Punitiva; contou como os ingleses gostavam de usar palavras como "expedição" e "pacificação" para descrever os atos de matar e roubar. As máscaras — milhares delas, disse Obiora — eram consideradas "espólios de guerra", e eram exibidas em museus do mundo todo.

Nkem pega a máscara e pressiona o rosto contra ela; é fria, pesada, sem vida. Mas, quando Obiora fala nela — e em todas as outras —, faz com que pareçam respirar, cálidas. No ano passado, quando ele trouxe a escultura de terracota da civilização Nok que fica na mesa do saguão, contou a ela que o povo antigo de Nok usara as originais para idolatrar seus ancestrais, colocando-as em templos, fazendo oferendas de comida. E os ingleses tinham levado a maioria delas também, dizendo ao povo (recém-cristianizado e tomado por uma cegueira estúpida, disse Obiora) que as esculturas eram pagãs. Nós nunca damos valor ao que é nosso, Obiora sempre acabava dizendo, antes de repetir a história do tolo chefe de Estado que fora ao Museu Nacional de Lagos e forçara o curador a lhe dar um busto de quatrocentos anos para oferecer de presente à rainha da Inglaterra. Às vezes, Nkem duvida das histórias de Obiora, mas ela ouve, pela maneira apaixonada que ele tem de falar, pelo jeito como seus olhos brilham, como se ele estivesse prestes a chorar.

Ela fica imaginando o que ele vai trazer na próxima semana; veio olhar de perto os objetos de arte, tocando-os, imaginando os originais, imaginando as vidas por trás deles. Na próxima semana, seus filhos mais uma vez dirão "papai" para uma pessoa de verdade, não uma voz no telefone; ela vai acordar de noite e ouvir alguém roncando a seu lado; vai haver outra toalha usada no banheiro.

Nkem vê a hora no decodificador da televisão a cabo. Só vai precisar ir buscar as crianças dali a uma hora. Pelas cortinas que sua empregada, Amaechi, abriu com tanto cuidado, o sol projeta um retângulo de luz amarela sobre a mesa de centro de vidro. Ela senta na beirada do sofá de couro e observa a sala de estar, lembrando do entregador da Ethan Interior que trocou a cúpula da luminária no outro dia. "A senhora tem uma casa linda", dissera ele, com aquele curioso sorriso americano que significava que acreditava que ele, também, poderia ter algo parecido algum dia. Isso era uma das coisas que Nkem tinha aprendido a amar nos Estados Unidos, a abundância de esperanças absurdas.

A princípio, quando chegara ao país para ter o bebê, ela se

sentiu orgulhosa e excitada, pois tinha se casado com alguém daquele cobiçado clube, o dos Homens Nigerianos Ricos que Mandam as Esposas Terem Seus Bebês nos Estados Unidos. Então, a casa que eles alugaram foi posta à venda. Era um bom preço, disse Obiora, antes de contar que eles iam comprá-la. Nkem gostou quando falou "eles", como se ela realmente tivesse participado da decisão. E gostou de fazer parte de outro clube, o dos Homens Nigerianos Ricos que Têm Casas nos Estados Unidos.

Eles nunca decidiram que ela ficaria com as crianças — Okey nasceu três anos após Adanna. Simplesmente aconteceu. Da primeira vez, quando ainda só havia Adanna, Nkem ficou mais tempo que Obiora nos Estados Unidos para fazer alguns cursos de computação, porque ele disse que era uma boa ideia. Depois, Obiora matriculou Adanna na creche quando Nkem estava grávida de Okey. Depois, encontrou uma boa escola fundamental privada e disse que era uma sorte ser tão perto dali. Só quinze minutos de carro para levar Adanna. Nkem nunca tinha imaginado seus filhos na escola, sentados ao lado de crianças brancas cujos pais eram donos de mansões em colinas solitárias, nunca tinha imaginado aquela vida. Por isso, não disse nada.

Nos dois primeiros anos, Obiora visitava a Nigéria quase todos os meses, e ela e as crianças iam para casa no Natal. Então, quando ele finalmente conseguiu aquela conta enorme do governo, decidiu que só voltaria no verão. E ficaria dois meses. Não podia mais viajar com tanta frequência, não queria se arriscar a perder aqueles contratos do governo. E as contas não paravam de aparecer. Ele foi incluído numa lista de Cinquenta Empresários Mais Influentes da Nigéria e mandou as páginas xerocadas da *Newswatch*, que ela juntou com um clipe e guardou numa pasta.

Nkem suspira, passa a mão no cabelo. Ele está grosso demais, velho demais. Ela planejara retocar o relaxante no dia seguinte, e fazer um penteado deixando o pescoço definido, do jeito que

Obiora gosta. E, na sexta-feira, planejara depilar seus pelos pubianos com cera até deixar apenas uma listra estreita, do jeito que Obiora gosta. Ela caminha até o saguão, sobe a escada larga, e então volta a descer e entra na cozinha. Costumava andar assim pela casa de Lagos, todos os dias durante as três semanas que ela e as crianças passavam lá no Natal. Cheirava o closet de Obiora, passava a mão sobre seus frascos de água-de-colônia e afastava as suspeitas da mente. Um dia, na véspera de Natal, o telefone tocou e a pessoa do outro lado desligou quando Nkem atendeu. Obiora riu e disse: "Deve ser um garoto passando trote". E Nkem disse a si mesma que provavelmente era um garoto passando um trote, ou, melhor ainda, alguém que tinha realmente ligado para o número errado.

Nkem sobe a escada e entra no banheiro, sente o cheiro cáustico do Lysol que Amaechi acabou de usar para limpar os azulejos. Ela olha o rosto no espelho; seu olho direito parece menor que o esquerdo. "Olhos de sereia", é como Obiora diz. Ele acha que as criaturas mais belas são as sereias, não os anjos. O rosto dela sempre causara admiração — o fato de ser completamente oval, de a pele negra ser absolutamente perfeita —, mas, quando Obiora disse que Nkem tinha olhos de sereia, ela se sentiu mais bela do que nunca, como se aquele elogio tivesse lhe dado um par de olhos novos.

Ela pega a tesoura, aquela que usa para cortar as fitas de cabelo de Adanna em laços mais definidos, e leva até a cabeça. Agarra tufos de cabelo e corta rente ao couro cabeludo, deixando os fios do comprimento de uma unha, longos o suficiente apenas para formar pequenos cachos com um texturizador. Nkem vê o cabelo flutuando, como tufos de algodão marrom caindo na pia branca. Ela corta mais. Mechas de cabelo voam para baixo, como asas chamuscadas de mariposas. Ela enfia a tesoura mais fundo. Mais cabelo sai flutuando. Alguns fios caem em seus olhos, fazendo-os coçar. Nkem espirra. Sente o cheiro do hidratante Pink Oil que passou naquela manhã e pensa na nigeriana que conheceu certa vez — seu nome era Ifeyinwa ou Ifeoma, não lembra mais —, num casamento em Delaware, cujo marido também morava na Nigéria e que tinha cabelos curtos, embora o dela fosse natural, sem relaxante nem texturizador.

A mulher reclamara, dizendo "nossos homens" com intimidade, como se o marido dela e o de Nkem tivessem algum parentesco. Nossos homens gostam de nos manter aqui, dissera ela a Nkem. Eles vão para casa para trabalhar ou passar as férias, deixam a gente e as crianças com casas e carros enormes, nos arrumam empregadas da Nigéria para quem não temos que pagar esses salários absurdos dos americanos, e dizem que os negócios são melhores na Nigéria e tudo o mais. Mas sabe por que nunca se mudariam para cá, mesmo se os negócios fossem melhores aqui? Porque nos Estados Unidos não reconhecem os Grandes Homens. Ninguém fala "Doutor! Doutor!" para eles aqui. Ninguém corre para espanar o assento antes de eles se sentarem.

Nkem perguntou se a mulher pretendia voltar e ela se virara, olhos arregalados, como se Nkem tivesse acabado de traí-la. "Mas como eu posso voltar a morar na Nigéria? Quem passa tanto tempo aqui acaba mudando, não fica mais igual ao povo de lá. Como meus filhos vão se adaptar?" E Nkem, apesar de não gostar das sobrancelhas depiladas demais da mulher, tinha entendido.

Nkem larga a tesoura e chama Amaechi para vir varrer o cabelo.

"Senhora!", grita Amaechi. "*Chim o!* Por que a senhora cortou o cabelo? O que aconteceu?"

"Tem que acontecer alguma coisa para eu cortar o cabelo? Limpe isso aqui!"

Nkem entra no quarto. Olha para a colcha de estampa *paisley* bem esticada sobre a cama *king-size*. Nem as mãos eficientes de Amaechi conseguem ocultar a diferença entre os dois lados da cama, o fato de que um deles só é usado dois meses por ano. A correspondência de Obiora está numa pilha perfeita sobre sua mesa de cabeceira, cartões de crédito pré-aprovados, folhetos da ótica LensCrafters. As pessoas que importam sabem que ele, na verdade, mora na Nigéria.

Ela sai do quarto e para diante do banheiro, onde Amaechi limpa o cabelo, varrendo os fios marrons para cima da pá com imenso respeito, como se eles tivessem algum poder. Nkem se arrepende de sua rispidez. A diferença entre patroa e empregada tinha se tornado mais difícil de discernir nos últimos anos, desde que Amaechi começara a trabalhar lá. É isso que os Estados Unidos fazem com você, pensa ela. Eles causam uma igualdade forçada. Você não tem ninguém com quem conversar de verdade, a não ser seus filhos pequenos, por isso acaba falando com a empregada. E, quando se dá conta, ela virou sua amiga. Sua igual.

"Eu tive um dia difícil", diz Nkem, após algum tempo. "Desculpe."

"Eu sei, senhora. Dá para ver no seu rosto", diz Amaechi, sorrindo.

O telefone toca e Nkem sabe que é Obiora. Ninguém mais liga tão tarde.

"Querida, *kedu?*", diz ele. "Desculpe, não pude ligar mais cedo. Acabei de voltar de Abuja, da reunião com o ministro. Meu voo atrasou e só saiu à meia-noite. Já são quase duas horas da manhã agora. Dá para acreditar?"

Nkem faz um muxoxo solidário.

"Adanna e Okey *kwanu?*", pergunta ele.

"Estão ótimos. Dormindo."

"Você está doente? Está bem? Parece estranha."

"Tudo bem." Ela sabe que devia falar como foi o dia das crianças, pois em geral faz isso quando ele liga tarde demais para falar com elas. Mas sua língua parece inchada, pesada demais, embolando as palavras.

"Como estava o tempo hoje?", pergunta Obiora.

"Está esquentando."

"É melhor esquentar logo antes de eu chegar", diz ele, rindo. "Comprei a passagem hoje. Estou louco para ver vocês."

"Você...", diz ela, mas Obiora interrompe.

"Querida, eu tenho que desligar. Tenho que atender outra ligação, é o assistente pessoal do ministro ligando a essa hora! Eu amo você."

"Também amo você", diz Nkem, mas a ligação já foi cortada. Ela tenta visualizar Obiora, mas não consegue, pois não tem certeza se ele está em casa, no carro, ou em outro lugar. E então se pergunta se Obiora está sozinho ou se está com a garota de cabelo curto e encaracolado. Imagina o quarto na Nigéria, seu quarto e de Obiora, que, todo Natal, ainda lhe parece um quarto de hotel. Será que aquela garota abraça seu travesseiro quando dorme? Será que os gemidos dela reverberam no espelho da penteadeira? Será que ela vai na ponta dos pés até o banheiro, como ela mesma fizera quando seu então namorado casado a levara para casa num fim de semana em que a esposa estava viajando?

Nkem tinha saído com homens casados antes de namorar Obiora — que moça solteira de Lagos não havia feito isso? Ikenna, um empresário, pagou pelo tratamento do pai quando ele fez cirurgia de hérnia. Tunji, um general aposentado do exército, mandou consertar o telhado da casa dos pais dela e comprou os primeiros sofás de verdade de suas vidas. Nkem teria considerado ser sua quarta esposa — ele era muçulmano e podia tê-la pedido em casamento — se Tunji ajudasse na educação de seus irmãos mais novos. Ela era a *ada*, afinal de contas, e ficava frustrada e, mais ainda, envergonhada, por não poder fazer nada do que era esperado da Primeira Filha, por seus pais ainda terem de arar a terra seca, por seus irmãos ainda precisarem vender fatias de pão no estacionamento. Mas Tunji não pediu a mão de Nkem. Houve outros homens depois dele, homens que elogiavam sua pele de bebê, que lhe davam presentes baratos, que nunca a pediam em casamento porque ela fizera apenas um curso técnico em secretariado, não uma faculdade. Porque, apesar de seu rosto perfeito, ela ainda misturava os tempos verbais ao falar inglês; porque ainda era, essencialmente, uma menina da roça.

Então Nkem conheceu Obiora num dia chuvoso, quando ele entrou na recepção da agência de publicidade, e ela sorriu e disse: "Bom dia, senhor. Posso ajudar?". E Obiora respondeu: "Pode. Por favor, faça essa chuva parar". Ele a chamou de Olhos de Sereia naquele primeiro dia. Não pediu que ela o encontrasse numa pensão privada; em vez disso, levou-a ao restaurante Lagoon, um lugar intensamente público, onde qualquer um poderia vê-los. Fez perguntas sobre sua família. Pediu um vinho que a fez sentir um gosto azedo na língua, dizendo: "Você vai acabar gostando". E, por isso, Nkem se obrigou a gostar do vinho naquele mesmo instante. Ela não se parecia em nada com as esposas dos amigos dele, mulheres que iam para o exterior e esbarravam umas com as outras na Harrods, e prendia a respiração, imaginando que Obiora fosse se dar conta disso e a largasse. Mas os meses se passaram, e ele matriculou os irmãos dela na escola, apresentou-a para os amigos do iate clube e tirou-a do conjugado onde morava, levando-a para um apartamento maior com varanda e tudo em Ikeja. Quando Obiora pediu Nkem em casamento, ela pensou como era desnecessário que ele pedisse, pois teria se contentado apenas em ser informada do fato.

Nkem sente então uma possessividade feroz, imaginando aquela menina enlaçada pelos braços de Obiora, na cama deles. Larga o telefone, diz a Amaechi que já volta e dirige até o Walgreens para comprar uma caixa de texturizador. No carro, acende a luz e olha a caixa, vendo a foto das mulheres com cachinhos bem curtos.

Nkem observa Amaechi descascar batatas, vendo a casca fina formar uma espiral translúcida.

"Cuidado. Você descasca tão rente", diz.

"Minha mãe costumava esfregar casca de inhame na minha pele se eu tirasse muito inhame com a faca. Levava dias para parar de coçar", diz Amaechi com uma risadinha. Ela está cortando as batatas em quatro pedaços. Na Nigéria, ela teria usado inhame para fazer a sopa *ji akwukwo*, mas, ali, quase não se encontra inhame na loja de produtos africanos — inhame de verdade, não as batatas fibrosas que os supermercados americanos chamam de inhame. Uma réplica de inhame, pensa Nkem, e sorri. Ela nunca contou a Amaechi como a infância das duas foi parecida. Sua mãe nunca esfregou casca de inhame na sua pele, mas era porque eles quase não tinham inhame para comer. Em vez disso, eles improvisavam comida. Nkem lembra como a mãe colhia folhas que mais ninguém usava para cozinhar e fazia uma sopa com elas, insistindo que eram comestíveis. Para Nkem, elas sempre tinham gosto de urina, pois via os meninos da vizinhança urinando nos caules dessas plantas.

"A senhora quer que eu use o espinafre ou o *onugbu* seco?", pergunta Amaechi. Ela sempre pergunta o que Nkem prefere quando ela está na cozinha. "Quer que eu use a cebola branca ou a roxa? Quer caldo de carne ou de galinha?"

"Use o que você quiser", diz Nkem. Ela não deixou escapar

o olhar rápido de Amaechi. Normalmente, Nkem diria use isso ou aquilo. Naquele momento, ela se pergunta por que as duas fazem aquele teatro, a quem estão tentando enganar; ambas sabem que Amaechi cozinha muito melhor que ela.

Nkem observa Amaechi lavar o espinafre na pia, o vigor de seus ombros, os quadris largos e sólidos. Ela lembra da menina de dezesseis anos, tímida e ansiosa, que Obiora trouxe para os Estados Unidos, a menina que passou meses fascinada pela máquina de lavar louça. O pai de Amaechi era motorista de Obiora, e Obiora comprara uma motocicleta para ele. Segundo Obiora, o motorista e a mulher quase o mataram de vergonha, ajoelhando-se na lama para agradecer, agarrando suas pernas.

Amaechi está sacudindo o escorredor cheio de folhas de espinafre quando Nkem diz: "Seu *oga* Obiora tem uma namorada que se mudou para a casa de Lagos".

Amaechi derruba o escorredor dentro da pia. "Senhora?"

"Você ouviu", diz Nkem. Ela e Amaechi conversam sobre qual personagem do desenho *Rugrats* as crianças sabem imitar melhor, sobre como o Uncle Ben's é melhor que basmati para fazer arroz *jollof*, sobre como as crianças americanas falam com os mais velhos como se fossem seus iguais. Mas nunca conversaram sobre Obiora, a não ser para discutir o que ele vai comer ou como lavar suas camisas quando ele vem visitar.

"Como a senhora sabe?", pergunta Amaechi afinal, virando-se para encarar Nkem.

"Minha amiga Ijemamaka me ligou para contar. Ela acabou de voltar da Nigéria."

Amaechi sustenta o olhar de Nkem corajosamente, como se a desafiasse a retirar suas palavras. "Mas, senhora... ela tem certeza?"

"Eu tenho certeza de que ela não ia mentir para mim sobre uma coisa dessas", diz Nkem, recostando-se na cadeira. Ela se sente ridícula. Imagine, ela própria insistindo que a namorada do marido se mudou para a sua casa. Talvez devesse duvidar; devesse lembrar da inveja frágil de Ijemamaka, da maneira que ela sempre arranjava um comentário maldoso que diminuísse Nkem. Mas nada disso importa, porque ela sabe que é verdade: há uma estranha em sua casa. E não parece muito certo se referir à propriedade de Lagos, no bairro de Victorian Garden City, repleto de mansões cercadas por muros altos, como sua casa. *Esta* é a sua casa, esta casa marrom num subúrbio da Filadélfia com regadores automáticos de grama que fazem arcos d'água perfeitos no verão.

"Quando *oga* Obiora chegar na semana que vem, a senhora discute isso com ele", diz Amaechi com um ar resignado, colocando óleo vegetal numa panela. "Ele vai pedir para a mulher sair. Não é certo levar outra para a sua casa."

"E depois que ela sair?"

"A senhora perdoa. Os homens são assim mesmo."

Nkem observa Amaechi, repara no modo como seus pés, calçados em chinelos azuis, tão firmes, estão plantados no chão. "E se eu tivesse dito que ele tem uma namorada? Não que ela se mudou para nossa casa, mas só que ele tem uma namorada."

"Não sei, senhora." Amaechi evita o olhar de Nkem. Ela joga a cebola cortada no óleo quente e se afasta ao ouvir o chiado.

"Você acha que seu *oga* Obiora sempre teve namoradas, não acha?", diz Nkem.

Amaechi mexe as cebolas. Nkem sente que suas mãos estão tremendo.

"Não é da minha conta, senhora."

"Eu não teria lhe contado se não quisesse conversar com você sobre isso, Amaechi."

"Mas a senhora também sabe."

"Eu sei? Eu sei o quê?"

"A senhora sabe que *oga* Obiora tem namoradas. A senhora não faz perguntas. Mas, no fundo, sabe."

Nkem sente uma dormência desconfortável na orelha esquerda. O que significa saber, na verdade? Será que é saber — aquela sua recusa em pensar de maneira concreta em outras mulheres? Sua recusa em sequer considerar essa possibilidade?

"*Oga* Obiora é um homem bom, e ele ama a senhora. Não usa a senhora como se fosse uma bola, para chutar de um lado para o outro." Amaechi tira a panela do fogo e encara Nkem. Sua voz fica mais suave, quase como se quisesse adulá-la. "Muitas mulheres iam sentir inveja. Quem sabe sua amiga Ijemamaka não sente inveja? Talvez ela não seja sua amiga de verdade. Há coisas que ela não devia lhe contar. Há coisas que é melhor a senhora não saber."

Nkem passa a mão no cabelo curto e encaracolado, melado do texturizador e do ativador de cachos que ela usou mais cedo. Então, levanta-se para lavar a mão. Quer concordar com Amaechi, pensar que há coisas que é melhor não saber, mas não tem mais tanta certeza. Talvez não seja tão ruim Ijemamaka ter me contado, pensa ela. Não importa mais *por que* Ijemamaka ligou.

"Vá ver as batatas", diz Nkem.

No final da tarde, depois de colocar as crianças para dormir, ela pega o telefone e disca o número de catorze dígitos. Quase nunca liga para a Nigéria. Obiora é quem telefona, pois seu celular da Worldnet tem uma boa tarifa para ligações internacionais.

"Alô? Boa noite." É uma voz de homem. Rústica. Com um sotaque igbo do interior.

"Aqui é a senhora Nkem, dos Estados Unidos."

"Ah, senhora!", diz a voz, mudando e se tornando mais calorosa. "Boa noite, senhora."

"Quem está falando?"

"Uchenna, senhora. Eu sou o novo empregado."

"Quando você chegou?"

"Há duas semanas, senhora."

"*Oga* Obiora está aí?"

"Não, senhora. Não voltou de Abuja."

"Tem mais alguém aí?"

"O quê, senhora?"

"Tem mais alguém aí?"

"Sylvester e Maria, senhora."

Nkem suspira. Ela sabe que o mordomo e a cozinheira têm que estar na casa, é claro: já é meia-noite na Nigéria. Mas será que esse novo empregado parece hesitante, esse novo empregado que Obiora se esqueceu de mencionar para ela? Será que a menina de cabelo encaracolado está lá? Ou foi com Obiora na viagem de negócios para Abuja?

"Tem mais alguém aí?", repete Nkem.

Um silêncio. "Senhora?"

"Tem mais alguém na casa além de Sylvester e Maria?"

"Não, senhora. Não."

"Tem certeza?"

Um silêncio mais longo. "Sim, senhora."

"Muito bem, diga a *oga* Obiora que eu telefonei."

Nkem desliga depressa. É isso que eu me tornei, pensa. Estou usando um empregado que nem conheço para espionar meu marido.

"Quer uma bebidinha?", diz Amaechi, observando-a, e Nkem se pergunta se aquele brilho líquido nos olhos ligeiramente puxados da empregada é de pena. Uma bebidinha é uma tradição dela e de Amaechi há anos, desde que Nkem obteve seu *green card*. Naquele dia, ela abriu uma garrafa de champanhe para tomar com Amaechi depois que as crianças já estavam dormindo. "Aos Estados Unidos!", disse, enquanto Amaechi ria um pouco alto demais. Nkem não teria mais que pedir um visto para voltar aos Estados Unidos, não teria mais que aturar as perguntas arrogantes da embaixada americana. Graças àquele cartão de plástico novinho com uma foto em que ela parecia emburrada. Porque ela realmente pertencia àquele país agora, àquele país de curiosidades e crueldades, um país onde era possível dirigir à noite sem ter medo de bandidos armados, onde os restaurantes serviam para uma pessoa comida o suficiente para três.

Mas Nkem sente falta de seu país, de suas amigas, da cadência do igbo, do iorubá e do inglês pidgin sendo falado ao seu redor. E quando a neve cobre o hidrante amarelo na rua, ela sente falta do sol de Lagos, que ofusca os olhos mesmo quando chove. Às vezes, Nkem pensa em voltar para a Nigéria, mas nunca de maneira séria, concreta. Ela vai ao pilates duas vezes por semana com a vizinha; assa biscoitos para a escola dos filhos, e os seus são sempre os preferidos de todo mundo; espera que os bancos tenham caixas drive-ins. Os Estados Unidos a conquistaram, se enraizaram sob sua pele. "Sim, uma bebidinha", ela diz para Amaechi. "Traga o vinho que está na geladeira e duas taças."

Nkem não depilou os pelos pubianos; não há uma faixa estreita entre suas pernas quando ela vai de carro até o aeroporto buscar Obiora. Ela olha pelo retrovisor e vê Okey e Adanna em suas cadeirinhas no banco de trás. Eles estão quietos hoje, como se sentissem sua reserva, a ausência de riso em seu rosto. Nkem costumava rir com frequência ao dirigir até o aeroporto para buscar Obiora, abraçando-o, vendo-o abraçar as crianças. Eles sempre comiam fora no primeiro dia, no Chili's ou em algum outro restaurante, e Obiora ficava observando as crianças colorir seus cardápios. Quando chegavam em casa, Obiora distribuía presentes e as crianças ficavam acordadas até tarde, brincando com os brinquedos novos. E, quando iam para a cama, ela usava o perfume inebriante que ele lhe dera, e uma das camisolas de seda que vestia durante apenas dois meses por ano.

    Obiora sempre se admirava com o que as crianças conseguiam fazer, com seus gostos e desgostos, mesmo que Nkem já houvesse lhe contado tudo por telefone. Quando Okey correu para ele com um dodói, ele deu um beijo no lugar e depois riu do costume americano de beijar feridas. Perguntou se a saliva ajudava a curá-las. Quando seus amigos visitavam ou ligavam, ele pedia que as crianças viessem cumprimentar o titio, mas primeiro provocava os amigos, dizendo: "Tomara que você entenda o inglês danado que eles falam; essas crianças são *americanahs* agora, ô!".

    No aeroporto, as crianças abraçam Obiora com o mesmo entusiasmo, gritando "Papai!".

    Nkem os observa. Logo, não vão mais poder ser seduzidos com brinquedos e viagens de férias e vão começar a questionar um pai que veem tão poucas vezes por ano.

    Depois que Obiora a beija na boca, se afasta para olhá-la. Ele não parece diferente: um homem baixo, de aparência comum e pele clara, usando um blazer caro e uma camisa roxa. "Querida, como você está?", pergunta Obiora. "Cortou o cabelo?"

    Nkem dá de ombros, com aquele sorriso que significa "preste atenção nas crianças primeiro". Adanna está puxando a mão de Obiora, perguntando o que o papai trouxe e se pode abrir a mala dele no carro.

    Depois do jantar, Nkem senta na cama e examina a cabeça de bronze de Ifé que Obiora lhe disse ser, na verdade, feita de latão. Ela tem manchas, é em tamanho real e possui um turbante. É a primeira peça original que Obiora trouxe.

"Vamos ter que tomar muito cuidado com esta", diz ele.

"Um original", diz Nkem, surpresa, passando a mão sobre os cortes paralelos do rosto.

"As mais antigas são do século XI", conta Obiora. Ele se senta ao lado dela e tira os sapatos. Sua voz está aguda, excitada. "Mas esta é do século XVIII. Incrível. Definitivamente valeu o preço."

"Para que ela era usada?"

"Decoração no palácio do rei. A maioria foi feita para lembrar ou homenagear os reis. Não é perfeita?"

"É", concorda ela. "Tenho certeza de que fizeram coisas terríveis com esta também."

"O quê?"

"Como faziam com as máscaras do Benin. Você me disse que eles matavam gente para obter cabeças humanas e enterrar o rei."

Obiora olha-a fixamente.

Nkem bate na cabeça de bronze com a unha. "Você acha que o povo era feliz?", pergunta.

"Que povo?"

"O povo que tinha que matar pelo rei. Tenho certeza de que eles teriam preferido mudar as coisas, que não devem ter sido *felizes*."

Obiora inclina a cabeça para um lado enquanto a encara. "Bem, talvez há novecentos anos eles não definissem a felicidade da mesma maneira que você define hoje."

Nkem larga a cabeça de bronze; ela quer perguntar como ele define a felicidade.

"Por que você cortou o cabelo?", pergunta Obiora.

"Você não gostou?"

"Eu adorava seu cabelo comprido."

"Você não gosta de cabelo curto?"

"Por que você cortou? É a nova tendência nos Estados Unidos?" Ele ri, tirando a camisa para entrar no banho.

A barriga de Obiora está diferente. Mais redonda, parecendo uma fruta madura. Nkem se pergunta como as meninas de vinte anos conseguem suportar aquele sinal de meia-idade autoindulgente. Tenta lembrar dos homens casados com quem namorou. Será que eles tinham barrigas maduras como a de Obiora? Ela não sabe mais. Subitamente, não lembra mais nada, não lembra para onde sua vida foi.

"Achei que você ia gostar", diz.

"Qualquer coisa fica bonita nesse seu rosto lindo, mas eu gostava mais do cabelo comprido. Você devia deixar crescer de novo. Cabelo comprido fica mais elegante na esposa de um Grande Homem." Obiora faz uma careta quando diz "Grande Homem" e ri.

Ficou nu; ele se espreguiça e Nkem observa a maneira como sua barriga pula para cima e para baixo. Nos primeiros anos, ela tomava banho com Obiora, ficava de joelhos e o levava à boca, excitada por ele e pelo vapor que os envolvia. Mas, agora, as coisas são diferentes. Nkem ficou suave como a barriga de Obiora, flexível, mais pronta a aceitar. Ela o observa entrar no banheiro.

"Nós podemos mesmo espremer um ano inteiro de casamento em dois meses de verão e três semanas de dezembro?", pergunta Nkem. "Podemos comprimir o casamento?"

Obiora dá a descarga com a porta aberta. "O quê?"

"*Rapuba*. Nada."

"Venha tomar banho comigo."

Ela liga a televisão e finge que não ouviu. Pensa na menina de cabelo curto e encaracolado, perguntando-se se ela toma banho com Obiora. Nkem tenta, mas não consegue visualizar o chuveiro da casa de Lagos. Lembra de vários detalhes dourados — mas pode estar se confundindo com algum banheiro de hotel.

"Querida? Venha tomar banho comigo", diz Obiora, enfiando a cara pela porta do banheiro. Já fazia uns dois anos que ele não pedia. Ela começa a se despir.

No chuveiro, ao ensaboar as costas de Obiora, Nkem diz: "Nós temos que encontrar uma escola para Adanna e Okey em Lagos." Não tinha planejado dizer isso, mas lhe parece ser a coisa certa, é o que ela sempre quis dizer.

Obiora se vira para encará-la. "O quê?"

"Vamos voltar para lá quando acabar o ano escolar. Vamos voltar a morar em Lagos. Vamos voltar." Nkem fala devagar, para convencê-lo e para convencer a si mesma. Obiora continua a olhá-la e ela sabe que ele nunca a ouviu erguer a voz, nunca a ouviu tomar uma decisão. Nkem sente uma vaga dúvida, perguntando-se se foi isso que o atraiu antes de tudo, o fato de ela adiar-se tanto, de deixar que ele falasse pelos dois.

"Nós podemos passar as férias aqui, juntos", diz Nkem, com ênfase na palavra "nós".

"Mas... por quê?", pergunta Obiora.

"Eu quero saber quando chega um empregado novo na minha casa", diz ela. "E as crianças precisam de você."

"Se é isso que você quer", diz Obiora, após alguma hesitação. "Nós podemos conversar."

Ela o vira de costas gentilmente e continua a ensaboá-lo. Não é preciso conversar sobre mais nada, Nkem sabe. Está decidido.

Uma experiência privada

    Chika entra primeiro pela janela da loja e segura a veneziana aberta enquanto a mulher vem atrás. A loja parece estar abandonada desde muito tempo antes do começo da onda de violência; as fileiras de prateleiras vazias de madeira estão cobertas por uma poeira amarela, assim como os contêineres de metal empilhados num canto. É um lugar pequeno, menor que o closet que Chika tem em casa. A mulher entra pela janela e a veneziana emite um rangido quando Chika a solta. As mãos dela estão tremendo, suas panturrilhas queimando após a corrida cambaleante desde o mercado com a sandália de salto alto. Ela quer agradecer à mulher, por impedi-la ao vê-la passar correndo, por dizer, "Não correr para lá!" e por levá-la para aquela loja vazia onde elas poderiam se esconder. Mas, antes que ela possa dizer obrigada, a mulher diz, tocando o pescoço nu: "Eu perder o colar quando correu".

    "Eu larguei tudo", diz Chika. "Estava comprando laranjas e larguei as laranjas e a minha bolsa." Ela não acrescenta que a bolsa era da Burberry, uma original, que sua mãe comprara numa viagem recente a Londres.

A mulher suspira e Chika imagina que deve estar pensando no colar, provavelmente contas de plástico enfiadas num fio de linha. Mesmo se não tivesse ouvido o forte sotaque hausa da mulher, Chika saberia que ela era do norte por causa do rosto estreito e das maçãs do rosto estranhamente altas; e saberia que é muçulmana, por causa do lenço. Ele está em volta do pescoço da mulher agora, mas antes devia estar solto escondendo o rosto, cobrindo as orelhas. É um lenço preto e rosa, longo e frágil, com a beleza chamativa das coisas baratas. Chika se pergunta se a mulher a está observando também, se sabe, por sua pele clara e pelo rosário de dedo feito de prata que sua mãe insiste em obrigá-la a usar, que é igbo e cristã. Mais tarde, Chika descobrirá que, quando ela e a mulher estavam conversando, muçulmanos hausas estavam atacando cristãos igbos a machadadas e apedrejando-os. Mas, naquele momento, ela diz: "Obrigada por me chamar. Tudo aconteceu tão rápido, todo mundo correu e de repente eu estava sozinha, sem saber o que fazer. Obrigada".

"*Aqui lugar seguro*", diz a mulher, tão baixinho que quase chega a sussurrar. "*Eles não entra em loja pequena-pequena, só loja grande-grande e no mercado.*"

"Sim", diz Chika. Mas ela não tem motivo para concordar ou discordar, não entende nada de uma onda de violência como aquela: o mais perto que chegou de uma foi a manifestação pró-democracia ocorrida na universidade algumas semanas antes, na qual segurou um galho de folhas bem verdes e bradou em coro: "Fora militares! Fora Abacha! Democracia já!". Além do mais, ela nem teria participado daquela manifestação se sua irmã Nnedi não fosse uma das organizadoras, indo de alojamento em alojamento para entregar panfletos e conversar com os alunos sobre a importância de "fazer com que eles ouçam a nossa voz".

As mãos de Chika ainda estão tremendo. Há apenas meia hora, ela estava no mercado com Nnedi. Estava comprando laranjas, e Nnedi tinha se afastado um pouco para comprar amendoim, e então começaram a gritar em inglês, em pidgin, em hausa, em igbo: "Cuidado! Eles estão vindo, ô! Já mataram um homem!". Então as pessoas ao redor dela desataram a correr, a se empurrar, a derrubar carrinhos cheios de inhames, deixando para trás vegetais amassados pelos quais tinham acabado de pechinchar intensamente. Chika sentiu o cheiro de suor e medo e correu também, atravessando ruas largas até chegar àquela estreita, que temeu — sentiu — ser perigosa, até ver a mulher.

Ela e a mulher continuam na loja em silêncio, durante algum tempo, espiando pela janela que tinham acabado de usar para entrar, cuja veneziana de madeira rangia, balançando no ar. A rua continua tranquila, a princípio, até que elas ouvem o barulho de pessoas correndo. Elas se afastam instintivamente da janela, embora Chika ainda consiga ver o homem e a mulher passando, a mulher segurando a canga acima dos joelhos, com um bebê amarrado às costas. O homem está falando depressa em igbo e tudo o que Chika ouve é: "Ela pode ter corrido para a casa do meu tio".

"Fecha janela", diz a mulher.

Chika obedece e, sem o ar que entrava da rua, a poeira da loja subitamente fica tão espessa que ela consegue vê-la fazendo redemoinhos sobre sua cabeça. O cômodo está abafado e tem um cheiro bastante diferente daquele que vem das ruas, o cheiro daquela fumaça cor de nuvem que se espalha na época do Natal, quando as pessoas atiram carcaças de bode nas fogueiras para que sua pelagem se queime. As ruas pelas quais Chika correu cegamente, sem saber direito que direção Nnedi tomara, sem entender se o homem correndo a seu lado era amigo ou inimigo, sem saber se devia parar e apanhar uma das crianças atônitas que tinham se separado das mães na confusão, sem sequer saber quem era quem ou quem estava matando quem.

Mais tarde, ela vai ver as carcaças de carros queimados, com buracos com bordas denteadas no lugar das janelas e para-brisas, e imaginará esses carros espalhados pela cidade como fogueiras de piquenique, testemunhas silenciosas de tanta coisa. Vai descobrir que tudo aconteceu no estacionamento, quando um homem passou de carro sobre um exemplar do Alcorão que estava no acostamento, um homem que, por acaso, era igbo e cristão. Os homens que estavam ali por perto, homens que passavam o dia inteiro jogando damas, homens que, por acaso, eram muçulmanos, o arrancaram da picape, cortaram sua cabeça com um golpe de machadinha e o levaram até o mercado, pedindo que outros se juntassem a eles, pois o infiel tinha profanado o livro sagrado. Chika vai imaginar a cabeça do homem, a pele macilenta após a morte, e vai vomitar e ter engulhos até seu estômago doer. Mas, naquele momento, ela pergunta à mulher: "Está sentindo o cheiro da fumaça?".

"Sim", responde a mulher. Ela desata sua canga verde e espalha no chão empoeirado. Fica só com uma blusa e com uma combinação preta de tecido brilhante, com as costuras abrindo. "Vem sentar", diz.

Chika olha a canga puída no chão; a mulher deve possuir apenas duas, e aquela é uma delas. Ela olha para baixo, vendo a saia jeans e a camiseta vermelha com a imagem em relevo da Estátua da Liberdade que está usando, duas peças de roupa que comprou quando passou algumas semanas das férias com Nnedi, hospedada na casa de parentes em Nova York. "Não, sua canga vai ficar suja", responde.

"Senta", insiste a mulher. "A gente esperar muito tempo aqui."

"Você sabe quanto tempo..."

"De noite ou amanhã de manhã."

Chika leva a mão à testa, como se conferisse a febre da malária. O toque de sua palma da mão fria em geral a acalma, mas, dessa vez, sua palma está úmida e suada.

"Minha irmã estava comprando amendoim. Não sei onde ela está."

"Indo lugar seguro."

"Nnedi."

"Ê?"

"Minha irmã. O nome dela é Nnedi."

"Nnedi", repete a mulher, e seu sotaque hausa envolve o nome igbo com a delicadeza de uma pluma.

Mais tarde, Chika irá esquadrinhar os necrotérios dos hospitais à procura de Nnedi; irá a redações de jornais levando uma foto delas duas tirada apenas uma semana antes, aquela na qual ela estava com um meio sorriso idiota no rosto porque a irmã tinha lhe dado um beliscão logo antes do clique da máquina, na qual ambas usavam vestidos tomara que caia com a mesma estampa típica africana. Ela colará cópias da foto nos muros do mercado e das lojas próximas. Não encontrará Nnedi. Nunca encontrará Nnedi. Mas, naquele momento, diz para a mulher: "Nnedi e eu viemos para cá na semana passada para visitar nossa tia. Estamos de férias".

"Vocês estuda onde?", pergunta a mulher.

"Na Universidade de Lagos. Eu faço faculdade de medicina. Nnedi, de ciências políticas." Chika se pergunta se a mulher ao menos sabe o que significa fazer faculdade. E também se pergunta se mencionou a universidade só para se convencer daquilo no qual precisa acreditar naquele momento — que Nnedi não está perdida no meio de uma onda de violência, que está segura em algum lugar, provavelmente rindo daquele seu jeito franco, com a boca toda aberta, ou fazendo um de seus discursos políticos. Falando, por exemplo, sobre como o governo do general Abacha estava usando sua política externa para se tornar legítimo aos olhos de outros países africanos. Ou sobre como a enorme popularidade de apliques louros era um resultado direto do colonialismo britânico.

"Nós só passamos uma semana aqui com a nossa tia, nunca nem tínhamos estado em Kano antes", conta Chika. Ela se dá conta de que é isso que sente: ela e a irmã não deviam ter sido afetadas pela onda de violência. Esse era o tipo de coisa sobre a qual a gente lê nos jornais. O tipo de coisa que acontece com as outras pessoas.

"A tia estava no mercado?", pergunta a mulher.

"Não, está no trabalho. Ela é a diretora da secretaria." Chika leva a mão à testa de novo. Ela se abaixa e senta, muito mais perto da mulher do que normalmente se sentaria, de modo a ficar com o corpo todo sobre a canga. Sente um cheiro vindo da mulher, um aroma acre como o do sabão em barra que a empregada delas usa para lavar a roupa de cama.

"Sua tia indo lugar seguro."

"Sim", diz Chika. A conversa parece surreal; ela se sente como se estivesse observando a si própria. "Ainda não consigo acreditar que está acontecendo isso, essa onda de violência."

A mulher está com o olhar fixo à frente. Tudo nela é comprido e esguio, as pernas esticadas diante do corpo, os dedos com as unhas manchadas de hena, os pés. "É obra do mal", diz, após algum tempo.

Chika se pergunta se isso é tudo que a mulher pensa da onda de violência, se é apenas assim que a vê — como o mal. Ela queria que Nnedi estivesse ali. Imagina os olhos cor de cacau de Nnedi se iluminando, seus lábios se movendo depressa, explicando que as ondas de violência não acontecem do nada, que a religião e as etnias muitas vezes são politizadas porque o governante fica a salvo quando os governados famintos matam uns aos outros. Então Chika sente uma pontada de culpa ao se perguntar se a mente daquela mulher é ampla o suficiente para compreender tudo aquilo.

"Na escola, você está vendo gente doente?"

Chika desvia os olhos depressa para que a mulher não veja sua surpresa. "A residência? Sim, nós começamos no ano passado. Atendemos pacientes no hospital-escola." Ela não acrescenta que muitas vezes tem ataques de incerteza, que se esconde atrás do grupo de seis ou sete alunos, evitando os olhos do médico supervisor, torcendo para que ninguém lhe peça para examinar o paciente e dar seu diagnóstico diferencial.

"Eu ser feirante", diz a mulher. "Eu vender cebolas."

Chika presta atenção para ver se há sarcasmo ou censura em seu tom, mas não. A voz continua tão firme e grave quanto antes; é a voz de uma mulher simplesmente dizendo o que faz.

"Espero que eles não destruam as bancas do mercado", responde Chika, sem saber mais o que dizer.

"Toda vez que tem violência, quebram o mercado", diz a mulher.

Chika quer perguntar à mulher quantas ondas de violência ela viveu, mas não faz isso. Já leu sobre outras no passado: muçulmanos fanáticos da etnia hausa atacando cristãos da etnia igbo e, às vezes, cristãos da etnia igbo cometendo uma matança para se vingar. Ela não quer uma conversa que distribua a culpa.

"Meus peitos arde igual pimenta" diz a mulher.

"O quê?"

"Meus peitos arde igual pimenta."

Antes que Chika consiga engolir o nó de surpresa em sua garganta e dizer qualquer coisa, a mulher sobe a blusa e abre o fecho frontal de um velho sutiã azul. Ela tira o dinheiro, notas de naira de dez e vinte que estavam enfiadas no sutiã, antes de mostrar os seios.

"Arde-arde igual pimenta", diz, colocando as mãos em concha sob eles e se inclinando na direção dela, como se fizesse uma oferenda. Chika se move. Ela lembra da visita à ala pediátrica que fez há apenas uma semana: o médico supervisor, Dr. Olunloyo, queria que todos os alunos escutassem o sopro cardíaco grau quatro de um menininho que olhava curiosamente para eles. O médico pediu que Chika fosse a primeira, e ela ficou nervosa, com um branco na mente, sem saber direito onde era o coração. Após algum tempo, colocou a mão trêmula no lado esquerdo do mamilo do menino, e a vibração, o *brrr-brrr-brrr* do sangue indo para o lado errado, pulsando contra os seus dedos, fez com que ela gaguejasse e pedisse mil desculpas para o menino, apesar de ele estar sorrindo para ela.

Os mamilos da mulher não se parecem nada com os do menino. São rachados, firmes e de um marrom escuro, com as aréolas num tom mais claro. Chika os examina com cuidado, estica a mão e os apalpa. "Você teve neném?", pergunta.

"Tive. Um ano."

"Seus mamilos estão ressecados, mas não parecem infectados. Depois de amamentar o neném, tem que usar um hidratante. E, quando estiver amamentando, tem que ter certeza de que o mamilo e essa outra parte aqui, a aréola, estão dentro da boca do neném."

A mulher olha longamente para Chika. "Primeira vez isso. Eu ter cinco filhos."

"Foi a mesma coisa com a minha mãe. Os mamilos racharam quando ela teve o sexto filho e ela não sabia por que, até que uma amiga lhe disse para passar hidratante." Chika quase nunca mente, mas, nas poucas ocasiões em que o faz, tem sempre um motivo. Ela se pergunta qual será o motivo para essa mentira, essa necessidade de criar um passado fictício parecido com o da mulher. Ela e Nnedi são as únicas filhas de sua mãe. Além disso, sua mãe sempre teve à sua disposição o dr. Igbokwe, com seu diploma britânico e sua afetação.

"O que sua mãe passar no peito?", pergunta a mulher.
"Manteiga de cacau. Sarou bem depressa."
"Ê?", diz a mulher, observando Chika durante algum tempo, como se essa revelação tivesse criado um elo entre as duas.
"Tudo bem, eu comprar e usar." Ela brinca com o lenço por um instante e então diz: "Eu procurar minha filha. Nós ir ao mercado junto de manhã. Ela vender amendoim perto do ponto de ônibus, porque tem muita gente. Mas então homens chegou e eu olhar mercado inteiro atrás dela".
"O neném?", pergunta Chika, sabendo que a pergunta é idiota assim que sai da sua boca.
A mulher sacode a cabeça, e surge um lampejo de impaciência, talvez até de irritação, em seus olhos. "Você ter problema no ouvido? Não escutar o que eu diz?"
"Desculpe", diz Chika.
"Neném estar em casa! Essa é primeira filha, Halima." A mulher começa a chorar. Ela chora baixinho, com os ombros subindo e descendo em espasmos, sem os soluços altos das mulheres que Chika conhece, do tipo que grita "Me abrace e me console porque eu não consigo lidar com isso sozinha". O choro da mulher é privado, como se ela estivesse fazendo um ritual necessário que não envolve mais ninguém.

Mais tarde, quando Chika lamentar que ela e Nnedi tenham decidido pegar um táxi até o mercado só para ver um pouco da cidade ancestral de Kano, perto do bairro da tia, também lamentará que Halima, a filha da mulher, não estivesse doente, cansada ou com preguiça naquela manhã, pois assim não teria ido vender amendoins naquele dia.

A mulher enxuga os olhos com uma ponta da blusa. "Que Alá guarde sua irmã e Halima num lugar seguro", diz. E, como Chika não sabe o que os muçulmanos dizem para concordar — não pode ser "amém" — apenas assente.

* * *

A mulher descobriu uma torneira enferrujada num canto da loja, perto dos contêineres de metal. Talvez fosse onde o dono ou a dona lavava as mãos, diz ela, contando a Chika que as lojas daquela rua tinham sido abandonadas há meses, depois que o governo declarou que eram estruturas ilegais e seriam demolidas. A mulher gira a torneira e as duas observam, surpresas, um filete de água sair. A água é meio marrom e tão metálica, que Chika sente o cheiro imediatamente. Mas é água, mesmo assim.

"Eu me lavar e rezar", diz a mulher, falando mais alto. Ela sorri pela primeira vez, mostrando dentes todos do mesmo tamanho, os da frente manchados de marrom. Suas covinhas formam buracos em suas bochechas, fundos o suficiente para engolir a metade de um dedo e incomuns num rosto tão magro. A mulher lava desajeitadamente as mãos e o rosto na torneira e então tira o lenço do pescoço e o estende no chão. Chika desvia o olhar. Ela sabe que a mulher está de joelhos, virada para Meca, mas não observa. A prece é como o choro da mulher, uma experiência privada, e Chika lamenta não poder deixar a loja. Ou não poder, ela também, rezar, acreditar num deus, ver uma presença onisciente no ar parado da loja. Chika não se lembra de uma época em que sua ideia de Deus não era indefinida, como o reflexo no espelho embaçado de um banheiro, e não se lembra sequer de ter tentado limpar o espelho.

Ela toca o rosário de dedo que ainda usa, às vezes no dedo mindinho, às vezes no indicador, para agradar a mãe. Nnedi não usa mais o dela, e uma vez disse, com sua risada rouca: "Os rosários, na verdade, são uma espécie de poção mágica, e eu não preciso disso, obrigada".

Mais tarde, a família irá mandar rezar diversas missas para que Nnedi esteja viva e bem, mas nunca para o descanso de sua alma. E Chika vai pensar naquela mulher, rezando com a cabeça no chão de terra, e vai mudar de ideia e desistir de dizer à mãe que mandar rezar missas é um desperdício de dinheiro, que é só para angariar fundos para a igreja.

Quando a mulher se ergue, Chika sente uma estranha energia. Mais de três horas se passaram e ela imagina que a onda de violência deve ter se acalmado, que os homens devem ter desistido. Precisa sair dali, voltar para casa e ter certeza de que Nnedi e sua tia estão bem.

"Eu preciso ir", diz.

Mais uma vez, a expressão de impaciência nos olhos da mulher. "Lá fora tem perigo."

"Acho que eles já foram embora. Não consigo nem sentir o cheiro da fumaça mais."

A mulher não diz nada e volta a se sentar na canga. Chika a observa durante algum tempo, decepcionada, sem saber por quê. Talvez quisesse a bênção da mulher, alguma coisa assim. "Sua casa é muito longe?", pergunta ela.

"Longe. Eu pegar dois ônibus."

"Então eu volto para cá com o motorista da minha tia e levo você para casa."

A mulher desvia o olhar. Chika anda devagar até a janela e a abre. Espera que a mulher a mande parar, voltar, não ser imprudente. Mas a mulher não diz nada e Chika sente os olhos silenciosos a observando quando pula pela janela.

Há silêncio nas ruas. O sol está se pondo e, na penumbra do fim de tarde, Chika olha em volta, sem saber bem para onde ir. Ela reza para que um táxi apareça, num passe de mágica, por sorte, por milagre. Então reza para que Nnedi esteja dentro do táxi, perguntando onde ela tinha se enfiado, dizendo que estava todo mundo morrendo de preocupação. Chika ainda não chegou ao final da segunda rua, a caminho do mercado, quando vê o cadáver. Ela quase não percebe, mas passa tão perto dele que sente seu calor. Devem ter colocado fogo no corpo há muito pouco tempo. O cheiro é repugnante, de pele queimada, diferente de qualquer outro que Chika já sentiu.

Mais tarde, quando Chika e a tia saírem procurando por toda Kano, com um policial no banco da frente do carro com ar-condicionado, ela verá outros corpos, muitos queimados, deitados no acostamento, ao longo da rua, como se alguém os tivesse dispostos com cuidado, colocando-os em linha reta. Ela olhará apenas para um deles, nu, rígido, com o rosto para baixo, e se dará conta de que não sabe dizer se aquele homem parcialmente queimado é igbo ou hausa, cristão ou muçulmano, só pela pele enegrecida. Ela escutará a rádio BBC e ouvirá os relatos das mortes e da onda de violência — "um conflito étnico com matizes religiosos", dirá a voz. E jogará o rádio na parede, e uma fúria rubra irá percorrer seu corpo, pois tudo foi embrulhado, desinfetado e diminuído para caber em tão poucas palavras, todos aqueles corpos. Mas, naquele momento, o calor do cadáver queimado está tão próximo dela, tão presente e cálido, que Chika se vira e corre de volta para a loja. Ela sente uma dor aguda na parte inferior da perna enquanto corre. Chega à loja e bate na janela, e continua a bater até a mulher abrir.

Chika senta no chão e examina de perto, à luz mortiça, o filete de sangue que escorre por sua perna. Sua cabeça gira sem parar. O sangue parece não lhe pertencer, como se alguém houvesse esguichado polpa de tomate nela.

"Sua perna. Tem sangue", diz a mulher, com um pouco de medo. Ela molha uma ponta do lenço na torneira e limpa o corte na perna de Chika, amarrando o lenço molhado nele e dando um nó na altura da panturrilha.

"Obrigada", diz Chika.
"Quer banheiro?"
"Banheiro? Não."
"As caixas ali, a gente usar de banheiro", diz a mulher. Ela leva um dos contêineres até os fundos da loja e logo o cheiro toma as narinas de Chika, se mistura aos cheiros de poeira e água metálica, deixando-a zonza e enjoada. Ela fecha os olhos.
"Desculpe, ô! Minha barriga está ruim. Tudo acontece hoje", diz a mulher lá do fundo. Depois, a mulher abre a janela e coloca o contêiner lá fora, e então lava as mãos na torneira. Quando volta, ela e Chika ficam sentadas lado a lado, em silêncio; após algum tempo, ouvem gritos estridentes na rua, palavras que Chika não consegue discernir. A loja está mergulhada numa escuridão quase completa quando a mulher se estica no chão, com a parte de cima do corpo sobre a canga e o resto, não.

Mais tarde, Chika lerá no *The Guardian* que "os muçulmanos reacionários do norte, falantes da língua hausa, têm um histórico de violência contra não muçulmanos" e, em meio à sua dor, irá parar para lembrar que examinou os mamilos e viveu a experiência de conhecer a gentileza de uma mulher que é hausa e muçulmana.

Chika passa quase a noite inteira sem dormir. A janela está totalmente fechada; o ar fica abafado e a poeira, densa e arenosa, entra pelas suas narinas. Ela não para de ver o cadáver enegrecido flutuando diante da janela, envolto por um halo, com um dedo acusatório apontado para ela. Finalmente, ouve a mulher se levantar e abrir a janela, deixando entrar a luz azulada e opaca da alvorada. A mulher permanece ali um instante antes de sair. Chika ouve passos, pessoas caminhando. Ela ouve a mulher chamar alguém, erguer a voz ao reconhecer uma pessoa, e então falar um hausa rápido que Chika não compreende.

A mulher volta para dentro da loja. "Perigo acabou. É Abu. Está vendendo comida. Vai ver a loja dele. Por todo lado, tem polícia com gás. Os soldados vêm aí. Eu vai agora, antes que soldado vem bater no povo."

Chika se levanta devagar e se estica; suas juntas doem. Ela vai caminhar até a propriedade murada da tia, porque não há nenhum táxi na rua, apenas jipes do exército e patrulhas velhas da polícia. Vai encontrar a tia, zanzando pela casa com um copo d'água nas mãos e murmurando sem parar em igbo: "Por que eu chamei você e Nnedi para virem me visitar? Por que meu *chi* me enganou desse jeito?". E Chika vai agarrar com força os ombros da tia e levá-la até o sofá.

Naquele momento, Chika desamarra o lenço da perna, o sacode, como se assim pudesse tirar as manchas de sangue, e o entrega à mulher. "Obrigada."

"Lavar a perna bem-bem. Lembrança à irmã, lembrança à família."

"Lembranças para sua família também. Lembranças para o neném e para Halima", diz Chika. Mais tarde, ao caminhar para casa, ela irá pegar uma pedra com uma mancha cobre de sangue seco e apertar o macabro souvenir contra o peito. E irá suspeitar naquele momento, num estranho lampejo que tem com a pedra na mão, que nunca vai encontrar Nnedi, que sua irmã se foi. Mas agora, ela se vira para a mulher e diz: "Posso ficar com seu lenço? Pode ser que minha perna volte a sangrar".

A mulher parece, por um instante, não compreender; então, ela faz que sim com a cabeça. Talvez haja o começo de uma dor futura em seu rosto, mas ela dá um sorriso leve e distraído antes de entregar o lenço de novo a Chika e se virar para sair pela janela.

Fantasmas

Hoje eu vi Ikenna Okoro, um homem que eu acreditava estar morto há muito tempo. Talvez devesse ter me abaixado, pegado um punhado de areia e atirado nele, como meu povo faz para ter certeza de que uma pessoa não é um fantasma. Mas sou um homem educado no Ocidente, um professor de matemática aposentado de setenta e um anos e supostamente munido de ciência o suficiente para rir com indulgência dos costumes do meu povo. Não joguei areia nele. Não poderia tê-lo feito nem que quisesse, de qualquer maneira, já que nos encontramos no chão de concreto da tesouraria da universidade.

Estava ali para, mais uma vez, perguntar pela minha aposentadoria. "Bom dia, Prof", disse o funcionário de aspecto murcho, Ugwuoke. "Desculpe, o dinheiro não chegou."

O outro funcionário, cujo nome agora esqueci, assentiu e também pediu desculpas, enquanto mastigava um pedaço rosado de noz-de-cola. Eles estavam acostumados com aquilo. Eu estava acostumado com aquilo. Assim como os homens esfarrapados que estavam reunidos debaixo do flamboyant, conversando alto entre si e gesticulando. O ministro da educação roubou o dinheiro da aposentadoria, disse um deles. Outro disse que tinha sido o vice-reitor quem depositara o dinheiro em contas pessoais com juros altos. Eles amaldiçoaram o vice-reitor: O pênis dele vai encolher. Seus filhos não vão ter filhos. Ele vai morrer de diarreia. Quando me aproximei, eles me cumprimentaram e balançaram a cabeça apologeticamente diante da situação, como se minha aposentadoria de professor de alguma maneira fosse mais importante que a deles, de boy ou motorista. Eles me chamaram de Prof, como a maioria das pessoas, como os camelôs que estavam sentados ao lado de suas bandejas sob a árvore. "Prof! Prof! Venha comprar banana boa!"

Conversei com Vincent, que tinha sido nosso motorista quando eu era decano, nos anos 1980. "Sem aposentadoria há três anos, Prof", disse ele. "É por isso que as pessoas se aposentam e morrem."

"O *joka*", eu respondi, embora ele, é claro, não precisasse de mim para saber o quanto aquilo era terrível.

"Como está Nkiru, Prof? Espero que esteja bem nos Estados Unidos." Vincent sempre pergunta pela nossa filha. Ele com frequência levava minha esposa, Ebere, e eu para visitá-la na Faculdade de Medicina em Enugu. Lembro-me que, quando Ebere morreu, Vincent veio com os parentes para o *mgbalu* e fez um discurso tocante, ainda que um pouco longo, sobre como Ebere o tratara bem quando ele era nosso motorista, como lhe dera as roupas velhas de nossas filhas para os filhos dele.

"Nkiru está bem", respondi.

"Por favor, mande lembranças minhas quando ela ligar, Prof."

"Pode deixar."

Vincent falou durante mais algum tempo sobre como a Nigéria era um país que não aprendeu a dizer obrigado, sobre como os alunos que moravam nos alojamentos atrasavam o pagamento quando ele consertava seus sapatos. Mas era seu pomo de Adão que me chamava a atenção; ele subia e descia de maneira alarmante, como se estivesse prestes a perfurar a pele enrugada de seu pescoço e pular para fora. Vincent é mais novo do que eu, talvez tivesse sessenta e tantos anos, mas parecia mais velho. Não lhe restou muito cabelo. Lembro-me muito bem de como ele tagarelava sem parar quando me levava para o trabalho naquela época; e lembro também que gostava muito de ler meus jornais, um hábito que eu não encorajava.

"Prof, não quer comprar a banana? A fome está de matar", disse um dos homens reunidos embaixo do flamboyant. Ele tinha um rosto familiar. Acho que era o jardineiro do meu vizinho de porta, professor Ijere. Seu tom era meio de brincadeira, meio a sério, mas eu comprei amendoins e um cacho de bananas deles, embora aqueles homens precisassem mesmo era de um pouco de hidratante. Seus rostos e braços pareciam feitos de cinzas. Já é quase março, mas a temporada do harmatã ainda não está nem perto de ir embora: os ventos secos, a estática que estala em minhas roupas, o pó fino em meus cílios. Coloquei mais hidratante que o normal hoje, além de vaselina nos lábios, mas ainda assim a secura repuxou a pele do meu rosto e das palmas das minhas mãos.

Ebere costumava me repreender por não me hidratar direito, principalmente durante o harmatã, e, às vezes, quando eu saía do meu banho matinal, passava um Nivea devagar em meus braços, minhas pernas e minhas costas. Temos que cuidar bem dessa pele linda, dizia ela com aquele seu riso brincalhão. Sempre dizia que fora minha pele que a persuadira, já que eu não tinha nenhum dinheiro, ao contrário de todos aqueles pretendentes que viviam em seu apartamento da avenida Elias em 1961. "Uma pele impecável", dizia Ebere sobre mim. Eu não via nada de extraordinário no meu tom escuro, cor de umbra, mas, conforme os anos se passaram, comecei a me cuidar mais, graças às mãos massageadoras de Ebere.

"Obrigado, Prof!", disseram os homens, e então começaram a zombar uns dos outros, decidindo como dividiriam o dinheiro.

Fiquei por ali, escutando a conversa. Sabia que falavam de maneira mais respeitosa porque eu estava por perto: a carpintaria ia mal, as crianças estavam doentes, os credores batiam na porta. Eles riam muito. É claro que têm ressentimentos, e estão certos por tê-los, mas, de alguma maneira, conseguiam manter o ânimo intacto. Muitas vezes eu me pergunto se seria como aqueles homens se não tivesse dinheiro guardado dos meus cargos no Ministério Federal de Estatísticas e se Nkiru não insistisse em me mandar dólares dos quais não preciso. Duvido; provavelmente teria me encolhido como uma tartaruga no casco e deixado minha dignidade se reduzir a cacos.

Finalmente, eu me despedi deles e caminhei na direção do meu carro, que estava estacionado perto das casuarinas que separam a Faculdade de Educação da Tesouraria. Foi então que vi Ikenna Okoro.

Ele me chamou primeiro. "James? James Nwoye, é você?" Ikenna ficou ali com a boca aberta e eu pude ver que ele ainda tinha todos os dentes. Eu perdi um no ano passado. Recusei-me a fazer o que Nkiru chama de "procedimento estético", mas ainda assim fiquei irritado diante do sorriso perfeito de Ikenna.

"Ikenna? Ikenna Okoro?", perguntei, naquele tom hesitante de alguém que sugere o impossível: a volta à vida de um homem que morreu trinta e sete anos antes.

"Sim, sim." Ikenna se aproximou, titubeante. Trocamos um aperto de mão e demos um abraço rápido.

Nós dois nunca tínhamos sido grandes amigos; eu o conhecia bem naquela época apenas porque todo mundo o conhecia bem. Foi ele quem, quando o novo reitor, um nigeriano criado na Inglaterra, anunciara que todos os professores seriam obrigados a usar gravatas nas aulas, desafiou a ordem e continuou a usar suas túnicas de cores vivas. Foi ele quem subiu no pódio no Clube dos Professores e discursou até ficar rouco sobre enviar uma petição ao governo, sobre exigir melhores condições para os funcionários da universidade. Ele era da sociologia e, embora muitos de nós nas ciências exatas achássemos que as pessoas de ciências sociais eram vazias, tinham tempo livre demais e escreviam pilhas de livros ilegíveis, encarávamos Ikenna de outro modo. Perdoávamos seu estilo peremptório, não jogávamos seus panfletos fora e admirávamos bastante a erudição crua com que ele lidava com todas as questões; seu destemor nos convencia. Ele ainda é um homem pequeno, com olhos de sapo e pele clara, que agora se tornou descorada e pontilhada com manchas de velhice. Nós ouvíamos falar dele naquela época e tínhamos que nos esforçar para ocultar a grande decepção ao vê-lo, pois sua retórica profunda, por algum motivo, pedia uma boa aparência. Mas, por outro lado, meu povo diz que um animal famoso nem sempre enche o cesto do caçador.

"Você está vivo?", perguntei. Eu estava bastante abalado. Minha família e eu tínhamos visto Ikenna no dia de sua morte, em 6 de julho de 1967, o dia em que evacuamos Nsukka às pressas, com um estranho sol incandescente no céu e, perto dali, o *bum-bum-bum* dos canhões, enquanto os soldados federais avançavam. Estávamos no meu Impala. A milícia nos deu passagem pelos portões do campus e gritou que não devíamos nos preocupar, pois os vândalos — era assim que chamávamos os soldados federais — seriam derrotados em questão de dias, e nós poderíamos voltar. Os moradores do vilarejo, os mesmos que iam procurar comida nas latas de lixo dos professores depois da guerra, caminhavam ao lado dos carros, centenas deles, mulheres com caixas nas cabeças e bebês amarrados às costas, crianças descalças carregando fardos, homens arrastando bicicletas, levando inhames. Lembro que Ebere estava consolando nossa filha Zik por causa de uma boneca deixada para trás quando vimos o Kadett verde de Ikenna. Ele estava dirigindo na direção oposta, de volta para o campus. Eu buzinei e parei. "Você não pode voltar!", gritei. Mas Ikenna acenou e disse "Tenho que pegar uns manuscritos". Ou talvez tenha dito "Tenho que pegar uns materiais". Achei que ele estava sendo muito imprudente em voltar, já que o som dos canhões parecia cada vez mais próximo, e nossas tropas iam afastar os vândalos em uma ou duas semanas, de qualquer maneira. Mas eu também estava convencido de nossa invencibilidade coletiva, da justiça da causa de Biafra e, por isso, não pensei muito mais no assunto até que soubemos que Nsukka se rendeu no mesmo dia da evacuação e que o campus estava ocupado. O homem que nos deu a notícia, um parente do professor Ezike, também nos contou que dois professores tinham sido mortos. Um deles tinha discutido com os soldados federais antes de levar um tiro. Ninguém precisou nos dizer que tinha sido Ikenna.

Ikenna riu da minha pergunta. "Sim, estou vivo!" Ele pareceu achar sua resposta ainda mais engraçada, porque riu de novo. Até sua risada, agora me dou conta, soou desbotada, oca, nada parecida com o som agressivo que reverberava por todo o Clube dos Professores naquela época, quando Ikenna caçoava de quem não concordava com ele.

"Mas nós vimos você", disse eu. "Lembra? No dia em que evacuamos a cidade?"

"Lembro."

"Disseram que você não saiu mais do campus."

"Eu saí", afirmou Ikenna, assentindo. "Saí. Fui embora de Biafra no mês seguinte."

"Foi embora?" É incrível que eu sinta, hoje, um breve lampejo daquela repugnância profunda surgida quando soubemos dos sabotadores — nós os chamávamos de "sabos" — que traíam nossos soldados, nossa causa justa, nossa nação que nascia, em troca de uma passagem segura através da Nigéria, onde havia o sal, a carne e a água fresca que o bloqueio nos tirava.

"Não, não, não foi isso, não foi o que você está pensando." Ikenna hesitou e eu vi que sua camisa cinza estava larga demais na altura dos ombros. "Eu fui para o exterior num avião da Cruz Vermelha", explicou ele. "Fui para a Suécia." Havia uma incerteza qualquer nele, um desânimo que parecia estranho, nada típico do homem que tinha tanta facilidade em convencer os outros a *agir*. Eu me lembro de como Ikenna organizou o primeiro protesto depois que Biafra foi declarado um estado independente, com todos nós reunidos na Freedom Square enquanto ele falava e nós dávamos vivas e gritávamos "Feliz Independência!".

"Você foi para a Suécia?"

"Fui."

Ikenna se calou e eu me dei conta de que ele não ia me contar mais nada, não ia me dizer exatamente como tinha saído do campus vivo ou como foi parar naquele avião; sei que algumas crianças foram resgatadas e levadas para o Gabão quando a guerra já durava mais tempo, mas com certeza nunca tinha ouvido falar de gente pegando aviões da Cruz Vermelha, e ainda por cima tão no começo. O silêncio entre nós ficou tenso.

"E você ficou na Suécia desde aquela época?"

"Sim. Minha família inteira estava em Orlu quando eles bombardearam a cidade. Não sobrou ninguém, então eu não tinha motivo para voltar." Ele parou para soltar um som áspero que supostamente era uma risada, mas soava mais como uma série de tossidas. "Fiquei em contato com o dr. Anya durante algum tempo", continuou Ikenna. "Ele me disse que estavam reconstruindo nosso campus e acho que mencionou que você tinha ido para os Estados Unidos depois da guerra."

Na verdade, eu e Ebere voltamos a Nsukka logo depois que a guerra acabou, em 1970, mas ficamos poucos dias. Foi demais para nós. Nossos livros estavam numa pilha queimada no jardim, sob o pé de musizi. Misturadas às pilhas de fezes calcificadas na banheira, havia páginas do meu livro, *Anais da matemática*, usadas de papel higiênico, com manchas ressecadas cobrindo as fórmulas que eu tinha estudado e ensinado. Nosso piano — o piano de Ebere — havia sumido. Minha roupa de formatura, que eu tinha usado para receber meu primeiro diploma em Ibadan, fora usada para limpar alguma coisa, e agora estava no chão com formigas entrando e saindo, ocupadas e indiferentes à minha observação. Nossas fotografias estavam rasgadas, com as molduras quebradas. Por isso, fomos para os Estados Unidos e só voltamos em 1976. Recebemos uma casa diferente, na rua Ezenweze, e, durante muito tempo, evitamos passar de carro pela rua Imoke, porque não queríamos ver a casa antiga; mais tarde, soubemos que os novos moradores tinham cortado o pé de musizi. Contei tudo isso a Ikenna, mas não falei nada da temporada que passamos em Berkeley, onde meu amigo, o negro americano Chuck Bell, conseguiu para mim um emprego de professor. Ikenna ficou em silêncio durante algum tempo e então disse: "Como está sua filha, Zik? Deve ser uma mulher feita agora".

Ele sempre insistia em pagar pela Fanta de Zik quando a levávamos ao Clube dos Professores no Dia das Famílias, dizendo que ela era a criança mais bonita de todas. Eu suspeito que, na verdade, fosse porque ela tinha sido batizada em homenagem a nosso presidente, e Ikenna foi um partidário do zikismo no começo, até declarar que o movimento era dócil demais e sair.

"A guerra levou Zik", eu disse, em igbo. Falar dos mortos em inglês sempre teve, para mim, um inquietante caráter definitivo.

Ikenna respirou fundo, mas tudo o que disse foi "N*do*", nada além de "Sinto muito". Fiquei aliviado por ele não ter perguntado como aconteceu — não existem muitas maneiras diferentes, de qualquer maneira — e de não ter parecido exageradamente chocado, como se as mortes das guerras pudessem ser acidentais.

"Tivemos outra filha depois da guerra, outra menina", eu disse.

Mas Ikenna estava falando rápido. "Eu fiz o que pude", afirmou. "Fiz. Saí da Cruz Vermelha Internacional. Lá era cheio de covardes que não enfrentavam ninguém em nome de outros seres humanos. Eles deram para trás depois que aquele avião foi abatido em Eket, como se não soubessem que isso era exatamente o que Gowon queria. Mas o Conselho Mundial de Igrejas mandava suprimentos de avião por Uli, à noite! Eu estava em Upsala quando houve a reunião. Foi a maior operação que fizeram desde a Segunda Guerra Mundial. Eu organizei a arrecadação de fundos. Organizei os protestos pelo Biafra em todas as capitais europeias. Ouviu falar daquele maior, na Trafalgar Square? Eu era um dos líderes. Fiz o que pude."

Não tive certeza se Ikenna estava falando comigo. Parecia estar repetindo a mesma história que já havia dito inúmeras vezes para muitas pessoas. Eu olhei para o flamboyant. Os homens ainda estavam reunidos lá, mas não consegui ver se já tinham vendido todos os amendoins e bananas. Talvez tenha sido naquele ponto que comecei a me sentir submerso numa nostalgia vaga, uma sensação que ainda não me deixou.

"Chris Okigbo morreu, não foi?", Ikenna perguntou, fazendo com que eu despertasse do meu devaneio. Por um momento, me perguntei se ele queria que eu negasse, que fizesse de Okigbo outro fantasma que tinha voltado. Mas Okigbo estava morto, nosso gênio, nossa estrela, o homem cuja poesia tocava a nós todos, mesmo nós das ciências, que nem sempre a entendíamos.

"Sim, a guerra levou Okigbo."
"Nós perdemos um colosso em formação."
"É verdade, mas pelo menos ele teve coragem o suficiente para lutar." Assim que disse isso, me arrependi. Minha intenção era apenas fazer um tributo a Chris Okigbo, que poderia ter trabalhado em um dos diretórios como o resto do pessoal da universidade, mas, em vez disso, tinha pegado em armas para defender Nsukka. Não quis que Ikenna me entendesse mal e me perguntei se devia pedir desculpas. Um pequeno redemoinho de poeira estava se formando do outro lado da rua. A casuarina sob a qual estávamos se mexeu, e o vento arrancou folhas secas de árvores mais distantes. Talvez por causa do meu constrangimento, comecei a contar a Ikenna sobre o dia em que eu e Ebere fomos de carro a Nsukka depois do fim da guerra, sobre a paisagem de ruínas, os telhados arrancados, as casas repletas de buracos que Ebere disse parecerem os de um queijo suíço. Quando chegamos à estrada que passa por Aguleri, soldados do Biafra nos pararam e enfiaram um soldado ferido no carro; o sangue dele pingou no banco de trás e, como havia um rasgo no tecido, encharcou até o fundo do forro, se misturou com as entranhas do carro. O sangue de um estranho. Não sei por que escolhi essa história específica para contar a Ikenna, mas, para que valesse seu tempo, acrescentei que o cheiro metálico do sangue do soldado me fez lembrar dele, porque sempre tinha imaginado que os soldados federais tinham atirado nele e o largado para que morresse no chão, deixando que seu sangue manchasse o solo. Isso não é verdade; eu nem imaginei tal coisa, e nem o soldado ferido me fez lembrar de Ikenna. Se ele achou minha história estranha, não disse nada. Assentiu e falou: "Ouvi tantas histórias, tantas".
"Como é a vida na Suécia?"
Ikenna deu de ombros. "Eu me aposentei no ano passado. Decidi voltar e ver." Ele disse "ver" como se isso significasse algo além do que fazemos com nossos olhos.

"E sua família?", perguntei.
"Eu não casei de novo."
"Ah."
"E como vai sua esposa? Nnenna, não é?", perguntou Ikenna.
"Ebere."
"Claro, Ebere. Linda mulher."
"Ebere não está mais conosco; já faz três anos", respondi em igbo. Fiquei surpreso ao ver as lágrimas que brotaram nos olhos de Ikenna. Ele tinha esquecido o nome dela, mas, de alguma maneira, era capaz de lamentar sua perda; ou, talvez, estivesse lamentando a perda de uma época imersa em possibilidades. Ikenna, eu me dei conta então, é um homem que carrega consigo o peso do que poderia ter sido.
"Sinto muito", disse ele. "Muito mesmo."
"Não se preocupe", respondi. "Ela visita."
"O quê?", perguntou Ikenna com um olhar perplexo, embora houvesse, é claro, escutado o que eu disse.
"Ela visita. Me visita."
"Entendi", disse Ikenna, com aquele tom de quem não quer contrariar que usamos com os loucos.
"Eu quis dizer que ela visitava os Estados Unidos com frequência; nossa filha é médica lá."
"Ah, é?", perguntou Ikenna, com uma animação exagerada. Parecia aliviado. Eu não o culpo. Nós fomos educados, nos ensinaram a manter as fronteiras do que é considerado real bem rígidas. Eu era como ele, até Ebere me visitar pela primeira vez, três semanas depois de seu enterro. Nkiru e o filho tinham acabado de voltar para os Estados Unidos. Eu estava sozinho. Quando ouvi a porta do andar de baixo fechar, abrir e fechar de novo, não achei nada demais. No final de tarde, o vento sempre faz isso. Mas não havia um farfalhar de folhas diante da janela do

meu quarto, o *shh-shh* do salgueiro e do pé de caju. Não havia *nenhum* vento lá fora. Mas a porta do primeiro andar estava abrindo e fechando. Quando me lembro disso agora, duvido que tenha sentido tanto medo quanto deveria. Ouvi os passos na escada, fazendo um barulho muito parecido com o que Ebere fazia, mais pesado a cada três degraus. Fiquei imóvel na escuridão do nosso quarto. Então, senti minhas cobertas sendo removidas, as mãos massageando gentilmente meus braços, minhas pernas e meu peito, o alívio cremoso do hidratante, e uma sonolência agradável me tomou — uma sonolência da qual ainda não consigo me livrar sempre que ela me visita. Acordei, como ainda acordo após suas visitas, com a pele macia, exalando um cheiro forte de Nivea.

Muitas vezes, sinto vontade de contar a Nkiru que sua mãe me visita toda semana durante o harmatã e, com menos frequência, durante a temporada de chuvas; mas, se fizer isso, minha filha finalmente vai ter um motivo para vir para cá e me carregar com ela para os Estados Unidos, e eu serei forçado a levar uma vida tão protegida por conveniências que se tornaria estéril. Uma vida repleta disso que chamamos de "oportunidades". Uma vida que não é para mim. Eu me pergunto o que teria acontecido se tivéssemos ganhado a guerra em 1967. Talvez não estivéssemos indo procurar essas oportunidades no exterior, e eu não teria que me preocupar com nosso neto que não fala igbo, que não entendeu por que esperavam que ele dissesse "Boa tarde" para estranhos, pois, em seu mundo, é preciso justificar as pequenas cortesias. Mas, quem sabe? Talvez nada tivesse sido diferente, mesmo se houvéssemos ganhado.

"O que sua filha está achando dos Estados Unidos?", perguntou Ikenna.

"Ela é muito bem-sucedida."

"E você disse que ela é médica?"

"Isso." Achei que Ikenna merecia saber mais, ou talvez que a tensão de meu comentário anterior não houvesse se dissipado por completo, por isso acrescentei: "Ela mora numa cidadezinha em Connecticut, perto de Rhode Island. A direção do hospital tinha anunciado que precisava de um médico e, quando ela foi fazer uma entrevista, assim que viram seu diploma da Nigéria, disseram que não queriam uma estrangeira. Mas Nkiru é americana; ela nasceu quando estávamos em Berkeley, eu trabalhei lá quando fomos para os Estados Unidos depois da guerra. Por isso, tiveram que deixá-la ficar". Dei uma risadinha e torci para que Ikenna risse comigo. Mas ele não fez isso. Olhou para os homens sob o flamboyant com uma expressão solene.

"Ah, sim. Pelo menos, não é mais tão ruim quanto foi para nós. Lembra como era estudar na terra dos *oyibo* no final da década de 1950?", perguntou.

Assenti para mostrar que lembrava, embora fosse impossível que Ikenna e eu tivéssemos tido a mesma experiência como estudantes no exterior; ele se formou em Oxford, enquanto eu fui um daqueles que conseguiu uma bolsa da United Negro College Fund para ir estudar nos Estados Unidos.

"O Clube dos Professores é uma sombra do que costumava ser", disse Ikenna. "Fui lá esta manhã."

"Faz tanto tempo que eu não vou. Mesmo antes de me aposentar, chegou um ponto em que me sentia velho e deslocado demais. Esses novatos são ineptos. Ninguém dá aula. Ninguém tem ideias novas. Na universidade só fazem política, política, política, enquanto os alunos pagam pelas notas com dinheiro ou seus próprios corpos."

"É mesmo?"

"Ah, é. Tudo decaiu. As sessões do Senado se tornaram batalhas de culto à personalidade. É terrível. Lembra do Josephat Udeana?"

"O grande dançarino."

Fiquei perplexo por um momento, pois fazia muito tempo que eu não pensava em Josephat como aquilo no qual ele costumava ser na época logo antes da guerra, ou seja, de longe o mais habilidoso dançarino de salão que havia no campus.

"Isso, isso, ele era mesmo", disse eu, grato porque as lembranças de Ikenna estavam congeladas numa época em que eu ainda achava que Josephat era um homem íntegro. "Josephat foi reitor durante seis anos e cuidou dessa universidade como se fosse o galinheiro do pai dele. O dinheiro sumia e depois nós víamos carros novos rodando, com nomes de fundações estrangeiras inexistentes gravados na lataria. Algumas pessoas abriram processos, mas eles não deram em nada. Ele definia quem ia ser promovido e quem ficava estagnado. Em resumo, o homem agia como se ele sozinho fosse a diretoria inteira. O reitor atual está seguindo pelo mesmo caminho. Eu não recebo desde que me aposentei. Acabei de voltar da Tesouraria."

"E por que ninguém está fazendo nada? Por quê?", perguntou Ikenna. Por um ínfimo instante, o velho Ikenna estava ali, na voz, na indignação, e eu voltei a me lembrar de que aquele era um homem intrépido. Talvez fosse caminhar até uma árvore próxima e enchê-la de socos.

"Bom", respondi, dando de ombros, "muitos dos professores estão mudando suas datas de nascimento oficiais. Eles vão na Secretaria de Recursos Humanos, subornam alguém e diminuem cinco anos. Ninguém quer se aposentar."

"Não está certo. De jeito nenhum."

"Está assim no país inteiro, na verdade; não é só aqui." Balancei a cabeça bem devagar, de um lado para o outro, daquele jeito que meu povo sempre faz ao se referir a coisas desse tipo, como quem diz que a situação, infelizmente, é inelutável.

"Sim, os padrões estão caindo em todos os lugares. Agora

mesmo eu estava lendo sobre remédios falsificados nos jornais", disse Ikenna. Eu imediatamente achei que era uma coincidência bastante conveniente ele ter mencionado remédios falsificados. Vender medicamentos com a validade vencida é a mais nova praga no nosso país e, se Ebere não tivesse morrido do jeito que morreu, eu poderia ter considerado aquele um desdobramento normal da nossa conversa. Mas desconfiei. Talvez Ikenna tivesse ouvido falar da maneira como Ebere tinha continuado internada no hospital, ficando cada vez mais fraca, de como o médico não tinha entendido por que ela não estava respondendo ao uso dos remédios, de como eu ficara desatinado, de como nenhum de nós sabia que os medicamentos eram inúteis até que foi tarde demais. Talvez Ikenna quisesse me fazer falar sobre tudo isso, exibir um pouco mais da insanidade que já vislumbrara em mim.

"Remédios falsificados são horríveis", respondi gravemente, determinado a não dizer mais nada. Mas talvez estivesse errado sobre o plano de Ikenna, pois ele não insistiu no assunto. Olhou de novo para os homens debaixo do flamboyant e me perguntou: "E então, o que você anda fazendo?". Parecia curioso, como se estivesse se perguntando que tipo de vida eu levo aqui, sozinho, num campus universitário que agora é a pele descamada do que costumava ser, esperando por um dinheiro que nunca vem. Eu sorri e disse que ando descansando. Não é isso que a gente faz quando se aposenta? Em igbo, nós não chamamos a aposentadoria de "o descanso da velhice"?

Às vezes, vou fazer uma visita a meu velho amigo, o professor Maduewe. Dou caminhadas pelo gramado ressecado da Freedom Square, que é ladeada por mangueiras. Ou pela avenida Ikejani, onde as motos passam a toda com alunos montados, muitas vezes chegando perto demais uns dos outros ao evitar os buracos. Na temporada das chuvas, quando descubro uma nova grota cavada na terra pelas águas, sinto-me subitamente realizado. Leio jornais. Como bem; meu empregado, Harrison, vem cinco vezes por semana e sua sopa de *onugbu* é inigualável. Falo sempre com nossa filha, e, a cada duas semanas, quando meu telefone morre, corro até a Nitel para subornar alguém que o conserte. Desencavo diários muito, muito antigos do meu escritório empoeirado e bagunçado. Respiro fundo o aroma dos salgueiros que separam minha casa da do professor Ijere — um aroma que dizem ser medicinal, embora eu não tenha mais certeza sobre o que dizem curar. Não vou à igreja; parei de ir depois da primeira visita de Ebere, porque não tinha mais incertezas. É nossa desconfiança com a vida após a morte que nos leva à religião. Por isso, aos domingos, eu me sento na varanda, observo os abutres pisando no meu telhado e imagino que eles estão me espiando, intrigados.

"É uma vida boa, papai?", Nkiru tem perguntado ultimamente por telefone, com aquele leve sotaque americano que me perturba um pouco. Não é boa, nem ruim, respondo; é apenas a minha vida. E é isso que importa.

Outro redemoinho de poeira, que nos obrigou a fechar os olhos para protegê-los, me fez convidar Ikenna para ir até minha casa para que pudéssemos nos sentar e conversar direito, mas ele disse que estava a caminho de Enugu e, quando eu perguntei se queria passar lá mais tarde, fez um gesto vago com as mãos que sugeria aquiescência. Mas sei que Ikenna não virá. Não vou voltar a vê-lo. Observei-o se afastando, essa casca seca de homem, e dirigi para casa pensando nas vidas que poderíamos ter tido e nas vidas que tivemos, todos nós, que frequentávamos o Clube dos Professores naqueles bons tempos antes da guerra. Dirigi devagar, por causa dos motoqueiros que não respeitam as regras do trânsito, e porque minha vista não é tão boa quanto costumava ser.

Arranhei de leve a pintura da Mercedes ao dar ré na semana passada, e, por isso, tomei cuidado ao estacioná-la na garagem. Ela tem vinte e três anos de idade, mas funciona muito bem.

Lembro-me como Nkiru ficou animada quando ela veio de navio da Alemanha, onde eu a comprei ao ir receber o prêmio da Academia de Ciência. Era o último modelo. Eu não sabia disso, mas os amigos adolescentes de Nkiru sim, e todos vieram espiar o velocímetro, pedir permissão para tocar o painel. Hoje, é claro, todos dirigem uma Mercedes; compram de segunda mão, sem os retrovisores ou os faróis, em Cotonou. Ebere costumava caçoar deles, dizendo que nosso carro era velho, mas muito melhor que aqueles *tuke-tukes* que o povo dirigia sem cinto de segurança. Ela ainda tem esse senso de humor. Às vezes, quando me visita, faz cócegas nos meus testículos, passando os dedos sobre eles. Sabe muito bem que meu remédio para a próstata deixou tudo lá embaixo entorpecido e faz isso só para me provocar, para dar sua risada doce e zombeteira. Em seu enterro, quando nosso neto leu o poema "Continue a rir, vovó", achei o título perfeito, e as palavras infantis quase me levaram às lágrimas, apesar de ter suspeitado que Nkiru havia escrito a maior parte delas.

Olhei o jardim enquanto entrava em casa. Harrison pratica um pouco de jardinagem, o que nesta temporada consiste basicamente em molhar as plantas. Só há hastes nas roseiras, mas pelo menos as cerejeiras, que são bem resistentes, estão com uma cor verde empoeirada. Liguei a televisão. A tela ainda está com chuviscos, apesar de o filho do dr. Otagbu, aquele rapaz inteligente que está estudando engenharia eletrônica, ter vindo consertá-la na semana passada. Meus canais via satélite sumiram após a última tempestade, mas eu ainda não fui à loja da operadora para pedir que alguém venha dar uma olhada. É possível passar algumas semanas sem a BBC e a CNN de qualquer maneira, e os programas da NTA são bem bons. Foi a NTA que, há alguns dias, passou uma entrevista com mais um homem acusado de importar remédios falsificados — contra a febre tifoide, nesse caso. "Meus remédios não matam as pessoas", disse ele, prestativo, fitando a câmera com os olhos arregalados, como quem faz um apelo às massas. "A questão é que eles não vão curar a doença." Desliguei a televisão, porque não podia mais suportar ver os lábios molhados de cuspe do homem. Mas não fiquei ofendido, não completamente, como eu ficaria se Ebere não me visitasse. Só desejei que ele não fosse solto para poder voltar à China, à Índia ou aonde quer que eles vão comprar medicamentos com a validade vencida que não matam as pessoas, é verdade; apenas não impedem que a doença as mate.

Eu me pergunto por que nunca ninguém mencionou, em todos esses anos desde a guerra, que Ikenna Okoro não estava morto. É verdade, nós às vezes ouvíamos histórias de homens que tinham sido considerados mortos e que reapareciam meses, ou até anos, após janeiro de 1970; só posso imaginar a quantidade de areia atirada sobre homens devastados, por familiares suspensos entre a descrença e a esperança. Mas nós quase nunca falávamos da guerra. Quando o fazíamos, éramos implacavelmente vagos, como se o importante não fosse o fato de havermos nos encolhido em abrigos cheios de lama durante os ataques aéreos, após os quais enterrávamos corpos queimados com manchas cor-de-rosa; ou o fato de havermos comido casca de mandioca e visto as barrigas de nossas crianças inchar de desnutrição; mas o fato de havermos sobrevivido. Era um acordo tácito entre todos nós, os sobreviventes do Biafra. Até Ebere e eu, que tínhamos discutido durante meses para escolher o nome de nossa primeira filha, Zik, concordamos depressa com Nkiruka: o que está adiante é melhor.

Estou agora sentado em meu escritório, onde dei as notas dos trabalhos de meus alunos e ajudei Nkiru a fazer os deveres de matemática do ensino médio. O couro da poltrona está gasto. A tinta em tom pastel acima das prateleiras de livros está descascando. O telefone está na minha mesa, sobre uma enorme lista telefônica. Talvez ele toque e Nkiru me conte algo sobre nosso neto, sobre como ele foi bem na escola hoje, o que me fará sorrir, embora eu ache que os professores americanos não sejam rígidos o suficiente e deem notas máximas com facilidade demais. Se ele não tocar em breve, então eu tomarei um banho, irei para a cama e, na escuridão silenciosa do quarto, tentarei discernir o som da porta abrindo e fechando.

Na segunda-feira da semana passada

Desde a segunda-feira da semana passada, Kamara começou a passar um tempo diante dos espelhos. Ela virava de um lado para o outro, examinando sua barriga proeminente e desejando que fosse chata como a capa de um livro, e então fechava os olhos e imaginava Tracy acariciando-a com aqueles dedos manchados de tinta. Fez isso agora, na frente do espelho do banheiro, depois de dar descarga.
Josh estava parado perto da porta quando Kamara saiu. O filho de sete anos de Tracy. Tinha as sobrancelhas grossas e nada arqueadas da mãe, que pareciam duas linhas retas desenhadas acima dos olhos.
"Xixi ou popô?", perguntou, com a vozinha infantil que fazia de brincadeira.
"Xixi." Ela foi para a cozinha, onde as venezianas cinza projetavam listras de sombra sobre o balcão, diante do qual eles tinham passado a tarde inteira, treinando para a maratona de leitura. "Você já tomou o suco de espinafre?", perguntou.
"Já." Josh estava olhando para Kamara. Ele sabia — tinha

que saber — que o único motivo de ela ir ao banheiro sempre que lhe dava um copo daquele suco esverdeado era para dar a ele uma chance de jogá-lo fora. Tudo começou no primeiro dia em que Josh tinha provado aquilo, feito uma careta e dito: "Eca, odiei".

"Seu pai disse que você tem que tomar todos os dias antes do jantar", dissera Kamara. "É só meio copo, levaria um minuto para jogar fora", acrescentara, virando-se para ir ao banheiro. Só isso. Quando retornara, o copo estava vazio, como estava agora, ao lado da pia.

"Vou fazer seu jantar para você ficar tranquilo para ir à Zany Brainy quando seu pai voltar, tudo bem?", disse ela. Expressões informais dos americanos, como "ficar tranquilo", ainda não eram naturais na sua boca, mas Kamara as usava por causa de Josh.

"Tudo bem", disse ele.

"Quer filé de peixe ou de frango com seu arroz pilaf?"

"De frango."

Ela abriu a geladeira. A prateleira de cima estava repleta de garrafas de plástico com suco de espinafre orgânico. Duas semanas antes, o espaço era ocupado por latas de chá de ervas, quando Neil estava lendo *Bebidas à base de ervas para crianças*, e, antes delas, tinham sido sucos à base de soja, e, antes deles, *shakes* proteicos para fortalecer os ossos. O espinafre batido ia sumir em breve, Kamara sabia, pois, quando chegou naquela tarde, a primeira coisa que notou era que o *Guia completo dos sucos de vegetais* não estava mais em cima do balcão; Neil devia ter colocado dentro da gaveta durante o fim de semana.

Kamara pegou uma embalagem de filés de frango orgânico. "Por que você não se deita um pouco e assiste a um filme, Josh?", disse. Ele gostava de ficar na cozinha vendo-a cozinhar, mas parecia tão cansado. Os outros quatro finalistas da maratona de leitura provavelmente estavam tão cansados quanto Josh, com as bocas doendo de tanto desdobrar palavras longas e estranhas com a língua, os corpos tensos de pensar na competição do dia seguinte.

Kamara viu Josh colocar um DVD do Rugrats e se deitar no sofá, uma criança magra de pele cor de oliva e cachos emaranhados. Na Nigéria, eles chamavam crianças assim de "mestiças", e a palavra automaticamente significava uma bela pele clara, bastante admirada, e viagens ao exterior para visitar avós brancos. Kamara sempre se ressentira do glamour dos mestiços. Mas, nos Estados Unidos, "mestiço" era um insulto. Ela aprendera isso ao telefonar para saber os detalhes sobre o emprego de babá anunciado no *Philadelphia City Paper*; salário generoso, perto de transporte público, não era preciso ter carro. Neil parecera surpreso ao saber que Kamara era nigeriana.

"Você fala inglês tão bem", dissera ele. Ela ficara irritada com a perplexidade de Neil, o fato de ele presumir que a língua inglesa, de alguma maneira, era propriedade dele. E, por causa disso, embora Tobechi tivesse dito a Kamara que não mencionasse seu nível de escolaridade, ela contara a Neil que tinha um mestrado, que havia acabado de chegar aos Estados Unidos para encontrar o marido, e que queria ganhar algum dinheiro como babá enquanto esperava que seu pedido por um *green card* fosse processado para obter um visto de trabalho de verdade.

"Bom, eu preciso de alguém que possa se comprometer a ficar no emprego até o final do ano escolar do Josh", disse Neil.

"Tudo bem", respondeu Kamara depressa. Ela não devia ter dito que tinha um mestrado.

"Talvez você possa ensinar uma língua nigeriana para o Josh. Ele já faz aula de francês duas vezes por semana depois da escola. Josh estuda numa escola para alunos avançados chamada Temple Beth Hillel, que tem exames de seleção para crianças de quatro anos. É muito quietinho, muito dócil, um menino ótimo, mas eu me preocupo, porque não tem nenhuma outra criança birracial como ele na escola ou aqui no bairro."

"Birracial?", perguntou Kamara.
Neil pigarreou delicadamente. "Minha mulher é afrodescendente e eu sou branco, judeu."
"Ah, ele é mestiço."
Fez-se um silêncio e a voz de Neil voltou, mais grossa. "Por favor, não diga essa palavra."
O tom dele fez com que Kamara pedisse desculpas, embora ela não soubesse bem pelo quê. O tom também a fez ter certeza de que havia perdido a oportunidade, por isso ela ficou surpresa quando Neil lhe passou o endereço e perguntou se eles poderiam se encontrar no dia seguinte. Ele era alto e tinha o maxilar comprido. Havia algo de suave, quase tranquilizador, em sua maneira de falar, que Kamara supunha vir do fato de Neil ser advogado. Ele a entrevistou na cozinha, apoiado no balcão, fazendo perguntas sobre suas experiências profissionais e sobre a vida dela na Nigéria, dizendo-lhe que Josh estava sendo criado de modo a conhecer tanto seu lado judaico, como o lado afrodescendente e, durante o tempo todo, ficou alisando o adesivo prateado do telefone que dizia "NÃO ÀS ARMAS". Kamara se perguntou onde estaria a mãe do menino. Talvez Neil a tivesse matado e enfiado o cadáver na mala do carro; Kamara havia passado todos aqueles meses assistindo ao noticiário policial e sabia o quanto os americanos eram malucos. Mas, quanto mais ouvia Neil falar, mais tinha certeza de que ele não seria capaz de matar nem uma formiga. Ela sentiu alguma fragilidade nele, uma coleção de ansiedades. Neil contou a ela que temia que estivesse sendo difícil para Josh ser diferente das outras crianças da escola, que temia que Josh fosse infeliz, que não passasse tempo o suficiente com ele, que fosse filho único, que tivesse problemas com a infância quando fosse mais velho, que desenvolvesse depressão. No meio da conversa, Kamara sentiu vontade de interromper e perguntar: "Por que você está preocupado com coisas que ainda

não aconteceram?". Mas ela não fez isso, pois não tinha certeza de que havia conseguido o emprego. E quando Neil por fim lhe ofereceu a vaga — de depois da escola até seis e meia, doze dólares por hora pagos em dinheiro —, Kamara ainda assim não disse nada, pois ele apenas parecia precisar, desesperadamente, ser ouvido, e ouvir não custava muito.

Neil disse a Kamara que seu método de disciplina era baseado na razão. Ele jamais bateria em Josh, pois não acreditava que abuso infantil era disciplina. "Se você explicar para o Josh por que um determinado comportamento é errado, ele vai parar de fazer", disse ele.

Bater é disciplinar, quis dizer Kamara, e abuso é diferente. Abuso era o tipo de coisa que os americanos faziam, e que aparecia no noticiário, como apagar cigarros na pele dos filhos. Mas ela disse o que Tobechi lhe mandara dizer: "Eu acho a mesma coisa. E é claro que vou usar o método disciplinar que você aprova".

"O Josh tem uma dieta saudável", continuou Neil. "Nós permitimos pouquíssimos alimentos com xarope de milho de alta frutose, farinha branca ou gordura trans. Eu vou escrever tudo para você."

"O.k." Ela não sabia bem o que eram aquelas coisas que ele tinha mencionado.

Antes de ir embora, ela perguntou: "E a mãe dele?".

"Tracy é artista plástica. Tem passado muito tempo no porão. Está trabalhando numa peça grande, uma encomenda. Tem um prazo de entrega..." Neil deixou a frase no ar.

"Ah." Kamara olhou-o, intrigada, se perguntando se havia algo de especificamente americano que deveria ter inferido pelo que ele dissera, algo que explicasse por que a mãe do menino não estava ali para conhecê-la.

"O Josh não tem permissão para ir ao porão por enquanto,

87

então você não deve ir também. Pode me ligar se tiver algum problema. Os telefones estão na geladeira. Tracy só sai no final da tarde. Um motoboy entrega sopa e um sanduíche para ela todos os dias, ou seja, ela está basicamente autossuficiente lá embaixo. Neil fez uma pausa e continuou: "Não se esqueça, não incomode Tracy por nenhum motivo".

"Não vim aqui para incomodar ninguém", disse Kamara. Seu tom foi um pouco frio, pois ele de repente começara a falar com ela como as pessoas falavam com as empregadas na Nigéria. Ela não devia ter deixado Tobechi convencê-la a aceitar aquele emprego ordinário de limpar a bunda do filho de um estranho, não devia ter dado ouvidos quando ele disse que aqueles brancos ricos da Main Line não sabiam o que fazer com o dinheiro. Mas, ao caminhar até a estação de trem lambendo a dignidade ferida, Kamara já se dera conta de que não precisara ser persuadida, na verdade. Queria aquele emprego, qualquer emprego; queria um motivo para sair do apartamento todos os dias.

E agora, três meses tinham se passado. Três meses trabalhando como babá de Josh. Três meses ouvindo Neil falar de suas preocupações, cumprindo as instruções que a ansiedade dele o levava a dar, desenvolvendo uma espécie de piedade afetuosa por ele. Três meses sem ver Tracy. A princípio, Kamara sentiu curiosidade por essa mulher com longos *dreadlocks* e pele cor de manteiga de amendoim que estava descalça na foto de casamento exibida numa prateleira da sala de televisão. Kamara se perguntava quando Tracy saía do porão, se é que o fazia. Às vezes, ouvia sons vindos lá de baixo, uma porta sendo fechada ou música clássica tocando ao longe. Ela se perguntava se Tracy em algum momento via o filho. Quando Kamara tentou fazer Josh falar sobre a mãe, ele disse: "A mamãe está muito ocupada com o trabalho. Vai ficar zangada se a gente incomodar". E, como ele manteve a expressão cuidadosamente neutra, ela se conteve e não perguntou mais nada. Kamara ajudava Josh a fazer o dever de casa, jogava cartas com ele, assistia a DVDs com ele, falava sobre os grilos que costumava pegar quando era criança e se deliciava com o prazer e a atenção com que ele a escutava. A existência de Tracy tinha se tornado insignificante, uma realidade que existia ao fundo, como o chiado ao fundo da ligação quando Kamara ligava para a mãe na Nigéria. Até a segunda-feira da semana passada.

Naquele dia, Josh estava no banheiro e Kamara estava sentada diante da mesa da cozinha conferindo o dever de casa dele quando ouviu um som atrás de si. Ela se virou, pensando que era Josh, mas Tracy apareceu, curvilínea com sua legging e seu suéter justo, sorrindo, apertando os olhos, tirando longos *dreadlocks* da frente do rosto com dedos manchados de tinta. Foi um momento estranho. Elas se fitaram e, de repente, Kamara sentiu vontade de perder peso e voltar a usar maquiagem. Outra mulher, com a mesma coisa que você?, diria sua amiga Chinwe, se ela algum dia lhe contasse. *Tufia!* Que bobagem é essa? Kamara vinha dizendo isso a si mesma, também, desde a segunda-feira da semana passada. Mas, mesmo assim, tinha parado de comer banana-da-terra frita, ido trançar o cabelo no salão senegalês em South Street e começado a remexer nas pilhas de rímel da loja de maquiagem. Dizer essas palavras para si mesma não significava nada, porque o que acontecera na cozinha naquela tarde fora o florescer de uma esperança extravagante, porque agora, o que movia sua vida era pensar que Tracy ia subir as escadas de novo.

Kamara colocou os filés de frango no forno. Neil acrescentava três dólares por hora nos dias em que não chegava em casa na hora combinada e ela fazia o jantar de Josh. Kamara achava graça no fato de que "fazer o jantar" era descrito como um trabalho árduo, quando na verdade era uma série de ações desprovidas de qualquer dificuldade: abrir caixas e pacotes e colocar alimentos no forno ou no micro-ondas. Neil devia ver o fogão a querosene que ela costumava usar em casa, aquele que soltava nuvens grossas de fumaça. O forno emitiu um bipe. Kamara dispôs os filés de frango ao redor de um montinho de arroz no prato de Josh.

"Josh!", gritou. "O jantar está pronto. Quer um *frozen yogurt* de sobremesa?"

"Quero." Josh sorriu, e ocorreu a Kamara que seus lábios formavam uma curva idêntica à de Tracy. Ela bateu o dedo do pé na quina do balcão. Tinha começado a esbarrar nas coisas com muita frequência desde a segunda-feira da semana passada.

"Tudo bem?", perguntou Josh.

Kamara massageou o dedo. "Tudo."

"Espera, Kamara." Josh se ajoelhou no chão e beijou o pé dela. "Pronto. Agora vai passar", disse.

Kamara olhou para a cabecinha dele, abaixada diante de seu corpo, com os cachos em completo desalinho, e quis lhe dar um abraço apertado. "Obrigada, Josh."

O telefone tocou. Ela sabia que era Neil.

"Oi, Kamara. Tudo bem por aí?"

"Tudo ótimo."

"Como está o Josh? Está com medo da maratona amanhã? Está nervoso?"

"Está ótimo. Acabamos de terminar o treino."

"Maravilha", respondeu Neil, fazendo uma pausa. "Posso dar um oi rápido para ele?"

"Ele está no banheiro." Kamara baixou a voz, observando Josh desligar o aparelho de DVD na sala de televisão.

"O.k. Vejo você daqui a pouco. Acabei de literalmente empurrar minha última cliente para fora do escritório. Conseguimos convencer o marido dela a fazer um acordo, mas a mulher não saía daqui", explicou, dando uma risada curta.

"Tudo bem, então." Kamara estava prestes a desligar o telefone quando se deu conta de que Neil ainda estava na linha.
"Kamara?"
"Oi?"
"Estou um pouco preocupado com a maratona. Sabe, não sei se esse tipo de competição é muito saudável para um menino da idade dele."
Kamara abriu a torneira e lavou os últimos vestígios do líquido verde-escuro. "Ele vai ficar bem."
"Espero que ir à Zany Brainy o ajude a esquecer a competição por algum tempo."
"Ele vai ficar bem", repetiu Kamara.
"Quer ir à Zany Brainy com a gente? Posso deixar você em casa depois."
Kamara disse que preferia ir para casa. Não sabia por que tinha mentido e dito que Josh estava no banheiro; a mentira escapou com tanta facilidade. Antes, provavelmente teria conversado mais com Neil e ido à loja de brinquedos educativos, mas, agora, não estava mais com vontade de ter aquela intimidade com ele.

Ela ainda estava com o telefone nas mãos; o aparelho havia começado a soltar um apito irritante. Kamara tocou o adesivo que dizia "Protejam nossos anjos", colado por Neil na base do telefone recentemente, um dia depois de ligar para ela, desesperado, porque tinha acabado de ver na internet uma foto de um pedófilo que tinha se mudado há pouco para o bairro deles e que era idêntico ao homem que fazia as entregas da UPS. "Cadê o Josh? Cadê o Josh?", perguntara Neil, como se fosse possível que seu filho estivesse em qualquer outro lugar que não em algum cômodo da casa. Kamara desligara sentindo pena dele.

Tinha passado a entender que, nos Estados Unidos, criar filhos era fazer malabarismo com diversas ansiedades, e que isso era resultado da comida em excesso: as barrigas cheias davam tempo aos americanos para que temessem que seus filhos pudessem sofrer de uma doença rara sobre a qual tinham acabado de ler; faziam com que eles pensassem que tinham o direito de proteger seus filhos das decepções, das necessidades, dos fracassos. Barrigas cheias davam aos americanos o luxo de se gabarem de serem bons pais, como se cuidar dos filhos fosse a exceção e não a regra. Kamara costumava achar graça ao ver mulheres na televisão falando sobre o quanto amavam seus filhos, sobre todos os sacrifícios que tinham feito por eles. Agora, ela se irritava. Agora que sua menstruação insistia em vir mês após mês, ela se ressentia daquelas mulheres de aparência artificial com seus bebês concebidos sem esforço e suas expressões tolas como "educação saudável".

Kamara desligou o telefone e puxou o adesivo preto para ver se ele era fácil de descolar. Quando Neil a entrevistara, o adesivo dizendo "NÃO ÀS ARMAS" era prateado, e essa fora a primeira coisa que ela contara a Tobechi, como tinha sido estranho vê-lo alisá-lo sem parar, como se aquilo fosse um ritual. Mas Tobechi não estava interessado no adesivo. Ele perguntou sobre a casa, detalhes que teria sido impossível para Kamara saber. Era uma casa colonial? De que época? Enquanto indagava, seus olhos brilhavam com sonhos aguados. "Nós vamos morar numa casa assim um dia, em Armore também, ou em outro lugar na Main Line", disse Tobechi.

Kamara não disse nada, porque o que lhe importava não era onde eles moravam, mas o que tinham se tornado.

Eles se conheceram na universidade em Nsukka, no último ano, ele estudando engenharia e ela, química. Ele era sério, estudioso, miúdo, o tipo de rapaz que os pais diziam ter "um futuro brilhante". Mas o que atraiu Kamara foi a maneira como

Tobechi a fitava com um olhar perplexo, um olhar que a fazia gostar de si mesma. Depois de um mês, ela se mudou para o quarto dele no alojamento masculino de uma avenida bastante arborizada no campus, e eles passaram a ir juntos para todo lado, subindo na mesma *okada*, com Kamara enfiada entre Tobechi e o motoqueiro. Tomavam banhos de balde juntos no banheiro de paredes sebosas, faziam comida ao ar livre no fogãozinho dele e, quando os amigos começaram a dizer que ele vivia enroscado nela que nem uma canga, Tobechi sorria, como quem dizia que eles não sabiam o que estavam perdendo. O casamento, celebrado pouco tempo depois de os dois terem completado seu ano no Serviço Nacional da Juventude, foi corrido, porque um tio que era pastor tinha acabado de se oferecer para ajudar Tobechi a obter um visto americano, incluindo o nome dele no de um grupo que ia participar de uma conferência da Missão da Fé Evangélica. Nos Estados Unidos era preciso trabalhar duro, eles sabiam, e só ia ser bem-sucedido quem estivesse preparado para isso. Tobechi iria para os Estados Unidos, arrumaria um emprego, trabalharia por dois anos, conseguiria um *green card* e mandaria buscar Kamara. Mas dois anos se passaram, depois quatro, e ela continuava em Enugu, trabalhando como professora numa escola de ensino médio, fazendo um mestrado em meio período e indo aos batizados dos filhos de amigos, enquanto Tobechi dirigia um táxi na Filadélfia para um nigeriano que roubava de todos os seus motoristas, porque nenhum deles tinha visto de trabalho. Mais um ano se passou. Tobechi não podia mandar tanto dinheiro quanto gostaria, pois a maior parte era usada para aquilo que ele descrevia como "arrumar os documentos". Os sussurros das tias de Kamara foram ficando cada vez mais altos: O que esse menino está esperando? Se ele não consegue se organizar e mandar buscar a esposa, tem que nos avisar, pois o tempo, para a mulher, passa depressa! Durante suas conversas ao telefone, ela ouvia a tensão na voz de Tobechi, o consolava e chorava sozinha, até que o dia finalmente chegou: ele ligou e disse que seu *green card* estava na sua frente, em cima da mesa, e que nem sequer era verde.

Kamara se lembraria para sempre da atmosfera estagnada pelo ar-condicionado que encontrou ao chegar ao aeroporto da Filadélfia. Ela ainda segurava o passaporte, com uma leve dobra na página que continha o visto de turista com o nome de Tobechi como fiador, quando saiu do setor de desembarque, e lá estava ele, com a pele mais clara, gorducho, rindo. Seis anos haviam se passado. Eles se abraçaram longamente. No carro, Tobechi contou que tinha obtido os documentos dizendo ser solteiro, então eles se casariam de novo nos Estados Unidos e ele entraria com um pedido pelo *green card* dela. Ele tirou os sapatos ao chegar no apartamento e Kamara olhou para os dedos de seu pé, que formavam um contraste forte com o linóleo cor de leite do chão da cozinha, e notou que agora eles tinham pelos. Ela não lembrava de dedos do pé com pelos. Ficou olhando, perplexa, enquanto Tobechi falava, seu igbo misturado com um inglês que tinha um sotaque americano forçado, que unia as palavras. Ele não tinha falado assim no telefone. Ou será que tinha, e ela é que não havia notado? Talvez o problema fosse apenas o fato de que vê-lo tinha sido diferente, pois fora o Tobechi da faculdade que Kamara esperava encontrar. Ele desencavava lembranças e as arejava, regozijando-se com elas: Você se lembra quando nós compramos *suya* na chuva? Ela se lembrava. Lembrava-se da noite em que houve uma tempestade cheia de raios, e as lâmpadas estavam pingando e eles tinham comido a carne grelhada ensopada com cebolas cruas que fizeram seus olhos lacrimejarem. Lembrava-se de como tinham acordado na manhã seguinte com o hálito pesado de cebola. E se lembrava também de como seu relacionamento era repleto de um conforto fácil. Agora, os silêncios entre eles eram constrangedores, mas Kamara disse a si mesma que as coisas iam melhorar; eles tinham passado muito tempo separados, afinal. Na cama, ela não sentiu nada além da fricção elástica da pele contra a pele, e lembrava-se bem de como costumava ser entre eles, Tobechi silencioso, gentil e firme, ela barulhenta, agarrando-o e se contorcendo. Agora, Kamara se perguntava se aquele era o mesmo Tobechi, aquela pessoa que parecia tão ansiosa, tão teatral e que, o que era pior, tinha começado a usar, também na cama, aquele sotaque falso, unindo as palavras como os americanos, que a fazia sentir vontade de lhe dar um tapa na cara. *Eu quero te foder. Eu vou te foder.* No primeiro fim de semana, ele a levou para ver a Filadélfia; eles andaram por toda a Old City até que Kamara ficou exausta e Tobechi lhe pediu que sentasse num banco enquanto ele ia comprar uma garrafa de água. Quando estava voltando, com seu jeans um pouco largo demais e uma camiseta, tendo o sol cor de tangerina às costas, por um instante, Kamara pensou que era um completo desconhecido. Tobechi voltava do Burger King, onde começara a trabalhar como gerente, trazendo um presentinho: a última edição da revista *Essence*, uma garrafa de Maltina comprada na loja africana e uma barra de chocolate. No dia em que eles foram a um cartório para se casar diante de uma funcionária impaciente, ele assobiou alegremente enquanto dava o nó da gravata e ela o observou com uma espécie de tristeza desesperada, querendo muito sentir o mesmo prazer. Havia emoções que Kamara queria segurar na palma da mão, mas que simplesmente não existiam mais.

Enquanto Tobechi estava no trabalho, ela se arrastava pelo apartamento, via televisão e comia tudo o que havia na geladeira, até colheradas de margarina depois de acabar com todo o pão. Suas roupas ficaram apertadas na cintura e nas axilas, então Kamara passou a usar só sua canga *abada* numa volta frouxa ao redor do corpo, com um nó debaixo do braço. Ela finalmente estava nos Estados Unidos com Tobechi, com seu homem bom, e se sentia murcha. Só conseguia se abrir de verdade com Chinwe. Chinwe era a amiga que nunca dissera que Kamara era uma boba por esperar por Tobechi e, se ela contasse a Chinwe que não gostava da sua cama, mas não tinha vontade de se levantar dela de manhã, ela entenderia sua perplexidade.

Kamara ligou para Chinwe, que começou a chorar depois do primeiro alô e do primeiro *kedu*. Outra mulher tinha engravidado do marido de Chinwe e ele ia pagar o dote de noiva dela, pois Chinwe tinha duas filhas e a mulher era de uma família com muitos homens. Kamara tentou consolar Chinwe, soltou insultos furiosos contra o marido inútil e então desligou sem dizer uma palavra sobre sua nova vida; não podia reclamar de não ter sapatos se a pessoa com quem estava falando não tinha pernas.

Ao falar com a mãe no telefone, Kamara disse que estava tudo ótimo. "Vamos ouvir pezinhos nesse chão daqui a pouco", disse sua mãe. "*Ise!*", respondeu Kamara, para mostrar que concordava com a bênção. E era verdade: começara a fechar os olhos quando Tobechi estava em cima dela, pedindo por uma gravidez, pois, se isso não a tirasse daquele desânimo, ao menos lhe daria alguém de quem pudesse cuidar. Tobechi tinha comprado pílulas anticoncepcionais para Kamara, pois queria que eles tivessem um ano só para eles, para conversar, para desfrutar da companhia um do outro, mas ela jogava uma pílula na privada por dia e se perguntava como ele não via o cinza que lhe nublava os dias, as coisas duras que haviam se interposto entre eles. Mas, na segunda-feira da semana passada, Tobechi *tinha* notado a mudança nela.

"Você está alegre hoje, Kam", disse ao abraçá-la naquela noite. Parecia feliz por ela estar alegre. Kamara sentiu-se ao mesmo tempo excitada e com pena, por saber de algo que não podia compartilhar com ele, por, subitamente, acreditar em coisas que nada tinham a ver com seu marido. Kamara não podia contar a Tobechi que Tracy subira as escadas que levavam à cozinha, deixando-a surpresa, pois ela desistira de se perguntar que tipo de mãe era aquela.

"Oi, Kamara", dissera Tracy, caminhando até ela. "Eu sou a Tracy." Sua voz era grave, seu corpo de mulher era fluido e seu suéter e suas mãos estavam manchados de tinta.

"Ah, olá", dissera Kamara, sorrindo. "Prazer em finalmente conhecer você, Tracy."

Kamara estendeu a mão, mas Tracy tinha se aproximado e tocado seu queixo. "Você já usou aparelho?"

"Aparelho?"

"Sim."

"Não, não."

"Você tem os dentes muito lindos."

A mão de Tracy ainda estava em seu queixo, erguendo de leve a sua cabeça, e Kamara se sentiu, primeiro, como uma menininha idolatrada pelos pais e, depois, como uma noiva. Ela sorriu de novo. Tinha uma consciência profunda de seu próprio corpo, dos olhos de Tracy, do fato de que o espaço entre elas era pequeno, tão pequeno.

"Você já posou para um pintor?", perguntou Tracy.

"Não... não."

Josh entrou na cozinha e correu para Tracy, com o rosto iluminado de alegria. "Mamãe!" Tracy abraçou-o, beijou-o e bagunçou seu cabelo. "Você terminou de trabalhar, mamãe?", perguntou ele, agarrando a mão dela.

"Ainda não, meu amor." Tracy parecia conhecer bem a cozinha. Kamara achava que ela não ia saber onde os copos ficavam ou como ligar o filtro. "Eu travei, então decidi subir um pouquinho." Ela estava alisando o cabelo de Josh. Virou-se para Kamara. "Está preso bem aqui na minha garganta, sabe?"

"Sei", disse Kamara, embora não soubesse. Tracy estava olhando bem nos seus olhos, de uma maneira que fez sua língua parecer inchada.

"Neil disse que você fez mestrado", disse Tracy.

"Fiz."

"Que maravilha. Eu detestei a faculdade, mal pude esperar para me formar!" Ela riu. Kamara riu. Josh riu. Tracy passou os dedos pela correspondência sobre a mesa, pegou um envelope, abriu e largou. Kamara e Josh ficaram olhando, em silêncio. Então, ela se virou. "Bom, melhor eu voltar a trabalhar. Tchau para vocês."

"Por que você não mostra seu trabalho para o Josh?", perguntou Kamara, pois não podia suportar a ideia de Tracy ir embora dali.

Tracy pareceu surpresa com a sugestão por um instante, mas logo encarou Josh. "Quer ver, filho?"

"Quero!"

No porão, um enorme quadro estava encostado na parede.

"É bonito", disse Josh. "Não é, Kamara?"

Para ela, o quadro parecia apenas alguns salpicos de tinta brilhante atirados aleatoriamente. "É. É muito legal."

Sentia mais curiosidade pelo porão em si, onde Tracy praticamente morava, com o sofá molengo, as mesas repletas de objetos, e as xícaras manchadas de café. Tracy estava fazendo cócegas em Josh, que ria. Ela se virou para Kamara. "Desculpe a bagunça que está isso aqui."

"Imagina." Kamara queria se oferecer para fazer uma faxina para Tracy, qualquer coisa para continuar ali dentro.

"Neil disse que você acabou de se mudar para cá, não é? Eu adoraria saber mais sobre a Nigéria. Estive em Gana há uns dois anos."

"Ah", disse Kamara, encolhendo a barriga. "Gostou de Gana?"

"Muito. A Mãe África participa de todo meu trabalho", disse Tracy, que fazia cócegas em Josh, mas tinha os olhos fixos em Kamara. "Você é iorubá?"

"Não. Igbo."

"O que seu nome significa? Estou pronunciando direito? Ka-ma-ra?"

"Sim. É uma abreviação de Kamarachizuoroanyi: 'Que a graça de Deus seja suficiente para nós'."

"É lindo, parece música. Kamara, Kamara, Kamara."

Kamara imaginou Tracy dizendo aquilo de novo, dessa vez em seu ouvido, num sussurro. *Kamara, Kamara, Kamara*, ela diria, enquanto seus corpos se movessem à melodia do nome.

Josh estava correndo com um pincel na mão e Tracy correu atrás dele; eles chegaram perto de Kamara. Tracy parou. "Você gosta deste emprego, Kamara?"

"Gosto", disse Kamara, surpresa. "O Josh é um menino ótimo."

Tracy assentiu. Ela esticou a mão e tocou levemente o rosto de Kamara mais uma vez. Seus olhos brilhavam à luz das lâmpadas de halogêneo.

"Você ficaria nua para mim?", perguntou, num tom suave como um sussurro, tão suave que Kamara não teve certeza se havia ouvido direito. "Eu pintaria você. Mas não ia se parecer muito com você."

Kamara sabia que não estava mais respirando direito. "Ah. Não sei", respondeu.

"Pense no assunto", disse Tracy, antes de se voltar para Josh e dizer a ele que tinha que voltar ao trabalho.

"Está na hora do seu espinafre, Josh", disse Kamara, falando alto demais. Ela foi lá para cima, arrependida de não ter dito algo mais ousado, torcendo para que Tracy subisse de novo.

Fazia pouco tempo que Neil passara a deixar Josh comer chocolate granulado, depois de ler um livro novo que afirmava que seu adoçante sem açúcar era carcinogênico, e, por isso, o menino estava tomando seu *frozen yogurt* orgânico com um punhado de chocolate granulado quando a porta da garagem abriu. Neil usava um terno elegante de tom escuro. Colocou a bolsa de couro sobre o balcão, disse oi para Kamara e então se abaixou para abraçar Josh. "Oi, filho!"

"Oi, papai." Josh lhe deu um beijo e riu quando Neil enfiou o nariz em seu pescoço.

"Como foi o treino de leitura com a Kamara?"

"Legal."

"Você está nervoso, filho? Vai ser ótimo, aposto que você vai ganhar. Mas não tem importância, pois, para o papai, você é um campeão sempre. Está prontinho para ir na Zany Brainy? Vai ser divertido. A primeira visita do Queijo Querido!"

"É." Josh empurrou o prato e começou a remexer a mochila.

"Depois eu olho os deveres", disse Neil.

"Não consegui encontrar meu cadarço. Eu tirei quando estava brincando no pátio." Josh pegou uma folha de papel de dentro da mochila. Os cadarços sujos de lama seca estavam enroscados nela e ele desembaraçou-os. "Ah, olha!", exclamou o menino. "Lembra daqueles cartões de Shabat especiais para a família que minha turma estava fazendo, pai?"

"São esses?"

"São!" Em sua letra precocemente bem-feita estavam escritas as palavras *Kamara, que bom que você é da minha família. Shabat Shalom.*

"Eu esqueci de dar para você na sexta passada, Kamara. Então, vou ter que esperar até amanhã para dar, tá?", disse Josh, com uma expressão solene.

"Tudo bem, Josh", respondeu Kamara, passando água no prato dele antes de colocá-lo na máquina de lavar louça.

Neil pegou o cartão da mão de Josh. "Sabe, Josh", disse ele, devolvendo o cartão, "é muito legal da sua parte querer dar isso para a Kamara, mas ela é sua babá e sua amiga, e estes cartões eram para a família."

"A tia Leah disse que podia."

Neil olhou para Kamara, como se buscasse apoio, mas ela desviou os olhos e se concentrou em abrir a lava-louças.

"A gente pode ir, pai?", perguntou Josh.

"Claro."

Antes de saírem, Kamara disse: "Boa sorte amanhã, Josh".

Ela os observou se afastarem no Jaguar de Neil. Seus pés estavam coçando para descer as escadas, bater na porta de Tracy e oferecer alguma coisa: um café, um copo d'água, um sanduíche, o seu corpo. No banheiro, Kamara acariciou as tranças recém-feitas, retocou o *gloss* e o rímel e então começou a descer as escadas que levavam ao porão. Parou muitas vezes e voltou. Finalmente, desceu correndo e bateu na porta. Precisou bater mais uma vez, e depois outra.

Tracy abriu. "Achei que você já tinha ido", disse, com a expressão distante. Ela usava uma camiseta desbotada e uma calça jeans suja de tinta, e suas sobrancelhas eram tão grossas e retas que pareciam falsas.

"Não."

Kamara se sentiu constrangida. *Por que você não subiu desde a segunda-feira da semana passada? Por que seus olhos não se iluminaram quando me viu?*, quis perguntar. "Neil e Josh acabaram de sair para ir à Zany Brainy. Vou cruzar os dedos amanhã."

"Sim." Havia algo no comportamento de Tracy que Kamara temeu ser impaciência e irritação.

"Tenho certeza de que o Josh vai ganhar", disse Kamara.

"É bem possível." Tracy parecia estar dando um passo atrás, como se estivesse prestes a fechar a porta.

"Você precisa de alguma coisa?", perguntou Kamara.

Devagar, Tracy sorriu. Ela deu um passo à frente, chegando perto de Kamara, perto demais, colocando o rosto diante do dela. "Você *vai* ficar nua para mim", disse ela.

"Vou." Kamara manteve a barriga encolhida até Tracy dizer: "Ótimo. Mas hoje, não. Hoje não é um bom dia." Ela desapareceu para dentro do quarto.

Mesmo antes de olhar para Josh na tarde seguinte, Kamara soube que ele não tinha ganhado. O menino estava diante de um prato cheio de biscoitos, tomando um copo de leite, Neil sentado a seu lado. Uma loira bonita com uma calça jeans apertada olhava as fotos de Josh pregadas na porta geladeira.

"Oi, Kamara. A gente acabou de chegar", disse Neil. "O Josh foi incrível. Ele merecia muito ter ganhado. Claramente, era quem tinha estudado mais."

Kamara bagunçou o cabelo de Josh. "Oi, Joshy."

"Oi, Kamara", disse Josh, enfiando um biscoito na boca.

"Essa é a Maren", disse Neil. "Ela é a professora de francês do Josh."

A mulher disse oi, apertou a mão de Kamara e então foi para a sala de televisão. O jeans formava um sulco em sua virilha, havia manchas de um blush chamativo demais em seu rosto e ela não se parecia nada com a imagem que Kamara tinha de uma professora de francês.

"A maratona de leitura acabou tomando o tempo das aulas deles, então eu sugeri que eles estudassem aqui, e Maren, gentilmente, concordou. Tudo bem, Kamara?", perguntou Neil.

"Claro." De repente, Kamara voltou a gostar de Neil, e gostou também da maneira como as venezianas filtravam o sol que entrava na cozinha, e também do fato de a professora de francês estar ali, pois, assim que a aula começasse, ela ia poder descer e perguntar para Tracy se aquele era o momento certo para ficar nua. Estava usando um sutiã meia taça novo.

"Estou preocupado", disse Neil. "Acho que estou consolando o Josh com uma overdose de açúcar. Ele já chupou dois pirulitos. E a gente ainda parou para tomar sorvete." Neil estava sussurrando, mas dava para Josh ouvir. Falava no mesmo tom desnecessariamente grave que costumava usar para contar a Kamara dos livros que doara para o jardim de infância de Josh em Temple Beth Hillel, livros que falavam dos judeus da Etiópia, ilustrados com desenhos de pessoas de pele cor de terra queimada. Josh tinha dito que a professora jamais lera os livros para a turma. Kamara lembrava da maneira como Neil agarrara sua mão, grato, quando ela dissera "Ele vai ficar bem", como se precisasse ouvir alguém dizer isso.

Agora, Kamara disse: "Ele vai superar".

Neil assentiu, devagar. "Não tenho certeza", disse.

Ela esticou a mão e apertou a de Neil. Sentia-se repleta de um espírito de generosidade.

"Obrigado, Kamara", disse Neil, continuando após uma pausa. "Melhor eu ir. Vou chegar atrasado hoje. Você pode fazer o jantar?"

"Claro."

Kamara sorriu de novo. Talvez tivesse tempo de voltar ao porão enquanto Josh jantava, talvez Tracy pedisse que ela passasse a noite ali, e então Kamara ligaria e diria a Tobechi que tinha acontecido uma emergência e ela precisava cuidar de Josh até o dia seguinte. A porta que levava ao porão abriu. A excitação de Kamara fez surgir um pulsar surdo em suas têmporas, e o pulsar se intensificou quando Tracy apareceu com sua legging e sua camisa suja de tinta. Ela deu um abraço e um beijo em Josh. "Ei, você é o campeão da mamãe, filho, meu campeão especial."

Kamara ficou feliz quando Tracy não beijou Neil, quando eles disseram, "oi" um para o outro, como se fossem irmãos.

"Oi, Kamara", disse Tracy. E Kamara disse a si mesma que Tracy só parecia normal, e não absolutamente deliciada, em vê-la, porque não queria que Neil soubesse.

Tracy abriu a geladeira, pegou uma maçã e suspirou. "Estou tão travada. Tão travada", disse.

"Vai dar tudo certo", murmurou Neil. E então, erguendo a voz para que Maren pudesse ouvir da sala de televisão, perguntou: "Você não conhece a Maren, conhece?".

Neil as apresentou. Maren esticou a mão e Tracy pegou.

"Você está usando lente de contato?", perguntou Tracy.

"Lente de contato? Não."

"Você tem olhos muito incomuns. Violeta."

Tracy ainda estava segurando a mão de Maren.

"Ah. Obrigada!" Maren deu uma risadinha nervosa.

"Eles são violeta mesmo."

"Ah... é, acho que são."

"Você já posou para um pintor?"

"Ah... não." Mais risadinhas.

"Devia pensar em posar."

Ela levou a maçã aos lábios e deu uma mordida lenta, sem nunca tirar os olhos do rosto de Maren. Neil as observava com um sorriso indulgente e Kamara desviou o olhar. Ela se sentou ao lado de Josh e pegou um biscoito do prato dele.

Jumping Monkey Hill

Todos os bangalôs tinham telhados de palha. Havia nomes como Baboon Lodge e Porcupine Place pintados à mão ao lado de portas de madeira que levavam a caminhos de pedra, e as janelas eram deixadas abertas para que os hóspedes acordassem com o farfalhar das folhas de jacarandá e o som ritmado e tranquilizador das ondas do mar se quebrando. As bandejas de vime continham uma seleção de chás sofisticados. No meio da manhã, discretas criadas negras faziam a cama, limpavam a banheira elegante, passavam aspirador de pó no tapete e deixavam flores silvestres nos vasos artesanais. Ujunwa achou estranho que o Workshop para Escritores Africanos fosse ali, em Jumping Monkey Hill, nos arredores da Cidade do Cabo. O nome em si já era absurdo e o resort tinha a complacência dos bem alimentados, era o tipo de lugar onde, imaginava ela, turistas estrangeiros ricos corriam de um lado para o outro tirando fotos de lagartos, para depois voltar para casa ainda sem ter muita consciência de que, na África do Sul, havia mais negros do que lagartos de cabeça vermelha. Mais tarde, ela descobriria que fora Edward Campbell quem escolhera o resort; ele tinha passado os fins de semana lá quando dava aulas na Universidade da Cidade do Cabo, anos antes.

 Mas Ujunwa não sabia disso na tarde em que Edward — um velho de chapéu de sol que, ao sorrir, mostrava dois dentes que pareciam mofados — foi buscá-la no aeroporto. Ele a beijou nas bochechas. Perguntou se ela tivera algum problema em retirar sua passagem em Lagos, se se importava em esperar pelo ugandês, cujo voo chegaria em breve, se estava com fome. Ele contou a ela que sua esposa, Isabel, já buscara a maioria dos participantes do workshop e que seus amigos Simon e Hermione, que tinham vindo com eles de Londres para trabalhar no evento, estavam organizando um almoço de boas-vindas no resort. Edward e Ujunwa se sentaram num banco no setor de desembarque. Ele equilibrou a placa com o nome do ugandês no ombro e falou sobre como a Cidade do Cabo era úmida naquela época do ano e sobre como ele estava satisfeito com a organização do workshop. Edward alongava as palavras. Ele tinha o tipo de sotaque britânico mais refinado, aquele que alguns nigerianos ricos tentavam imitar, acabando por soar cômicos sem querer. Ujunwa ficou imaginando se fora Edward quem a escolhera para o workshop. Provavelmente não; fora o British Council quem anunciara que as inscrições estavam abertas e que selecionara os melhores.

 Edward se movera de modo a sentar um pouco mais perto dela. Ele estava perguntando o que ela fazia na Nigéria. Ujunwa fingiu dar um enorme bocejo, torcendo para que ele parasse de falar. Edward repetiu a pergunta e quis saber também se ela havia pedido licença do trabalho para participar do workshop. Observava-a atentamente. Podia tanto ter sessenta e cinco anos, como noventa. Ujunwa não conseguiu saber sua idade só de olhar para o seu rosto; ele era agradável, mas amorfo, como se Deus, ao criá-lo, o houvesse atirado contra uma parede e espalhado as feições de qualquer jeito. Ela deu um sorriso vago e disse que tinha perdido o emprego logo antes de sair de Lagos — um emprego num banco —, e que, por isso, não houvera necessidade de pedir licença. Bocejou de novo. Edward parecia ansioso para saber outras coisas, mas Ujunwa não queria falar mais, e, quando ergueu os olhos e viu o ugandês caminhando em sua direção, ficou aliviada.

O ugandês parecia estar com sono. Tinha trinta e poucos anos, um rosto quadrado, pele escura e o cabelo com um penteado com bolotas crespas. Ele fez uma mesura ao cumprimentar Edward com as mãos e depois se virou e murmurou um olá para Ujunwa. Sentou no banco da frente do Renault. O trajeto até o resort era longo, por estradas cortadas de maneira caótica nas colinas íngremes, e Ujunwa temeu que Edward estivesse velho demais para dirigir tão depressa. Ela prendeu a respiração até que chegassem ao aglomerado de telhados de palha e aleias bem cuidadas. Uma loira sorridente levou-a até seu bangalô, o Zebra Lair, que tinha uma cama com dossel e lençóis com cheiro de lavanda. Ujunwa ficou sentada na cama um instante e então se levantou para desfazer a mala, olhando pela janela de tempos em tempos para ver se havia algum macaco à espreita nas copas das árvores.

Não havia nenhum, infelizmente, disse Edward para os participantes mais tarde, quando eles estavam almoçando no terraço à sombra de guarda-sóis cor-de-rosa, com as mesas empurradas para perto da grade, de modo a ver o mar turquesa. Ele apontou para cada pessoa e fez as apresentações. A sul-africana branca era de Durban, mas o sul-africano negro vinha de Johanesburgo. O tanzaniano era de Arusha, o ugandês de Entebbe, a zimbabuense de Bulawayo, o queniano de Nairóbi e a senegalesa que, aos vinte e três anos, era a mais jovem ali, viera de Paris, onde fazia faculdade.

Edward apresentou Ujunwa por último: "Ujunwa Ogundu

é nossa participante nigeriana e ela mora em Lagos". Ujunwa olhou ao redor da mesa e imaginou com quem se daria bem. A senegalesa era a mais promissora, com um brilho irreverente nos olhos, seu sotaque francófono e os fios prateados nos *dreadlocks* grossos. A zimbabuense tinha *dreadlocks* mais longos e finos, cujos búzios faziam clique-clique quando ela movia a cabeça de um lado para o outro. Parecia elétrica, hiperativa, e Ujunwa achou que talvez gostasse dela como gostava de álcool — em pequenas doses. O queniano e o tanzaniano pareciam normais, quase indistinguíveis — homens altos de testas largas com barbas desgrenhadas e camisas estampadas de manga curta. Ujunwa imaginou que fosse gostar deles daquela maneira indiferente com que se gosta de pessoas que não nos causam nenhum desconforto. Mas não estava certa sobre os sul-africanos: a mulher branca possuía um rosto ansioso demais, sem humor e sem maquiagem, e o homem negro parecia paciente e piedoso, como uma testemunha de Jeová que ia de casa em casa e sorria a cada vez que lhe batiam a porta na cara. Quanto ao ugandês, Ujunwa sentira antipatia por ele desde o aeroporto, uma antipatia que cresceu no almoço por causa de suas respostas bajuladoras às perguntas de Edward e de sua maneira de se inclinar para a frente e falar apenas com Edward, ignorando os outros participantes. Eles, por sua vez, não trocaram muitas palavras com o ugandês. Todos sabiam que ele fora o ganhador do último prêmio Lipton para Escritores Africanos, no valor de quinze mil libras. Não o incluíram na conversa educada sobre como tinham sido seus voos.

Depois que eles comeram o frango cremoso enfeitado com ervas, depois que beberam a água com gás que vinha em garrafas brilhantes, Edward se levantou para fazer o discurso de boas-vindas. Ao falar, ele apertava os olhos, e seu cabelo ralo voava ao sabor da brisa com cheiro de mar. Começou dizendo o que eles já sabiam — que o workshop duraria duas semanas; que fora ideia dele, mas, é claro, recebera o patrocínio generoso da Fundação de Artes Chamberlain, assim como o prêmio Lipton para Escritores Africanos fora ideia dele, mas era também patrocinado pelos excelentes membros da fundação; que era esperado que todos eles escrevessem um conto para publicação no *Oratory*; que laptops estariam disponíveis nos bangalôs; que na primeira semana eles escreveriam e, na segunda, revisariam o trabalho de cada participante; e que o ugandês seria o líder do workshop. Então, Edward falou sobre si mesmo, sobre como a literatura africana era sua causa há quarenta anos, a paixão de uma vida inteira que começara em Oxford. Ele olhava com frequência para o ugandês. O ugandês assentia avidamente, para deixar claro que percebia cada olhar. Por fim, Edward apresentou sua esposa, Isabel, embora todos já a conhecessem. Disse que ela era uma ativista pelos direitos dos animais, uma grande africana que passara a adolescência em Botsuana. Pareceu orgulhoso quando Isabel se levantou, como se sua elegância, seu corpo alto e esguio, compensassem pelos defeitos na aparência dele. O cabelo de Isabel tinha um tom ruivo discreto e era cortado de modo a deixar alguns cachos emoldurando seu rosto. Ela ajeitou os fios ao dizer: "Mas Edward, para que essa apresentação tão formal?". Ujunwa imaginou, no entanto, que Isabel desejara aquela apresentação, que talvez até houvesse lembrado Edward de fazê-la, dizendo: "Querido, não se esqueça de me apresentar direito no almoço", num tom delicado.

No dia seguinte, durante o café, Isabel usou um tom assim quando se sentou ao lado de Ujunwa e disse que, mas é claro, com uma estrutura óssea elegante como aquela, ela só podia vir de uma família real nigeriana. A primeira coisa que Ujunwa pensou foi em perguntar se Isabel precisava recorrer ao sangue real para explicar a beleza de seus amigos londrinos. Ela não perguntou isso, mas disse — porque não resistiria — que era mesmo uma princesa, que vinha de uma linhagem muito antiga e que um de seus antepassados tinha capturado um mercador português no século XVII e mantido o homem, bem alimentado e sempre com o corpo coberto de óleo, numa jaula real. Ujunwa parou de falar para dar um gole no suco de cranberry e sorriu para dentro do copo. Isabel disse alegremente que sempre sabia discernir sangue real, que esperava que Ujunwa apoiasse sua campanha contra a caça — era horrível, era simplesmente horrível, quantos macacos em extinção eram mortos, e as pessoas nem sequer comiam, não era nada daquela história de alimentação selvagem tradicional, só usavam as partes íntimas para fazer talismãs.

Depois do café, Ujunwa ligou para a mãe e falou do resort e de Isabel, e ficou feliz ao ouvi-la rir. Ela desligou, sentou diante do laptop e pensou que há muito sua mãe não ria de verdade. Ficou sentada ali durante um longo tempo, movendo o mouse de um lado para o outro, tentando decidir se sua personagem teria um nome comum, como Chioma, ou exótico, como Ibari.

Chioma vive com a mãe em Lagos. Formou-se em Economia pela Universidade de Nsukka, acabou de completar o Serviço Nacional da Juventude e, todas as quintas, compra o jornal *The Guardian*, esquadrinha a seção de empregos dos classificados e envia seu currículo em envelopes de papel pardo. Durante semanas, nada acontece. Finalmente, ela recebe um telefonema chamando-a para fazer uma entrevista. Após as primeiras perguntas, o homem diz que vai contratá-la, e então atravessa a sala, se posta atrás de Chioma e passa os braços sobre os ombros dela para apertar seus seios. "Seu idiota! Dê-se ao respeito!", diz ela, entredentes, e vai embora. Semanas de silêncio. Chioma ajuda na butique da mãe. Envia mais envelopes. Na entrevista seguinte, a mulher, falando com o sotaque mais falso e mais bobo que ela já ouviu, diz que quer alguém que estudou fora, e Chioma quase cai na gargalhada ao ir embora. Mais semanas de silêncio. Chioma não vê o pai há meses, mas decide ir a seu novo escritório em Victoria Island para perguntar se ele pode ajudá-la a arrumar um emprego. O encontro é tenso. "Por que você não veio desde aquilo, ê?", pergunta ele, fingindo estar com raiva. Ela sabe que é mais fácil para ele ficar com raiva, é sempre mais fácil ficar com raiva das pessoas depois que você as magoa. Ele dá alguns telefonemas. Entrega a Chioma um rolo fino de notas de duzentos nairas. Não pergunta sobre a mãe dela. Chioma nota que a foto da Mulher Amarela está sobre sua mesa. A mãe dela a descreveu bem: "Ela é muito séria, parece mestiça, e a questão é que ela não é nem bonita, tem um rosto que parece um mamão papaia maduro demais".

O candelabro do salão de jantar principal de Jumping Monkey Hill era tão baixo que Ujunwa conseguiria tocá-lo apenas estendendo a mão. Edward estava em uma das cabeceiras da longa mesa com toalha branca, Isabel na outra e os participantes entre eles. O assoalho de madeira rangia barulhento enquanto os garçons andavam de um lado para o outro, entregando cardápios. Medalhões de avestruz. Salmão defumado. Frango ao molho de laranja. Edward aconselhou a todos que comessem avestruz. Era simplesmente ma-ra-vi-lho-so. Ujunwa não gostava da ideia de comer um avestruz, nem sequer sabia que as pessoas comiam avestruz e, quando disse isso, Edward deu uma risada simpática e disse que é claro que avestruz era um prato típico da África. Todos os outros pediram avestruz, e quando o frango de Ujunwa chegou, ácido demais, ela se perguntou se devia ter feito o mesmo. Parecia um bife comum, de todo modo. Ujunwa bebeu mais álcool do que jamais bebera na vida — duas taças de vinho —, sentiu-se relaxada e conversou com a senegalesa sobre as melhores maneiras de cuidar do cabelo crespo: nunca usar produtos à base de silicone, passar bastante manteiga de karité e só pentear quando estiver molhado. Ela ouviu pedaços da conversa de Edward, que estava falando sobre vinho: Chardonnay era horrivelmente enfadonho.

Depois, os participantes se reuniram no gazebo — com exceção do ugandês, que continuou sentado com Edward e Isabel. Eles tentaram matar a tapas os insetos que voavam por ali, beberam vinho, riram e provocaram uns aos outros: Vocês quenianos são submissos demais! Vocês nigerianos são agressivos demais! Vocês tanzanianos são muito cafonas! Vocês senegaleses só sabem imitar os franceses! Falaram sobre a guerra no Sudão, sobre a decadência da African Writers Series, sobre livros e escritores. Todos concordaram que Dambudzo Marechera era incrível, que Alan Paton era paternalista e que Isak Dinesen era imperdoável. O queniano começou a imitar um sotaque europeu genérico e, entre uma baforada e outra de cigarro, recitou o que Isak Dinesen escrevera sobre todas as crianças kikuyo se tornarem retardadas mentais aos nove anos de idade. Eles riram. A zimbabuense disse que Achebe era chato e não fazia nada com estilo, e então o queniano afirmou que aquilo era sacrilégio, agarrou a taça de vinho dela e só a devolveu quando se retratou, rindo, e disse que é claro que Achebe é sublime. A senegalesa contou que quase tinha vomitado quando um professor da Sorbonne lhe dissera que Conrad estava *do lado dela*, como se ela não conseguisse decidir sozinha quem estava do lado dela. Ujunwa começou a dar pulos, balbuciando coisas sem sentido para imitar os africanos de Conrad, sentindo a doce leveza do vinho na cabeça. A zimbabuense cambaleou e caiu no chafariz e saiu cuspindo água, com os *dreadlocks* molhados, dizendo que tinha sentido alguns peixes escorregadios encostando em sua pele lá dentro. O queniano disse que usaria isso em seu conto — peixes na fonte chique do resort — já que não tinha ideia sobre o que escrever. A senegalesa revelou que seu conto na verdade era *sua própria história*, sobre como lamentou a morte da namorada e como seu luto lhe dera coragem para sair do armário para os pais, embora agora eles tratassem o fato de ela ser lésbica como se fosse uma piada leve e continuassem a falar das famílias de rapazes que eram bons partidos. O sul-africano negro pareceu alarmado ao ouvir a palavra "lésbica". Ele se levantou e foi embora. O queniano disse que o sul-africano o fazia lembrar de seu pai, que frequentava a Igreja da Renascença do Espírito Santo e não falava com ninguém na rua, pois era gente que não tinha sido salva. A zimbabuense, o tanzaniano, a sul-africana branca e a senegalesa falaram de seus pais.

Eles olharam para Ujunwa e ela se deu conta de que era a única que não dissera nada e, por um segundo, o vinho deixou de embotar sua mente. Deu de ombros e murmurou que não havia muito a dizer sobre seu pai. Ele era uma pessoa normal. "Ele é presente na sua vida?", perguntou a senegalesa. Disse isso com o tom suave de quem presumia que a resposta era não e, pela primeira vez, seu sotaque francófono irritou Ujunwa. "Ele é presente na minha vida", disse com uma força silenciosa. "Foi meu pai quem comprou livros para mim quando eu era criança e quem leu meus primeiros poemas e contos." Ujunwa parou de falar, e todos olhavam para ela quando ela disse: "Ele fez algo que me surpreendeu. Me magoou também, mas principalmente me surpreendeu". A senegalesa pareceu querer fazer mais perguntas, mas mudou de ideia e disse que queria mais vinho. "Você está escrevendo sobre seu pai?", perguntou o queniano. Ujunwa respondeu com um *não* enfático, pois jamais acreditara na ficção como terapia. O tanzaniano afirmou que toda ficção era terapia, uma espécie de terapia, não importava o que ninguém dissesse.

Naquela noite, Ujunwa tentou escrever, mas sua vista rodava e sua cabeça doía e, por isso, ela foi para a cama. Depois do café da manhã, sentou-se diante do laptop, envolvendo uma xícara de chá com ambas as mãos.

Chioma recebe um telefonema do banco Merchant Trust, um dos lugares que seu pai contatou. Ele conhece o diretor-presidente. Ela está esperançosa; todas as pessoas que trabalham em banco que ela conhece dirigem bons Jettas usados e moram em bons apartamentos em Gbagada. O vice-gerente a entrevista. Ele tem a pele escura, é bonito e usa uns óculos com um logo elegante na armação e, enquanto fala com Chioma, ela deseja desesperadamente despertar seu interesse. Isso não acontece. O homem diz que o banco gostaria de contratá-la para trabalhar com marketing, o que significa sair para obter novas contas. Ela vai trabalhar com Yinka. Se conseguir obter contas no valor de dez milhões de nairas durante o período de avaliação, garantirá um cargo permanente. Chioma assente enquanto ele fala. Está acostumada a chamar a atenção dos homens e fica emburrada porque o vice-gerente não olha para ela como um homem olha para uma mulher; além disso, não entende bem o que ele quer dizer com "sair para obter novas contas" até começar a trabalhar duas semanas depois. Um motorista de uniforme leva Chioma e Yinka num jipe oficial com ar-condicionado — ela passa a mão sobre o banco de couro liso, reluta em sair dali de dentro — até a casa de um *hadji* em Ikoyi. O *hadji* é acolhedor e expansivo com seu sorriso, seus gestos, sua gargalhada. Yinka já veio vê-lo algumas vezes antes e ele a abraça e diz algo que a faz rir. Ele olha para Chioma. "Essa aqui é uma beleza", diz. Um mordomo serve taças geladas com coquetel chapman. O *hadji* fala com Yinka, mas olha com frequência para Chioma. Então, ele pede que Yinka se aproxime e explique como funciona a poupança de juros altos, e depois pede que ela sente no seu colo, perguntando se não acha que ele é forte o suficiente para aguentar seu peso. Yinka diz é claro que é, e senta em seu colo, com um sorriso sereno. Yinka é séria e pequena; ela faz Chioma se lembrar da Mulher Amarela.

Tudo o que Chioma sabe sobre a Mulher Amarela é o que

sua mãe lhe disse. Em uma tarde calma, a Mulher Amarela entrara na butique de sua mãe na rua Adeniran Ogunsanya. Sua mãe sabia quem era a Mulher Amarela, sabia que o relacionamento dela com seu marido já durava um ano, sabia que ele comprara o Honda Accord para a Mulher Amarela e o apartamento dela em Ilupeju. Mas o que a deixou louca foi esse insulto: a Mulher Amarela entrar em sua butique, olhar os sapatos e planejar pagar por eles com dinheiro que na verdade era de seu marido. Então, a mãe de Chioma agarrara os apliques compridos da Mulher Amarela e gritara "Sua ladra de homem!". E as vendedoras a imitaram, dando tapas e socos na Mulher Amarela até que ela saísse correndo para o carro. Quando o pai de Chioma soube, gritou com a mãe dela e disse que ela agira como uma daquelas mulheres loucas da rua, que fizera com que ele, ela própria e uma mulher inocente caíssem em desgraça por nada. Depois, saiu de casa. Chioma voltou do Serviço Nacional da Juventude e notou que o guarda-roupa do pai estava vazio. Tia Elohor, tia Rose e tia Uche vieram todas e disseram para sua mãe: "Estamos prontas para ir com você implorar que ele volte para casa. Ou podemos ir e implorar em seu nome". A mãe de Chioma disse: "Nunca neste mundo. Não vou implorar. Já chega". Tia Funmi veio e disse que a Mulher Amarela tinha amarrado o pai de Chioma com feitiçaria e que conhecia um bom babalaô que podia desamarrá-lo. A mãe de Chioma disse: "Não, eu não vou". Sua butique estava indo à falência, pois era o pai de Chioma que sempre a ajudara a importar sapatos de Dubai. Então ela baixou os preços, colocou anúncios na *Joy* e na *City People* e começou a vender sapatos feitos em Aba. Chioma está usando um desses pares na manhã em que, sentada na sala de estar do *hadji*, observa Yinka, empoleirada naquele colo simpático, falando dos benefícios de ter uma poupança no banco Merchant Trust.

No começo, Ujunwa tentou não notar que Edward muitas vezes observava o seu corpo, que seus olhos nunca ficavam fixos em seu rosto, mas sempre um pouco mais para baixo. A rotina dos dias de workshop era tomar café às oito, almoçar à uma e jantar às seis no salão principal. No sexto dia, quando fazia um calor furioso, Edward distribuiu cópias do primeiro conto a ser avaliado, escrito pela zimbabuense. Os participantes estavam sentados no terraço e, depois que ele distribuiu os papéis, Ujunwa viu que todos os lugares sob os guarda-sóis estavam ocupados.

"Eu não me importo de sentar no sol", disse ela, já se levantando. "Quer que eu levante para você, Edward?"

"Gostaria muito que você se deitasse para mim." O momento foi úmido, espesso; um pássaro grasnou ao longe. Edward␣sorria. Só o ugandês e o tanzaniano tinham escutado. Então o ugandês riu. E Ujunwa riu, porque era engraçado e espirituoso, ela disse a si mesma, se você parasse para pensar. Depois do almoço, ela saiu para uma caminhada com a zimbabuense e, quando elas pararam para pegar conchas à beira-mar, Ujunwa quis contar a ela o que Edward tinha dito. Mas a zimbabuense parecia distraída, menos falante do que o normal; devia estar ansiosa por causa do conto. Ujunwa leu-o naquela noite. Achou que o estilo tinha floreios demais, mas gostou da história e escreveu elogios e sugestões cuidadosas nas margens. Era uma história engraçada com a qual ela conseguiu se identificar, sobre um professor de ensino médio de Harare que frequenta uma igreja pentecostal, e ouve de seu pastor que ele e a esposa não terão filhos até conseguirem obrigar as bruxas que amarraram o útero de sua mulher a confessar o que fizeram. Eles se convencem de que as bruxas são suas vizinhas de porta e, todas as manhãs, rezam bem alto, atirando bombas verbais sagradas sobre a cerca.

Depois que a zimbabuense leu um trecho no dia seguinte, fez-se um silêncio breve ao redor da mesa de jantar. Então o ugandês disse que havia bastante energia na escrita. A sul-africana assentiu, entusiasmada. O queniano discordou. Algumas frases se esforçavam tanto para ser literárias que não faziam sentido, disse, lendo um exemplo. O tanzaniano disse que era preciso olhar para um conto como um todo, não em partes. Sim, concordou o queniano, mas cada parte tinha que fazer sentido para formar um todo que fizesse sentido. Então, Edward deu sua opinião. O estilo decerto era ambicioso, mas o conto em si levava à pergunta "E daí?". Havia algo de terrivelmente datado nele quando se levavam em consideração todas as outras coisas que estavam acontecendo no Zimbábue no governo do horrível Mugabe. Ujunwa olhou para Edward, atônita. O que ele queria dizer com "datado"? Como uma história tão verdadeira poderia ser datada? Mas ela não perguntou o que ele queria dizer, e o ugandês não perguntou, e tudo o que a zimbabuense fez foi tirar os *dreadlocks* da frente do rosto, fazendo com que os búzios pendurados batessem uns nos outros. Todos os outros ficaram em silêncio. Logo, eles começaram a bocejar, dizer boa-noite e voltar para os bangalôs.

No dia seguinte, eles não falaram sobre a noite anterior. Falaram sobre como os ovos mexidos estavam macios e sobre como era sobrenatural o som das folhas de jacarandá farfalhando contra as janelas à noite. Depois do jantar, a senegalesa leu um trecho de seu conto. Ventava muito naquela noite e eles fecharam a porta para abafar o som das árvores assoviando. A fumaça do cachimbo de Edward tomou o cômodo. A senegalesa leu duas páginas de uma cena que se passava num velório, parando com frequência para dar goles de água, com o sotaque ficando mais forte conforme ela se emocionava, cada t soando como um z. No final, todos se voltaram para Edward, até o ugandês, que parecia ter se esquecido de que era o líder do workshop. Edward mastigou o cachimbo, pensativo, antes de dizer que histórias homossexuais daquele tipo não refletiam a África de fato.

"Que África?", perguntou Ujunwa, num impulso.

O sul-africano se remexeu na cadeira. Edward mastigou mais o cachimbo. Então, olhou para Ujunwa da maneira como alguém olha para uma criança que se recusa a ficar quieta na igreja, e disse que não falava como um africanista de Oxford, mas como alguém interessado na verdadeira África, e não na imposição de ideias ocidentais sobre os *loci* africanos. A zimbabuense, o tanzaniano e a sul-africana branca começaram a balançar a cabeça enquanto Edward falava.

"Este pode ser o ano 2000, mas quão africano é o fato de uma pessoa contar à família que é homossexual?", perguntou Edward.

A senegalesa explodiu em uma torrente de francês incompreensível e então, após um minuto de fala fluida, disse: "Eu *sou* senegalesa! Eu *sou* senegalesa!". Edward respondeu num francês tão rápido quanto o dela e depois disse em inglês, com um leve sorriso: "Acho que ela bebeu demais daquele excelente Bordeaux". Alguns dos participantes riram.

Ujunwa foi a primeira a ir embora. Estava perto de seu bangalô quando ouviu alguém chamá-la e parou. Era o queniano. A zimbabuense e a sul-africana estavam com ele. "Vamos para o bar", disse o queniano. Ujunwa se perguntou onde estaria a senegalesa. No bar, ela tomou uma taça de vinho e escutou os outros conversarem sobre como os outros hóspedes de Jumping Monkey Hill — todos brancos — olhavam desconfiados para os participantes. O queniano contou que, no dia anterior, um casal bem jovem tinha parado e se detido um pouco ao vê-lo aproximando-se no caminho que vinha da piscina. A sul-africana disse que recebia olhares desconfiados também, talvez por só usar cafetãs estampados. Sentada ali, olhando para o breu da noite, ouvindo as vozes suavizadas pelo álcool ao seu redor, Ujunwa sentiu uma aversão a si mesma explodindo na boca de seu estômago. Não devia ter rido quando Edward disse "Gostaria muito que você se deitasse para mim". Não tinha sido engraçado. Nem um pouco. Ela havia odiado a frase, odiado o sorriso de Edward, o vislumbre de dentes esverdeados, assim como odiava a maneira como ele sempre olhava para os seus seios e não para o seu rosto, a maneira como seus olhos escalavam todo o seu corpo, e, no entanto, se obrigara a rir como uma hiena enlouquecida. Ujunwa largou sua taça de vinho pela metade e disse: "Edward está sempre olhando para o meu corpo". O queniano, a sul-africana e a zimbabuense olharam para ela, perplexos. Ujunwa repetiu: "Edward está sempre olhando para o meu corpo". O queniano disse que tinha ficado claro desde o primeiro dia que o homem ia montar naquele palito da sua mulher desejando que ela fosse Ujunwa; a zimbabuense disse que sempre havia uma expressão faminta nos olhos de Edward quando ele fitava Ujunwa; a sul-africana disse que Edward jamais olharia daquele jeito para uma mulher branca, porque o que sentia por Ujunwa era desejo sem nenhum respeito.

"Vocês todos perceberam?", perguntou Ujunwa. "Vocês todos perceberam?" Ela se sentiu estranhamente traída. Levantou-se e foi para o bangalô. Ligou para a mãe, mas a voz metálica só repetia "O número para o qual você ligou não está disponível no momento, por favor tente mais tarde", e então ela desistiu. Não conseguiu escrever. Deitou na cama e ficou acordada durante tanto tempo que, quando afinal adormeceu, já amanhecia.

Naquela noite, o tanzaniano leu um trecho de seu conto sobre os assassinatos no Congo, contado do ponto de vista de um miliciano, um homem imbuído de uma violência lasciva. Edward disse que aquele seria o conto principal do *Oratory*, que era urgente e relevante, que relatava algo de novo. Ujunwa achou que o conto parecia uma matéria da *The Economist* ilustrada por charges. Mas não disse isso. Voltou para o bangalô e, embora estivesse com uma dor de estômago, ligou o laptop.

Chioma olha para Yinka sentada no colo do *hadji* e sente-se como se estivesse atuando numa peça. Ela escreveu algumas peças durante o ensino médio. Sua turma encenou uma na comemoração do aniversário da escola e, no final, as pessoas aplaudiram de pé e o diretor disse: "Chioma é nossa futura estrela!". O pai dela estava lá, sentado ao lado de sua mãe, aplaudindo e sorrindo. Mas, quando Chioma disse que queria estudar literatura na universidade, ele disse que não era viável. Ele usou exatamente essa palavra: "viável". Disse que Chioma tinha que estudar outra coisa e que sempre poderia escrever nas horas vagas. O *hadji* está passando de leve um dedo sobre o braço de Yinka e dizendo: "Mas você sabe que o banco Savanna Union mandou gente aqui na semana passada". Yinka ainda está sorrindo e Chioma se pergunta se as bochechas dela já estão doendo. Ela pensa nos contos que estão numa caixa de metal debaixo de sua cama. Seu pai leu todos, e às vezes escrevia nas margens "Excelente! Clichê! Muito bom! Não está claro!". Fora ele quem comprara romances para Chioma; sua mãe achava que romances eram perda de tempo, afirmando que ela precisava era dos livros da escola.

"Chioma!", diz Yinka. Chioma ergue a cabeça. O *hadji* está falando com ela. Parece quase tímido e não a encara. Tem uma hesitação diante de Chioma que não demonstra com Yinka. "Eu disse que você é uma beleza. Como pode um poderoso não ter se casado com você ainda?" Chioma sorri e não diz nada. O *hadji* diz: "Eu concordei em fazer negócio com o Merchant Trust, mas só se você for meu contato pessoal". Chioma não sabe bem o que responder. "É claro", diz Yinka. "Ela vai ser seu contato. Vamos cuidar bem do senhor. Ah, obrigada, senhor!"

O *hadji* se levanta e diz: "Venham, venham, tenho uns perfumes bons que comprei na minha última viagem a Londres. Vou dar uma coisinha para vocês levarem para casa". Ele vai entrando e então se vira. "Venham, venham, vocês duas", diz. Yinka vai atrás do *hadji*. Chioma se levanta. O *hadji* se volta para ela mais uma vez, esperando. Mas Chioma não o segue. Vira-se para a porta, abre, sai, sentindo o sol forte, e passa pelo jipe, no qual está o motorista com a porta escancarada, escutando rádio. "Dona? Dona? Aconteceu alguma coisa?", pergunta ele. Ela não responde. Anda, anda, passando pelo portão alto e chegando à rua, onde entra num táxi e vai para a agência, pegar os poucos objetos que deixara em sua mesa.

Ujunwa acordou com o barulho das ondas, com um aperto de nervoso no estômago. Não queria ler seu conto naquela noite. Também não queria ir tomar café, mas foi mesmo assim e deu um bom-dia geral com um sorriso geral. Sentou-se ao lado do queniano, que se inclinou para ela e contou, sussurrando, que Edward acabara de dizer para a senegalesa que sonhara com seu umbigo nu. Umbigo nu. Ujunwa observou a senegalesa, levando delicadamente a xícara de chá aos lábios, resoluta, com os olhos no horizonte. Sentiu inveja de sua tranquilidade confiante. Também se aborreceu ao saber que Edward estava fazendo comentários sugestivos para outra pessoa e se perguntou o que significava aquele amuo. Será que passara a considerar o olhar libidinoso dele propriedade sua? Não se sentiu confortável pensando naquilo, nem com a ideia de ler naquela noite e, por isso, durante a tarde, demorando-se no almoço, perguntou à senegalesa o que ela dissera quando Edward falara de seu umbigo nu.

A senegalesa deu de ombros e disse que não importava quantos sonhos o velho tivesse, ela continuaria a ser uma lésbica feliz e não havia necessidade de dizer nada para ele.

"Mas por que nós não dizemos nada?", perguntou Ujunwa, erguendo a voz e olhando para os outros. "Por que nunca dizemos nada?"

Eles se entreolharam. O queniano disse ao garçom que a

água estava ficando morna e pediu que ele, por favor, trouxesse mais gelo. O tanzaniano perguntou ao garçom de que parte do Malaui ele era. O queniano perguntou se os cozinheiros também eram do Malaui, como todos os garçons pareciam ser. Então a zimbabuense disse que não queria saber de onde eram os cozinheiros, porque a comida em Jumping Monkey Hill era simplesmente nojenta, com aquela quantidade de carne e creme. Outras palavras saíram em disparada e Ujunwa não soube mais ao certo quem dizia o quê. Imagine uma reunião africana sem arroz, e por que a cerveja era proibida no jantar só porque Edward achava que vinho era o correto, e que café às oito era cedo demais, que se dane que Edward considerasse aquela a hora "certa", e o cheiro do cachimbo dele era enjoativo, e ele tinha que decidir o que gostava de fumar, afinal de contas, e parar de enrolar cigarros no meio de um cachimbo.

Só o sul-africano negro permaneceu em silêncio. Parecia desolado, com as mãos cruzadas sobre o colo, até que disse que Edward era só um velho que não queria fazer mal a ninguém. Ujunwa gritou para ele: "É por atitudes desse tipo que eles puderam matar vocês, enfiar todos em *townships* e exigir passes para vocês andarem em sua própria terra!". Então ela parou e pediu desculpas. Não devia ter dito aquilo. Não tinha sido sua intenção erguer a voz. O sul-africano negro deu de ombros, como se compreendesse que o demônio sempre faria seu trabalho. O queniano olhava para Ujunwa. Ele lhe disse, em voz baixa, que ela estava com raiva de outras coisas além de Edward, e Ujunwa desviou o olhar e se perguntou se "raiva" era a palavra certa.

Mais tarde, Ujunwa foi à loja de souvenirs com o queniano, a senegalesa e o tanzaniano e experimentou algumas bijuterias feitas de marfim falso. Eles provocaram o tanzaniano por seu interesse em joias — será que *ele* também não era gay? Ele riu e disse que suas possibilidades eram ilimitadas. Então disse, num tom mais sério, que Edward conhecia muita gente e poderia conseguir um agente literário para eles em Londres; não havia necessidade de atacar o homem, de fechar as portas para as oportunidades. Ele não queria acabar naquele emprego chato de professor em Arusha. Falava como se estivesse se dirigindo a todos, mas manteve os olhos fixos em Ujunwa.

Ujunwa comprou um colar, experimentou-o e gostou do contraste do pingente branco em forma de dente no seu pescoço. Naquela noite, Isabel sorriu ao vê-lo e disse: "Gostaria que as pessoas vissem como o marfim falso parece de verdade e deixassem os animais em paz". Ujunwa sorriu, radiante, e disse que aquilo na verdade era marfim mesmo, perguntando-se se devia acrescentar que ela mesma matara o elefante durante uma caçada real. Isabel olhou espantada e depois fez uma expressão aflita. Ujunwa passou o dedo sobre o plástico. Precisava relaxar, e repetiu isso de novo e de novo para si mesma, até que começou a ler seu conto. Ao final, o ugandês foi o primeiro a falar, comentando como a história era forte, como era crível, com seu tom confiante surpreendendo Ujunwa ainda mais que suas palavras. O tanzaniano disse que ela sabia passar bem a atmosfera de Lagos, os cheiros e sons, e falou que era incrível como as cidades do terceiro mundo se pareciam. A sul-africana branca disse que detestava aquele termo, terceiro mundo, mas que amara o relato realista daquilo pelo qual as mulheres estavam passando na Nigéria. Edward se recostou na cadeira e disse: "Nunca é exatamente assim na vida real, não é? As mulheres nunca são vítimas dessa maneira tão grosseira, e certamente não na Nigéria. A Nigéria tem mulheres em posições de poder. A ministra mais importante do gabinete é mulher".

O queniano interrompeu e disse que tinha gostado do conto, mas não acreditava que Chioma teria aberto mão do emprego; ela, afinal de contas, não tinha outras opções, e por isso ele não achara o final plausível.

"O conto inteiro não é plausível", disse Edward. "Isso é literatura ideológica, não é uma história real sobre gente de verdade."

Algo murchou dentro de Ujunwa. Edward ainda estava falando. É claro que ele tinha que admirar a escrita em si, dizendo que era ma-ra-vi-lho-sa. Ele a observava, e foi a expressão de triunfo nos olhos dele que fez com que ela se levantasse e começasse a rir. Os participantes olharam para ela, atônitos. Ujunwa riu, riu, riu, enquanto eles olhavam. Afinal, ela pegou seus papéis. "Uma história real sobre gente de verdade?", repetiu, encarando Edward. "A única coisa que eu não acrescentei à história foi que, depois que eu deixei minha colega e saí da casa do *hadji*, entrei no jipe e insisti para que o motorista me levasse para casa, porque eu sabia que aquela era a última vez que ia andar nele."

Havia outras coisas que Ujunwa queria dizer, mas não disse. Havia lágrimas brotando em seus olhos, mas ela não deixou que caíssem. Estava ansiosa para ligar para a mãe e, enquanto caminhava na direção de seu bangalô, perguntou-se se este final, num conto, seria considerado plausível.

No seu pescoço

Você pensava que todo mundo nos Estados Unidos tinha um carro e uma arma; seus tios, tias e primos pensavam o mesmo. Logo depois de você ganhar a loteria do visto americano, eles lhe disseram: daqui a um mês, você vai ter um carro grande. Logo, uma casa grande. Mas não compre uma arma como aqueles americanos.

Batalhões deles entraram no quarto em Lagos que você dividia com seus pais e três irmãos, apoiando-se nas paredes sem pintura porque não havia cadeiras para todos, para se despedir em voz alta e lhe dizer, em voz baixa, o que queriam que você lhes enviasse. Em comparação com o carro grande e a casa grande (e talvez com a arma), as coisas que desejavam eram simples — bolsas, sapatos, perfumes, roupas. Você disse tudo bem, sem problema.

Seu tio que morava nos Estados Unidos, aquele cujo nome estava na ficha de todos os membros da família para a loteria do visto americano, disse que você podia ir morar com ele até se ajeitar. Ele a buscou no aeroporto e comprou para você um enorme cachorro-quente com mostarda amarela que a deixou enjoada. "Introdução aos Estados Unidos", disse, rindo. Seu tio morava numa pequena cidade de gente branca no Maine, numa casa construída trinta anos antes, perto de um lago. Ele contou que a empresa para a qual trabalhava lhe oferecera alguns milhares de dólares a mais do que o salário médio anual, além de participação nos lucros, porque estava desesperada para mostrar diversidade nas contratações. Eles incluíam uma foto do seu tio em todos os folhetos, mesmo naqueles que não tinham nada a ver com a unidade dele. Ele riu e disse que o emprego era bom, e que valia morar numa cidade só com gente branca, apesar de sua esposa ter que dirigir uma hora até encontrar um salão que soubesse cuidar de cabelo crespo. O truque era entender os Estados Unidos, saber que, ali, é dando que se recebe. Você dava muito, mas recebia muito também.

Seu tio lhe mostrou como se candidatar a uma vaga de operadora de caixa no posto de gasolina da rua principal e matriculou você numa faculdade comunitária, onde as garotas tinham coxas grossas, usavam esmalte vermelho vivo e um bronzeador artificial que as deixava com a pele laranja. Elas perguntaram onde você tinha aprendido a falar inglês, se havia casas de verdade na África e se você já tinha visto um carro antes de vir para os Estados Unidos. Olharam boquiabertas para o seu cabelo. Ele fica em pé ou cai quando você solta as tranças? Elas queriam saber. Fica todo em pé? Como? Por quê? Você usa pente? Você sorria de um jeito forçado enquanto elas faziam essas perguntas. Seu tio lhe disse que aquilo era esperado; uma mistura de ignorância e arrogância, foi como ele definiu. Então ele contou como seus vizinhos comentaram, alguns meses depois que ele se mudou, que os esquilos haviam começado a desaparecer naquela área. Disseram que tinham ouvido falar que os africanos comiam todo tipo de animal selvagem.

Você ria com seu tio e se sentia à vontade na casa dele; a esposa dele a chamava de *nwanne*, irmã, e seus dois filhos em idade escolar a chamavam de "titia". Eles falavam igbo e comiam *garri* de almoço, e era como estar em casa. Até que seu tio entrou no porão apertado onde você dormia ao lado de caixas e embalagens velhas e puxou-a com força para perto dele, apertando sua bunda, soltando gemidos. Ele não era seu tio de verdade; na verdade, ele era irmão do marido da irmã de seu pai, não parente de sangue. Depois que você o empurrou para longe, ele se sentou na sua cama — a casa era dele, afinal de contas —, sorriu e disse que você não era mais criança, já tinha vinte e dois anos. Se você deixasse, ele faria muitas coisas por você. As mulheres espertas faziam isso o tempo todo. Como você achava que aquelas mulheres com bons salários em Lagos conseguiam aqueles empregos? E até as mulheres em Nova York?

Você se trancou no banheiro até que ele voltasse para cima e, na manhã seguinte, você foi embora, caminhando pela longa estrada tortuosa, sentindo o cheiro dos peixes no lago. Viu quando ele passou de carro — ele sempre deixava você no trabalho — e não buzinou. Perguntou-se o que diria para a mulher para explicar sua partida. E lembrou do que ele dissera sobre o fato de que, nos Estados Unidos, é dando que se recebe.

Você foi parar em Connecticut, em outra cidadezinha, pois ela era a última parada do ônibus Greyhound que pegou. Entrou no restaurante com o toldo limpo e brilhante e disse que trabalharia por dois dólares a menos por hora do que as outras garçonetes. O gerente, Juan, tinha cabelos negros retintos e sorriu, mostrando um dente de ouro. Disse que nunca tinha tido um funcionário da Nigéria, mas que todos os imigrantes trabalhavam duro. Ele sabia bem, pois já tinha estado naquela situação. Disse que lhe pagaria um dólar a menos, mas por fora; não gostava de todos aqueles impostos que lhe obrigavam a pagar.

Você não tinha dinheiro para fazer faculdade, pois agora pagava aluguel pelo quartinho minúsculo com o tapete manchado. Além disso, a cidadezinha de Connecticut não tinha uma universidade comunitária, e os créditos na universidade estadual eram caros demais. Então você ia à biblioteca pública, olhava a bibliografia das aulas nos sites das universidades e lia alguns dos livros. Às vezes, ficava sentada no colchão cheio de bolotas de sua bicama e pensava no seu país — nas suas tias que vendiam peixe seco e banana-da-terra na rua, adulando os passantes para que comprassem com elas e logo gritando insultos para aqueles que recusavam; nos seus tios, que bebiam o gim nacional e espremiam suas famílias e suas vidas em apenas um cômodo; nos amigos que tinham vindo se despedir de você, se regozijando porque você havia ganhado a loteria do visto americano, confessando a inveja que sentiam; nos seus pais, que muitas vezes davam as mãos quando caminhavam para a igreja no domingo de manhã, fazendo com que os vizinhos rissem e brincassem com eles; em sua mãe, cujo salário mal dava para pagar os estudos dos seus irmãos na escola de ensino médio onde os professores davam nota dez para quem lhes passava um envelope de papel pardo.

Você nunca precisara pagar por um dez, nunca tinha passado um envelope para um professor no ensino médio. Mesmo assim, escolheu envelopes compridos de papel pardo para enviar metade de seus ganhos mensais para seus pais, colocando o endereço da paraestatal onde sua mãe trabalhava como faxineira; sempre usava as notas de dólares que Juan lhe dava, pois elas eram novinhas, ao contrário das gorjetas. Todos os meses. Você embrulhava o dinheiro com cuidado em papel branco, mas não escrevia uma carta. Não havia sobre o que escrever.

Algumas semanas depois, no entanto, quis escrever, pois tinha histórias para contar. Quis escrever sobre a surpreendente franqueza das pessoas nos Estados Unidos, sobre como elas pareciam ansiosas para lhe falar da luta de sua mãe contra o câncer, sobre o bebê prematuro da cunhada, o tipo de coisa que a gente devia esconder ou revelar apenas para os parentes que nos queriam bem. Quis escrever sobre como as pessoas deixavam tanta comida nos pratos e largavam algumas notas de um dólar amassadas sobre a mesa, como se fosse uma oferenda, uma expiação pela comida desperdiçada. Quis escrever sobre a criança que começou a chorar, puxar os cabelos louros e empurrar os cardápios da mesa e, em vez de os pais a obrigarem a calar a boca, imploraram para que ficasse quieta, uma criança de no máximo cinco anos de idade, até que acabaram levantando e indo embora. Quis escrever sobre as pessoas ricas que usavam roupas esfarrapadas e tênis puídos, que pareciam os vigias noturnos das grandes propriedades de Lagos. Quis escrever que os americanos ricos eram magros e os pobres, gordos, e que muitos não tinham uma casa e um carro grandes; mas você ainda não sabia se tinham armas, pois podiam estar com elas escondidas dentro dos bolsos.

Não foi só para seus pais que quis escrever, mas também para seus amigos, seus primos, suas tias e tios. Mas nunca tinha dinheiro o suficiente para comprar perfumes, roupas, bolsas e sapatos para todos e ainda assim pagar o aluguel com o que ganhava como garçonete e, por isso, não escreveu para ninguém.

Ninguém sabia onde você estava, pois você não contou. Às vezes, você se sentia invisível e tentava atravessar a parede entre o seu quarto e o corredor e, quando batia na parede, ficava com manchas roxas nos braços. Certa vez, Juan perguntou se você tinha um namorado violento, pois ele daria um jeito nele, e você deu uma risada misteriosa.

À noite, algo se enroscava no seu pescoço, algo que por muito pouco não lhe sufocava antes de você cair no sono.

* * *

Muitas pessoas no restaurante perguntavam quando você tinha chegado da Jamaica, pois achavam que qualquer negro com sotaque estrangeiro era jamaicano. Alguns que adivinhavam que você era africana diziam que adoravam elefantes e queriam fazer um safári.

Por isso, quando ele lhe perguntou, na meia-luz do restaurante, depois de você listar os especiais do dia, de que país africano viera, você disse Nigéria e esperou que ele dissesse que tinha doado dinheiro para a luta contra a aids no Botsuana. Mas ele perguntou se você era iorubá ou igbo, pois não tinha cara de fulani. Você ficou surpresa — achou que ele devia ser professor de antropologia na universidade estadual, um pouco jovem para isso com seus vinte e muitos anos talvez, mas quem sabe? Igbo, respondeu. Ele perguntou seu nome e disse que Akunna era bonito. Não perguntou o significado, felizmente, pois você estava cansada de ouvir as pessoas dizerem "Fortuna do pai? Tipo, seu pai vai vender você para um marido para fazer fortuna?".

Ele lhe contou que já estivera no Gana, em Uganda e na Tanzânia, que adorava os poemas de Okot p'Bitek e os romances de Amos Tutuola e que lera muito sobre os países subsaarianos, sua história, suas complexidades. Você tentou desdenhá-lo, e mostrar isso ao trazer o pedido dele, pois os brancos que gostavam demais da África e os que gostavam de menos eram iguais — condescendentes. Mas ele não balançou a cabeça com um ar superior como fizera o professor Cobbledick lá na faculdade particular do Maine, durante uma discussão da turma sobre a descolonização da África. Não tinha aquela expressão do professor Cobbledick, de uma pessoa que se achava melhor que os povos que conhecia. Ele voltou no dia seguinte, sentou na mesma mesa e, quando você perguntou se o frango estava bom, quis saber se você tinha sido criada em Lagos. Voltou no terceiro dia e começou a falar antes de fazer o pedido, sobre como tinha ido a Mumbai e agora queria ir a Lagos, para ver como as pessoas de verdade viviam, tipo nas favelas, pois nunca fazia aquelas coisas bobas de turista quando viajava. Ele falou, falou, e você foi obrigada a dizer que ficar conversando era contra as regras do restaurante. Ele tocou sua mão quando você colocou o copo d'água sobre a mesa. No quarto dia, quando você o viu chegar, disse a Juan que não queria mais servir aquela seção. Quando seu turno acabou naquela noite, ele estava esperando do lado de fora, com fones enfiados nos ouvidos, pedindo que você saísse com ele porque seu nome rimava com *hakuna matata* e *O Rei Leão* era o único filme sentimental do qual já tinha gostado na vida. Você não sabia o que era *O Rei Leão*. Olhou para ele sob a luz forte e notou que seus olhos eram da cor de azeite extra virgem, um dourado esverdeado. Azeite extra virgem era a única coisa que você amava, de verdade, nos Estados Unidos.

 Ele estava no último ano da universidade estadual. Disse quantos anos tinha e você perguntou por que ele ainda não havia se formado. Ali eram os Estados Unidos, afinal de contas, não era como na Nigéria, onde as universidades fechavam com tanta frequência que as pessoas acrescentavam três anos ao tempo normal de curso e os professores faziam greve após greve, mas mesmo assim não recebiam. Ele respondeu que tinha tirado dois anos de férias para se encontrar e viajar, quase sempre para a África e a Ásia. Você perguntou onde ele acabou se encontrando e ele riu. Você não riu. Você não sabia que as pessoas podiam simplesmente escolher não estudar, que as pessoas podiam mandar na vida. Você estava acostumada a aceitar o que a vida dava, a escrever o que a vida ditava.

 Durante os quatro dias seguintes, você não quis sair com ele, pois se sentia desconfortável com a maneira como ele olhava para o seu rosto, aquele jeito intenso, faminto, de olhar para o seu rosto, que a fazia dizer adeus, mas também sentir-se relutante em se afastar. E então, na quinta noite, você entrou em pânico ao ver que ele não estava parado na porta no fim do seu turno. Rezou pela primeira vez em muito tempo e, quando ele apareceu por trás e disse oi, você disse que sim, queria sair com ele, mesmo antes de ele perguntar. Estava com medo de ele não perguntar de novo.

No dia seguinte, ele levou você para jantar no Chang's e seu biscoito da sorte tinha duas tirinhas de papel. As duas estavam em branco.

Você soube que finalmente estava confortável quando contou para ele que assistia a *Jeopardy* na televisão do restaurante e torcia para as seguintes categorias, nessa ordem: mulheres negras, homens negros e mulheres brancas, e homens brancos por último — o que significava que nunca torcia para os homens brancos. Ele riu e disse que estava acostumado a não ter ninguém torcendo por ele, pois sua mãe era professora de estudos feministas.

E você soube que vocês tinham se tornado próximos quando disse a ele que seu pai na verdade não era professor em Lagos, mas trabalhava como motorista de uma construtora. E contou daquele dia em que estavam no trânsito de Lagos, no Peugeot 504 velho que seu pai dirigia; chovia e seu assento estava molhado por causa do buraco no teto carcomido pela ferrugem. O trânsito estava pesado, o trânsito sempre era pesado em Lagos e, quando chovia, ficava um caos. As estradas se transformavam em poças de lama, os carros atolavam e alguns de seus primos saíam e ganhavam algum dinheiro desatolando-os. Foram a chuva e aquele clima de pântano, você pensava, que fizeram seu pai pisar no freio tarde demais naquele dia. Você ouviu a batida antes de senti-la. O carro que seu pai atingiu era grande, importado e verde-escuro, com faróis dourados que pareciam os olhos de um leopardo. Seu pai começou a chorar e implorar antes mesmo de sair do carro e se prostrar na estrada, fazendo muitas buzinas soarem. Desculpe, senhor, desculpe, senhor, entoava ele. Se o senhor me vender junto com minha família, não vai conseguir comprar nem um pneu do seu carro. Desculpe, senhor. O homem poderoso sentado no banco de trás não saiu, mas seu motorista sim, examinando os danos, olhando para o corpo estatelado de seu pai pelo canto dos olhos, como se aquela súplica fosse pornográfica, uma performance da qual tinha vergonha de admitir estar gostando. Por fim ele deixou seu pai ir embora. Acenou para que ele fosse. As buzinas dos outros carros soaram, os motoristas xingaram. Quando seu pai voltou para o carro, você se recusou a olhar para ele, pois ele estava como os porcos que chafurdavam na lama no entorno do mercado. Seu pai parecia *nsi*. Merda.

Depois que você contou isso, ele fez um biquinho, segurou sua mão e disse que entendia como você se sentia. Você tirou a mão dali, subitamente irritada, pois ele achava que o mundo era, ou devia ser, cheio de pessoas como ele. Você disse que não havia nada para entender, era assim e pronto.

Ele encontrou a loja de produtos africanos nas páginas amarelas de Hartford e levou você até lá de carro. Pela intimidade com que andou pela loja, virando a garrafa de vinho de palma para ver quanto sedimento havia nela, o dono ganense perguntou se ele era africano, como os quenianos e sul-africanos brancos, e ele disse que era, mas estava nos Estados Unidos há muito tempo. Ele pareceu satisfeito por ter enganado o dono. Você cozinhou naquela noite com as coisas que comprou e, depois que ele comeu *garri* e sopa de *onugbu*, vomitou na sua pia. Mas você não se importou, pois agora ia poder fazer sopa de *onugbu* com carne.

Ele não comia carne porque achava errado o método com o qual matavam animais; dizia que, por causa do método, toxinas do medo eram despejadas na corrente sanguínea dos animais e que essas toxinas deixavam as pessoas paranoicas. Na Nigéria, os pedaços de carne que você comia, quando havia carne, eram do tamanho de metade de um dedo. Mas você não contou isso para ele. Também não contou que os cubos de *dawadawa* que sua mãe colocava em tudo o que cozinhava, pois curry e tomilho eram caros demais, continham glutamato monossódico, *eram* glutamato monossódico. Ele dizia que glutamato monossódico causava câncer, e que era por isso que gostava do Chang's; no Chang's, eles não cozinhavam com glutamato monossódico.

Certa vez, no Chang's, ele disse ao garçom que tinha ido recentemente a Xangai e que falava um pouco de mandarim. O garçom ficou animado, falou qual era a melhor sopa e depois perguntou: "Você tem namorada em Xangai agora?". Ele deu um sorriso, sem dizer nada.

Você perdeu o apetite, como se houvesse algo entupido no fundo do seu peito. Naquela noite, você não gemeu quando ele estava dentro de você, você mordeu os lábios e fingiu que não tinha gozado, porque sabia que ele ia se preocupar. Mais tarde, contou para ele por que estava chateada, dizendo que, apesar de vocês irem ao Chang's juntos com tanta frequência, apesar de terem se beijado logo antes de o garçom trazer os cardápios, aquele chinês presumiu ser impossível que você fosse namorada dele, e ele apenas sorriu, sem dizer nada. Antes de pedir desculpas, ele olhou para você com uma expressão vaga, e você soube que ele não tinha entendido.

* * *

Ele lhe comprava presentes e, quando você disse que se preocupava com o gasto, ele contou que seu avô de Boston fora um homem rico, acrescentando depressa que o velho doara boa parte da fortuna e que, por isso, sua herança não era imensa. Os presentes dele deixavam você perplexa. Uma bola de vidro do tamanho de um punho que você sacudia para ver uma boneca curvilínea e minúscula girar dentro dela. Uma pedra brilhante cuja superfície assumia a cor de tudo que a tocava. Um lenço caro pintado à mão no México. Afinal você disse para ele, com uma voz alongada de ironia, que, na sua vida, presentes sempre eram coisas úteis. A pedra, por exemplo, teria funcionado se fosse possível moer coisas com ela. Ele riu muito, por um bom tempo, mas você não riu. Entendeu que, na vida que ele levava, era possível comprar presentes que eram só presentes e mais nada, nada de útil. Quando ele começou a comprar sapatos, roupas e livros para lhe dar, você pediu a ele que não fizesse mais isso, disse que não queria presente nenhum. Ele continuou a comprá-los e você os guardou para dar para seus primos, seus tios e suas tias, quando, um dia, pudesse ir visitá-los, embora não soubesse como poderia um dia comprar uma passagem e pagar o aluguel. Ele disse que queria muito conhecer a Nigéria e podia comprar passagens para vocês dois. Você não queria que ele pagasse para você visitar seu próprio país. Não queria que ele fosse à Nigéria, que a acrescentasse à lista de países que ele visitava para admirar-se com as vidas dos pobres que jamais poderiam admirar a vida *dele*. Você disse isso a ele num dia ensolarado em que ele a levou para conhecer o Estuário de Long Island, e vocês dois discutiram, erguendo as vozes ao caminhar na beira da água calma. Ele afirmou que você estava errada em dizer que ele tinha orgulho demais de suas próprias virtudes. Você retrucou que ele estava errado em dizer que só os indianos pobres de Mumbai eram indianos de verdade. Será que ele achava que não era americano de verdade, já que não era um daqueles gordos pobres que vocês tinham visto em Hartford? Ele saiu correndo para longe de você, com a pele branca à mostra da cintura para cima, os chinelos jogando a areia no ar, mas então voltou e estendeu a mão para você. Vocês fizeram as pazes, fizeram amor e passaram a mão nos cabelos um do outro, o dele macio e louro como a palha do milho que cresce balançado ao vento, o seu escuro e elástico como o forro de um travesseiro. Ele pegou sol demais e sua pele ficou da cor de uma melancia madura, e você beijou suas costas antes de passar hidratante nelas.

Aquilo que se enroscava ao redor do seu pescoço, que quase sufocava você antes de dormir, começou a afrouxar, a se soltar.

Pela reação das pessoas, você sabia que vocês dois eram anormais — o jeito como os grosseiros eram grosseiros demais e os simpáticos, simpáticos demais. As velhas e os velhos brancos que murmuravam e o encaravam, os homens negros que balançavam a cabeça para você, as mulheres negras com pena nos olhos, lamentando sua falta de autoestima, seu desprezo por si mesma. Ou as mulheres negras que davam sorrisos rápidos de solidariedade; os homens negros que se esforçavam demais para perdoar você, dizendo oi para ele de maneira excessivamente óbvia; os homens e mulheres brancos que diziam "Que casal bonito" num tom alegre demais, alto demais, como se quisessem provar para si próprios que tinham a mente aberta.

Mas os pais dele eram diferentes; quase fizeram você acreditar que era tudo normal. A mãe disse que ele nunca tinha apresentado uma garota para eles, com exceção daquela que levara ao baile de formatura do ensino médio, e ele deu um sorriso forçado e apertou sua mão. A toalha da mesa cobria suas mãos dadas. Ele apertou a sua e você apertou de volta, perguntando-se por que ele estava tão tenso, por que seus olhos cor de azeite extra virgem ficavam mais escuros quando ele se dirigia aos pais. A mãe dele se encantou quando perguntou se você já tinha lido Nawal el Saadawi e você disse que sim. O pai dele perguntou se a comida nigeriana se parecia com a indiana e brincou que você ia pagar a conta. Você olhou para eles e se sentiu grata por não a examinarem como a um troféu exótico, uma presa de marfim.

Depois, ele falou dos problemas que tinha com os pais, da maneira como eles distribuíam seu amor como se este fosse um bolo de aniversário, e que dariam um pedaço maior se ele estudasse direito. Você quis ser solidária. Mas, em vez disso, sentiu raiva.

Sentiu mais raiva quando ele contou que tinha se recusado a passar uma ou duas semanas com os pais no Canadá, na casinha de verão que tinham na costa do Quebec. Eles haviam até dito a ele para que convidasse você. Ele lhe mostrou fotos da casinha e você se perguntou por que chamava aquilo de casinha, já que, no seu bairro na Nigéria, as construções daquele tamanho eram ou bancos, ou igrejas. Você deixou cair um copo que se espatifou no assoalho de madeira do apartamento dele, e ele perguntou se tinha alguma coisa errada e você não disse nada, apesar de sentir que havia muita coisa errada. Mais tarde, no chuveiro, você começou a chorar. Observou a água diluir suas lágrimas, sem saber por que estava chorando.

Finalmente, você escreveu para casa. Era uma carta curta para seus pais, enfiada no meio das notas novas de dólar, e você escreveu seu endereço. Recebeu uma resposta poucos dias mais tarde, enviada pelo meio de entrega mais rápido. Sua mãe escreveu a carta ela própria; você soube pela letra fina, pela ortografia errada.

Seu pai estava morto; simplesmente caiu sobre o volante do carro da empresa. Há cinco meses, escreveu ela. Eles tinham usado parte do dinheiro que ela enviara para dar a ele um bom funeral: mataram um bode para os convidados do velório e compraram um bom caixão. Você se enroscou na cama, apertou os joelhos contra o peito e tentou lembrar o que estava fazendo quando seu pai morreu, o que tinha feito durante todos aqueles meses em que ele já estava morto. Talvez seu pai tivesse morrido no dia em que você sentiu calafrios pelo corpo todo, ficando com os pelos duros como grãos de arroz crus, sem saber explicar por quê, no dia em que Juan brincou que você devia ficar no lugar do cozinheiro, para poder se esquentar com o calor da cozinha. Talvez seu pai houvesse morrido num dos dias em que você dirigiu até a cidade de Mystic, ou assistiu a uma peça em Manchester, ou jantou no Chang's.

Ele abraçou-a enquanto você chorava, fez carinho no seu cabelo e se ofereceu para pagar sua passagem, para ir com você ver sua família. Você disse que não, que precisava ir sozinha. Ele perguntou se você ia voltar, e você lembrou a ele que tinha um *green card* e que ia perdê-lo se não voltasse em menos de um ano. Ele disse que você sabia o que ele queria dizer, você ia voltar, voltar mesmo?

Você virou de costas e não disse nada e, quando ele a levou de carro ao aeroporto, você abraçou-o apertado por um longo, longo momento, e depois soltou.

A embaixada americana

Ela estava na fila diante da embaixada americana em Lagos, olhando fixamente para a frente, quase imóvel, com uma pasta azul cheia de documentos enfiada debaixo do braço. Era a quadragésima oitava pessoa numa fila de cerca de duzentas, que ia dos portões fechados da embaixada americana até os portões menores e cobertos de hera da embaixada tcheca. Ela ignorou os jornaleiros que usavam apitos e enfiavam exemplares do *The Guardian*, do *The News* e do *The Vanguard* na sua cara. E também os mendigos que andavam para cima e para baixo estendendo pratos esmaltados. E ainda as bicicletas dos sorveteiros, que buzinavam. Ela não se abanou com uma revista ou tentou estapear a mosca minúscula que voejava perto de sua orelha. Quando o homem parado atrás dela cutucou suas costas e perguntou: "Você tem troco, *abeg*, troca uma nota de vinte nairas por duas de dez?", ela teve que olhá-lo durante algum tempo, para se concentrar, para lembrar onde estava, antes de balançar a cabeça e responder: "Não".

O calor úmido deixava o ar pesado. Pressionava sua cabeça, tornava ainda mais difícil manter a mente vazia, coisa que o dr. Balogun lhe dissera ontem que era preciso fazer. O médico se recusara a lhe dar mais tranquilizantes, pois ela precisava estar alerta durante a entrevista do visto. Era fácil para ele dizer isso, como se ela soubesse como manter a mente vazia, como se estivesse a seu alcance, como se ela evocasse intencionalmente aquelas imagens do corpo pequeno e gorducho de seu filho Ugonna desabando diante dela, com uma mancha no peito tão vermelha que ela quis lhe dar uma bronca por brincar com o dendê que estava na cozinha. Não que Ugonna conseguisse alcançar a prateleira onde ela guardava os azeites e os temperos, não que conseguisse abrir a tampinha da garrafa plástica de dendê. Só tinha quatro anos de idade.

O homem atrás dela voltou a cutucá-la. Ela estremeceu e esteve a ponto de gritar por causa da dor aguda que lhe percorreu as costas. Distensão muscular, dissera o dr. Balogun, com uma expressão de espanto por ela não ter sofrido nada mais sério depois de pular da varanda.

"Veja o que aquele soldado inútil está fazendo", disse o homem atrás dela.

Ela se virou para olhar para o outro lado da rua, movendo o pescoço devagar. Uma pequena multidão se formara. Um soldado estava açoitando um homem de óculos com um longo chicote que serpenteava no ar antes de estalar sobre o rosto do homem, ou sobre seu pescoço, ela não tinha certeza, pois as mãos dele estavam erguidas, como se ele quisesse afastar o chicote. Ela viu quando os óculos do homem escorregaram e caíram no chão. Viu o calcanhar da bota do soldado esmagar a armação negra, as lentes escuras.

"Veja como o povo implora para o soldado", disse o homem ali atrás. "Nosso povo ficou acostumado demais a implorar para soldados."

Ela não disse nada. Ele insistia em ser amigável, ao contrário da mulher à frente, que dissera mais cedo: "Eu falo com você e você só me olha que nem uma vaca pastando!", e então passara a ignorá-la. Talvez o homem se perguntasse por que ela não participava da intimidade que surgira entre as outras pessoas da fila. Já que todos tinham acordado cedo — sendo que alguns nem tinham dormido — para chegar à embaixada americana antes do amanhecer; já que todos tinham chegado com dificuldade à fila do visto, desviando dos chicotes dos soldados que estalavam no ar enquanto eram levados para a frente e para trás como uma manada, até que a fila afinal se formara; já que todos temiam que a embaixada americana pudesse decidir não abrir os portões naquele dia, de modo que tivessem que fazer tudo de novo depois de amanhã, porque ela não funcionava às quartas, eles haviam feito amizade. Homens e mulheres discretos trocavam jornais e denúncias sobre o governo do general Abacha, enquanto jovens de jeans, transbordando *savoir-faire*, trocavam dicas sobre como responder às perguntas de quem queria obter um visto de estudante para os Estados Unidos.

"Olhe para o rosto dele, está todo sangrando. O chicote cortou o rosto dele", disse o homem atrás dela.

Ela não olhou, pois sabia que o sangue seria vermelho, como azeite de dendê fresco. Em vez disso, olhou para a Eleke Crescent, uma rua tortuosa com várias embaixadas com gramados vastos, e para a multidão em ambos os lados da rua. Uma calçada viva. Um mercado que brotava durante o funcionamento da embaixada americana e desaparecia quando ela fechava. Ali estava o local que alugava cadeiras, cujas pilhas de cadeiras brancas de plástico, que custavam cem nairas por hora, diminuíam depressa. Ali estavam as tábuas de madeira apoiadas em blocos de cimento, com amostras coloridas de doces, mangas e laranjas. Ali estavam os jovens que colocavam bandejas cheias de cigarros na cabeça, amortecendo o peso com rolos de tecido. Ali estavam os mendigos cegos levados pelas mãos por crianças, recitando bênçãos em inglês, iorubá, inglês pidgin, igbo, hausa, quando alguém pingava algum dinheiro em seus pratos. E ali estava, é claro, um improvisado estúdio de fotografia. Um homem alto parado ao lado de um tripé, segurando uma placa escrita a giz que dizia: "FOTOS EXCELENTES REVELADAS EM UMA HORA, ESPECIFICAÇÕES CORRETAS PARA O VISTO AMERICANO". Ela havia tirado a foto de seu passaporte ali, sentada num banco bambo, e não sentira surpresa ao ver que a fotografia estava granulada, e o tom de pele do seu rosto muito mais claro do que era. Mas não tivera escolha, teria sido impossível para ela tirar a foto mais cedo.

Há dois dias, ela havia enterrado seu filho num túmulo ao lado de um canteiro na cidade natal de seus ancestrais, Umunnachi, cercada pelos pêsames de pessoas de quem não se lembrava mais. Um dia antes, levara seu marido no porta-malas do Toyota deles até a casa de um amigo, que o tirara clandestinamente do país. E, dois dias antes, não precisava de uma foto de passaporte; sua vida era normal e ela havia levado Ugonna à escola, comprado uma salsicha empanada para ele no Mr. Biggs, cantado junto quando uma música de Majek Fashek tocara no rádio de seu carro. Se uma vidente houvesse lhe dito que ela, dentro de dois dias, não iria mais reconhecer a própria vida, ela teria dado risada. Talvez até desse dez nairas extras para a vidente, por ter uma imaginação tão fértil.

"Às vezes, eu me pergunto se os funcionários da embaixada americana olham pela janela e se divertem vendo os soldados chicoteando as pessoas", disse o homem atrás dela. Ela desejou que ele calasse a boca. Era o fato de ele estar falando que tornava mais difícil manter a mente vazia, livre de Ugonna. Ela olhou para o outro lado da rua de novo; o soldado estava se afastando agora, e mesmo daquela distância era possível ver o ódio em seu rosto. O ódio de um homem feito que podia açoitar outro homem feito se quisesse, quando quisesse. A postura dele era tão arrogante quanto a dos homens que, há quatro noites, haviam arrombado sua porta dos fundos e invadido sua casa. *Onde está seu marido? Onde está ele?* Perguntaram, escancarando os guarda-roupas dos dois quartos, inclusive as gavetas. Ela poderia ter dito que seu marido tinha mais de um metro e oitenta de altura, que jamais caberia numa gaveta. Três homens de calças pretas. Cheiravam a álcool e sopa de pimenta e, muito mais tarde, quando ela segurava o corpo inerte de Ugonna, soube que jamais tomaria sopa de pimenta de novo.

Para onde seu marido foi? Para onde? Eles apertaram uma arma contra sua cabeça e ela disse: "Eu não sei, ele foi embora ontem", ela disse sem se mover, embora a urina morna lhe escorresse pelas pernas.

Um deles, aquele com a camisa preta de capuz, o que exalava o cheiro mais forte de álcool, tinha olhos absurdamente injetados, tão vermelhos que pareciam doloridos. Foi ele quem mais gritou, quem chutou a televisão. *Você ouviu falar da matéria que seu marido escreveu no jornal? Sabia que ele é um mentiroso? Sabia que gente que nem ele devia estar na cadeia, pois eles causam problemas, pois não querem ver a Nigéria progredir?*

Ele sentou no sofá, no lugar que seu marido sempre ocupava para assistir ao noticiário na NTA, e puxou-a, obrigando-a a se sentar desajeitadamente em seu colo. Sua arma lhe cutucou a cintura. *Mulher gostosa, por que se casou com um encrenqueiro?* Ela sentiu sua rigidez repugnante, o cheiro de fermentação em seu hálito.

Deixe a mulher em paz, disse o outro, aquele com a careca que brilhava, como se tivesse passado vaselina. *Vamos embora.*

Ela se soltou com dificuldade e levantou do sofá, e o homem de camisa com capuz, ainda sentado, deu-lhe um tapa no traseiro. Foi então que Ugonna começou a chorar, correndo até ela.

O homem de camisa com capuz estava rindo, dizendo como o corpo dela era macio, brandindo a arma. Ugonna começou a gritar; ele nunca gritava quando chorava, não era esse tipo de criança. Então a arma disparou e o dendê surgiu no peito de Ugonna.

"Veja, eu tenho laranjas", disse o homem atrás dela na fila. E ofereceu a ela um saco plástico onde havia seis laranjas descascadas. Ela não o vira comprá-las.

Balançou a cabeça e disse: "Obrigada".

"Coma uma. Vi que não comeu nada desde de manhã."

Ela olhou para ele direito, pela primeira vez. Um rosto comum, com uma pele escura extraordinariamente lisa para um homem. Parecia um homem que queria subir na vida, tanto por sua camisa bem passada e sua gravata azul, como pela maneira cuidadosa com que ele falava inglês, como se tivesse medo de cometer um erro. Talvez ele trabalhasse para um dos bancos novos e estivesse ganhando mais dinheiro do que jamais imaginara que conseguiria.

"Não, obrigada", disse ela. A mulher em frente virou-se para olhá-la e então voltou a conversar com algumas pessoas sobre um culto especial que se chamava Ministério do Milagre do Visto Americano.

"Você devia comer, ô", disse o homem ali atrás, embora não estivesse mais com a sacola de laranjas na mão.

Ela sacudiu a cabeça de novo. A dor ainda estava lá, em algum ponto entre seus olhos. Era como se, ao pular da varanda, algumas peças tivessem se soltado dentro da sua cabeça, de modo que, agora, elas sacudissem dolorosamente. Pular não fora sua única opção, ela podia ter subido na mangueira, cujos galhos chegavam à varanda, podia ter corrido escada abaixo. Os homens estavam discutindo tão alto que haviam bloqueado a realidade, e ela chegou a acreditar, por um instante, que talvez aquele estrondo não houvesse vindo da arma, talvez fosse aquele tipo de trovão traiçoeiro que soava no início do harmatã, talvez a mancha vermelha fosse mesmo dendê, e Ugonna houvesse pegado a garrafa de algum jeito e agora estivesse brincando de desmaiar, embora nunca houvesse brincado daquilo antes. Então as palavras dos homens a trouxeram de volta. *Você acha que ela vai dizer para as pessoas que foi um acidente? Foi isso que Oga nos mandou fazer? Uma criança pequena! Temos que atirar na mãe. Não, vai ser duas vezes pior. Sim. Não, vamos embora, meu amigo!*

Ela então correu para a varanda, subiu no parapeito e pulou sem pensar nos dois andares, rastejando para dentro da lixeira que ficava perto do portão. Após ouvir o ronco do carro deles se afastando, voltou para o apartamento, cheirando às cascas podres de banana-da-terra que estavam na lixeira. Segurou o corpo de Ugonna, pousando a face no peito silencioso dele, e se deu conta de que nunca sentira tanta vergonha antes. Fracassara em protegê-lo.

"Está nervosa com a entrevista do visto, *abi?*", perguntou o homem atrás dela.

Ela deu de ombros, devagar para não machucar as costas, e forçou um sorriso vago.

"Apenas se esforce para olhar o funcionário da entrevista bem nos olhos quando ele estiver fazendo as perguntas. Mesmo se disser alguma coisa errada, não se corrija, pois eles vão presumir que está mentindo. Tenho muitos amigos que eles recusaram, por coisas muito pequenas. Eu vou pedir um visto de turista. Meu irmão mora no Texas e quero passar umas férias lá."

Sua fala soava com a das vozes que estiveram ao redor dela, as pessoas que tinham ajudado na fuga de seu marido e no enterro de Ugonna, que a levaram à embaixada. Não hesite ao responder às perguntas, disseram as vozes. Conte tudo sobre Ugonna, sobre como ele era, mas não exagere, pois todos os dias as pessoas mentem para obter asilo, falam de parentes mortos que nunca existiram. Faça Ugonna parecer real. Chore, mas não chore demais.

"Eles não dão mais vistos de imigrante para o nosso povo, a não ser que a pessoa seja rica para os padrões americanos. Mas eu ouvi dizer que as pessoas de países europeus conseguem vistos sem problema. Você vai pedir um visto de imigrante ou de turista?", perguntou o homem.

"Vou pedir asilo." Ela não olhou para o rosto dele; mas pôde sentir sua surpresa.

"Asilo? Vai ser muito difícil de provar."

Ela se perguntou se ele lia o *The New Nigeria*, se conhecia seu marido. Provavelmente conhecia. Todo mundo conhecia. Todos que apoiavam a imprensa pró-democracia conheciam seu marido, especialmente por ele ter sido o primeiro jornalista a dizer publicamente que a tentativa de golpe era uma farsa, a escrever uma matéria acusando o general Abacha de inventar um golpe para poder matar e prender seus oponentes. Soldados foram à redação do jornal e levaram grandes quantidades daquela edição num caminhão preto; ainda assim, fotocópias vazaram e circularam por Lagos — um vizinho tinha visto uma cópia colada na amurada de uma ponte, ao lado de cartazes anunciando marchas religiosas e novos filmes. Os soldados haviam mantido seu marido preso durante duas semanas e fizeram um corte em sua testa, deixando uma cicatriz em forma de L. Amigos haviam tocado com cuidado a cicatriz ao se reunir no apartamento deles para celebrar sua soltura, trazendo garrafas de uísque. Ela se lembrava de alguém dizendo para ele: *Vai ficar tudo bem na Nigéria por sua causa*, e se lembrava da expressão do marido, aquele olhar de messias excitado, como quando ele falou do soldado que lhe dera um cigarro após espancá-lo, sempre gaguejando,

como fazia quando estava alegre. Ela achava aquela gagueira cativante, anos atrás; agora, não mais.
"Muita gente pede asilo e não consegue", disse o homem atrás dela. Falou alto. Talvez já estivesse falando há algum tempo.
"Você lê o *The New Nigeria?*", perguntou ela. Não se virou para olhar para o homem. Em vez disso, ficou observando um casal mais adiante na fila comprando pacotes de biscoitos; os pacotes estalaram quando eles os abriram.
"Leio. Você quer um? Pode ser que os jornaleiros ainda tenham uma edição."
"Não. Só estava perguntando."
"Ótimo jornal. Aqueles dois editores são o tipo de gente de que a Nigéria precisa. Eles arriscam a vida para contar a verdade. Homens destemidos de verdade. Seria bom se tivéssemos mais pessoas com essa coragem."

Não era coragem, era simplesmente um egoísmo exagerado. Há um mês, quando o marido dela se esquecera do casamento do primo, apesar de eles terem concordado em ser padrinhos, e dissera a ela que não podia cancelar a viagem até Kaduna porque sua entrevista com o jornalista preso lá era importante demais, ela olhara para ele, para aquele homem distante e obstinado com quem tinha se casado, e dissera: "Você não é o único que odeia o governo." Ela fora ao casamento sozinha e ele fora para Kaduna e, quando voltou, eles trocaram poucas palavras; boa parte do que diziam passara a girar em torno de Ugonna, de qualquer maneira. Você não vai acreditar no que esse menino fez hoje, ela dizia quando ele chegava do trabalho, e então passava a contar em detalhes como Ugonna dissera que havia pimenta no cereal e que ele não ia mais comer, ou como ele a ajudara a fechar as cortinas.

"Então você acha que o que esses editores fazem é coragem?", ela virou-se para olhar para o rosto do homem atrás dela.

"Claro. Não são todos que conseguem fazer isso. Esse é o verdadeiro problema deste país, não temos gente corajosa o suficiente." Ele olhou-a longamente, com uma expressão virtuosa e desconfiada, como se estivesse se perguntando se ela fazia apologia do governo, se era uma daquelas pessoas que criticava os movimentos pró-democracia, que afirmavam que apenas um governo militar faria a Nigéria funcionar. Em outra circunstância, talvez ela houvesse falado de seu próprio trabalho como jornalista, que começara ainda na faculdade em Zaria, onde ela organizara um protesto contra a decisão do governo do general Buhari de cortar bolsas estudantis. Talvez houvesse contado que escrevera para o *Evening News* ali em Lagos; que fizera a matéria sobre a tentativa de assassinato do editor do *The Guardian*; que pedira demissão finalmente quando ficou grávida, pois ela e o marido tinham tentado durante quatro anos e seu útero era cheio de fibroides.

Ela virou de costas para o homem e ficou observando os mendigos fazendo a ronda ao longo da fila do visto. Homens famintos usando túnicas compridas e imundas, com terços islâmicos nas mãos, citando o alcorão; mulheres com olhos amarelados, levando bebês doentes amarrados às costas com panos puídos; um casal de cegos sendo guiado pela mão pela filha, com medalhas azuis da Virgem Maria penduradas em seus pescoços abaixo das golas esfiapadas. Um jornaleiro se aproximou, assoprando seu apito. Ela não viu o *The New Nigeria* entre os jornais que trazia pendurados no braço. Talvez já houvesse acabado. A última matéria de seu marido "O governo Abacha até agora: de 1993 a 1997" não a preocupara a princípio, pois ele não escrevera nada de novo, apenas compilara assassinatos, contratos não cumpridos e dinheiro desaparecido. Não era exatamente uma novidade para os nigerianos. Ela não imaginava que teria muitos problemas ou muita atenção, mas, apenas um dia depois de o jornal sair, a estação de rádio BBC falara da matéria em seu noticiário e entrevistara um professor nigeriano de Política que dissera que seu marido merecia um prêmio de Direitos Humanos. *Ele combate a repressão com sua pena, dá voz a quem não tem voz, faz com que o mundo fique sabendo.* O marido tentou esconder seu nervosismo dela. Então, depois que alguém deu um telefonema anônimo — isso acontecia sempre, ele era esse tipo de jornalista, o tipo que cultivava amizades pelo caminho — para dizer que o próprio chefe de estado estava furioso, não escondeu mais o medo; deixou que ela visse suas mãos trêmulas. Soldados estavam a caminho para prendê-lo, disse a pessoa ao telefone. Diziam que, se fosse preso, ele nunca mais voltaria. Ele entrou no porta-malas do carro minutos depois do telefonema, pois assim, se os soldados perguntassem, o vigia do portão poderia dizer honestamente que não sabia quando seu marido saíra. Ela levou Ugonna para o apartamento do vizinho e depois jogou um pouco de água sobre o porta-malas, embora seu marido a houvesse mandado se apressar, pois imaginou que um porta-malas molhado, por algum motivo, seria mais fresco, que ele iria poder respirar melhor. Ela levou-o até a casa do coeditor do jornal. No dia seguinte, ele ligou da República do Benim; o coeditor tinha contatos que o ajudaram a passar clandestinamente pela fronteira. Seu visto americano, aquele que ele tinha recebido ao ir fazer um curso de treinamento em Atlanta, ainda era válido, e ele pediria asilo ao chegar a Nova York. Ela disse a ele que não se preocupasse, ela e Ugonna ficariam bem, ela pediria um visto no final do semestre escolar e eles iriam encontrá-lo nos Estados Unidos. Naquela noite, Ugonna não parava quieto e ela deixou que ele ficasse acordado até mais tarde, brincando com um carrinho enquanto ela lia um livro. Quando ela viu os três homens arrombando a porta da cozinha, sentiu ódio de si mesma por não ter insistido que Ugonna fosse se deitar. Se tivesse feito isso...

"Ah, este sol não está fácil. Essa gente da embaixada americana deveria pelo menos construir uma sombra para nós. Poderiam usar um pouco do dinheiro que coletam com a taxa do visto", disse o homem atrás dela.

Alguém atrás dele disse que os americanos coletavam dinheiro para uso próprio. Outra pessoa disse que era intencional deixar quem ia pedir visto esperando no sol. Outra riu. Ela fez um gesto para o casal de mendigos cegos e tateou na bolsa em busca de uma nota de vinte nairas. Quando a colocou na tigela, eles recitaram: "Deus lhe abençoe, a senhora vai ter dinheiro, vai ter bom marido, vai ter bom emprego". Disseram isso em inglês pidgin, depois em igbo e em iorubá. Ela ficou observando os dois se afastarem. Não tinham dito "A senhora vai ter muitos bons filhos." Ela os ouvira dizer isso para a mulher em frente.

Os portões da embaixada se abriram e um homem de uniforme marrom gritou: "Os primeiros cinquenta da fila venham preencher os formulários. Todos os outros, voltem outro dia. A embaixada só vai receber cinquenta pessoas hoje".

"Nós temos sorte, *abi*?", disse o homem atrás dela.

Ela olhou a funcionária da embaixada atrás do vidro, a maneira como seus cabelos castanho-avermelhados e ralos roçavam nas dobras do pescoço, a maneira como os olhos verdes examinavam os papéis por cima dos óculos prateados, como se eles fossem desnecessários.

"A senhora pode contar sua história de novo? Não me deu nenhum detalhe", disse a mulher com um sorriso encorajador.

Essa, ela sabia, era a sua oportunidade de falar de Ugonna. Olhou por um instante para a divisória seguinte, onde havia um homem de terno escuro que se inclinava para o vidro com reverência, como se rezasse para o funcionário ali atrás. E se deu

conta de que morreria feliz nas mãos do homem de camisa de capuz preta, ou nas mãos do homem da careca brilhante, antes de dizer uma palavra sobre Ugonna para aquela mulher, ou para qualquer pessoa na embaixada americana. Antes de vender Ugonna por um visto para um lugar seguro.
Seu filho fora assassinado, era tudo que ela ia dizer. Assassinado. Não contaria que o riso dele, de alguma maneira, começava acima de sua cabeça, agudo e cristalino. Sobre como ele chamava doces e biscoitos de "pão-pão". Sobre como agarrava seu pescoço com força quando ela o abraçava. Sobre como seu marido dissera que ele ia ser artista, pois não tentava construir nada com as pecinhas de Lego, apenas as dispunha uma ao lado da outra, alternando as cores. Eles não mereciam saber.
"Senhora? A senhora disse que foi o governo?", perguntou a funcionária.
"O governo" era algo tão vasto que era libertador, dava às pessoas espaço para manobrar, dar desculpas, passar a responsabilidade adiante. Foram três homens. Três homens como seu marido, ou seu irmão, ou o homem atrás dela na fila do visto. Três homens.
"Sim. Eles eram agentes do governo", disse ela.
"A senhora pode confirmar isso? Tem alguma prova?"
"Tenho. Mas enterrei ontem. O corpo do meu filho."
"Senhora, eu sinto muito pelo seu filho", disse a funcionária. "Mas preciso de alguma prova de que a senhora sabe que foi o governo. Existem brigas entre etnias diferentes, assassinatos cometidos por particulares. Eu preciso de provas do envolvimento do governo e de provas de que a senhora estará em perigo se continuar na Nigéria."
Ela olhou para aqueles lábios rosa pálidos, que, ao se moverem, mostravam dentes minúsculos. Lábios rosa pálidos em um rosto inchado e cheio de sardas. Teve vontade de perguntar à

funcionária da embaixada se as matérias do *The New Nigeria* valiam a vida de uma criança. Mas não fez isso. Duvidava que a funcionária soubesse dos jornais pró-democracia ou das longas filas de pessoas cansadas diante dos portões da embaixada, em áreas delimitadas e sem sombra, onde o sol furioso fazia surgir amizades, dores de cabeça e desespero.

"Senhora? Os Estados Unidos oferecem uma nova vida para vítimas de perseguição política, mas é necessário haver prova..."

Uma nova vida. Foi Ugonna quem lhe deu uma nova vida, quem a deixou surpresa com a rapidez com que ela aceitou essa nova identidade que ele fez surgir, a nova pessoa que se tornou por causa dele. "Eu sou a mãe do Ugonna", dizia ela na creche, para os professores, para os pais das outras crianças. No enterro dele em Umunnachi, como suas amigas e parentes estavam usando vestidos da mesma estampa que ela, alguém perguntara "Qual delas é a mãe?". Ela erguera a cabeça, alerta por um instante, e dissera "Eu sou a mãe do Ugonna". Queria voltar para a terra natal de seus ancestrais e plantar pés de ixora, do tipo cujo caule, fino como uma agulha, ela chupara quando era criança. Bastaria um pé, o túmulo dele era tão pequeno. Quando ele ficasse florido, e as flores recebessem abelhas, ela queria colhê-las e sugá-las, agachada no solo. E depois, disporia as flores sugadas uma ao lado da outra, como Ugonna fizera com as peças de Lego. Aquela, ela entendeu, era a nova vida que queria.

Na divisória seguinte, o funcionário americano falava alto demais ao microfone. "Eu não vou aceitar suas mentiras, senhor!"

O homem nigeriano de terno escuro que viera pedir o visto começou a gritar e a gesticular, brandindo sua pasta de plástico transparente, abarrotada de documentos. "Isso está errado! Como vocês podem tratar as pessoas assim? Vou levar isso a Washington!" Ele gritou até que um segurança veio tirá-lo dali.

"Senhora? Senhora?"

Será que ela estava imaginando, ou a simpatia estava desaparecendo do rosto da funcionária? Ela viu o gesto rápido com que a mulher jogou o cabelo castanho-avermelhado para trás, embora ele não a estivesse incomodando, estivesse quieto sobre o pescoço, emoldurando o rosto pálido. O futuro dela dependia daquele rosto. O rosto de uma pessoa que não a compreendia, que não devia cozinhar com azeite de dendê, ou não devia saber que o azeite de dendê, quando estava fresco, tinha um tom muito, muito vermelho, e quando não estava, virava um creme laranja espesso.

Ela se virou devagar e caminhou para a saída.

"Senhora?", disse a funcionária às suas costas.

Ela não se virou. Saiu da embaixada americana, passou pelos mendigos que ainda faziam as rondas esticando seus pratos esmaltados e entrou no carro.

O tremor

No dia em que um avião caiu na Nigéria, o mesmo dia em que a primeira-dama do país morreu, alguém bateu com força na porta de Ukamaka em Princeton. Ela se surpreendeu, pois ninguém nunca vinha bater na sua porta sem avisar antes — afinal, ela estava nos Estados Unidos, onde as pessoas telefonavam antes para avisar que iam fazer uma visita —, exceto o entregador da FedEx, que nunca batia com tanta força; ela deu um pulo, pois, desde de manhã, estava na internet lendo notícias nigerianas, atualizando as páginas o tempo todo, ligando para seus pais e amigos na Nigéria, fazendo xícara após xícara de chá Earl Grey, que ela ia deixando esfriar. Ukamaka minimizara as primeiras fotos do local do acidente. Sempre que olhava para elas, aumentava o brilho da tela de seu laptop, esquadrinhando aquilo que as matérias chamavam de "destroços", uma carcaça enegrecida com partes esbranquiçadas aqui e ali, como pedaços de papel rasgado, um objeto carbonizado qualquer que já fora um avião cheio de pessoas — pessoas que colocaram os cintos de segurança e rezaram, pessoas que abriram jornais, pessoas que esperaram a aeromoça trazer o carrinho e perguntar se queriam um sanduíche ou um bolo. Uma dessas pessoas talvez fosse seu ex-namorado Udenna.

As batidas soaram de novo, mais fortes. Ukamaka espiou pelo olho mágico: era um homem gorducho de pele escura que parecia vagamente familiar, embora ela não conseguisse se lembrar de onde o conhecia. Talvez da biblioteca ou do ônibus que levava ao campus de Princeton. Ela abriu a porta. O homem deu um meio sorriso e disse, sem encará-la: "Eu sou nigeriano. Moro no terceiro andar. Vim aqui para rezarmos pelas coisas que estão acontecendo em nosso país".

Ukamaka ficou surpresa por ele saber que ela também era nigeriana, por saber em que apartamento morava e por ter vindo bater em sua porta; ainda não conseguia se recordar de onde o conhecia.

"Posso entrar?", perguntou o homem.

Ukamaka deixou o homem entrar. Deixou entrar em seu apartamento um estranho com um moletom um pouco largo de Princeton, que viera rezar por causa do que estava acontecendo na Nigéria e, quando ele estendeu a mão em sua direção, ela hesitou um instante, antes de estender a dela. Eles rezaram. Ele rezou daquele jeito peculiar dos membros das igrejas pentecostais da Nigéria, que deixava Ukamaka apreensiva: cobria as coisas com o sangue de Jesus, amarrava os demônios para jogá-los no mar, combatia os espíritos malignos. Ela quis interrompê-lo e dizer como eram desnecessários todo aquele sangue e aquela amarração, toda aquela mania de transformar a fé num exercício pugilístico; quis dizer a ele que a vida era mais uma luta contra nós mesmos do que contra um satanás brandindo uma lança; que a crença era uma escolha de manter sempre a nossa consciência aguçada. Mas não disse essas palavras, pois achou que pareceriam hipócritas vindas dela; não seria capaz de dizê-las de um modo seco e prosaico, redimindo-as, como o padre Patrick fazia com tanta facilidade.

"Em nome de Jeová, todas as maquinações do Maligno não serão bem-sucedidas, todas as armas que ele engendra contra nós não irão prosperar, em nome de Jesus! Senhor meu pai, nós cobrimos todos os aviões da Nigéria com o sangue precioso de Jesus; Senhor meu pai, cobrimos o ar com o sangue precioso de Jesus e destruímos todos os agentes da escuridão..." Sua voz ia ficando cada vez mais alta, cada vez mais ele balançava a cabeça. Ukamaka teve vontade de urinar. Sentiu-se constrangida por estar de mãos dadas com o homem, cujos dedos eram quentes e firmes, e foi esse desconforto que a fez dizer, na primeira vez que ele parou para tomar fôlego, "Amém!", pensando que tinha acabado; mas não tinha e, por isso, ela depressa fechou os olhos, enquanto ele continuava. O homem rezou, rezou, erguendo as mãos dela sempre que dizia "Senhor meu pai!" ou "em nome de Jesus!".

Então Ukamaka sentiu o começo de um tremor, um estremecimento involuntário em todo o seu corpo. Seria Deus? Uma vez, anos antes, quando ela era uma adolescente que rezava meticulosamente o rosário todas as manhãs, palavras que não compreendia saíam de sua boca enquanto ela se ajoelhava diante de sua cama de madeira rústica. Durara apenas alguns meros segundos, aquela torrente de palavras incompreensíveis no meio de uma ave-maria, mas, no fim do rosário, Ukamaka realmente se sentira aterrorizada e segura de que aquela sensação fresca e ofuscante que lhe envolvera era Deus. Udenna era a única pessoa a quem já tinha contado isso e ele dissera que aquela experiência fora criada por ela mesma. Mas como é possível, perguntara ela, como posso ter criado algo que eu nem sequer queria? No entanto, finalmente Ukamaka concordara com ele, como sempre concordava com ele sobre quase tudo, e disse que realmente tinha imaginado a sensação.

Agora, o tremor parou de súbito, assim como começara, e o homem nigeriano terminou a prece, dizendo: "No nome eterno e poderoso de Jesus!".

"Amém!", disse Ukamaka. Ela libertou suas mãos depressa, murmurou um "Com licença" e correu para o banheiro. Quando saiu, ele ainda estava parado perto da porta da cozinha. Havia algo em seu comportamento, na maneira como se postava com os braços cruzados, que a fez pensar na palavra "humilde".

"Meu nome é Chinedu", disse ele.

"O meu é Ukamaka."

Apertaram-se as mãos, o que ela achou engraçado, já que logo antes estavam de mãos dadas, rezando.

"Esse acidente foi horrível", disse Chinedu. "Muito horrível."

"Foi." Ukamaka não contou a ele que Udenna talvez fosse uma das vítimas. Quis que Chinedu fosse embora, agora que eles já tinham rezado, mas ele foi para a sala, sentou-se no sofá e começou a falar sobre como tinha ouvido falar do acidente, como se ela o tivesse convidado para ficar, como se ela precisasse saber os detalhes do ritual matinal dele, saber que ele ouvia a BBC News pela internet porque nunca havia nada de importante nos noticiários americanos. Ele disse a ela que, a princípio, não havia se dado conta de que eram dois acontecimentos diferentes — a primeira-dama morrera na Espanha, pouco depois de uma cirurgia de lipoaspiração com a qual se preparava para seu aniversário de sessenta anos, enquanto o avião havia caído em Lagos, minutos depois de ter decolado em direção a Abuja.

"É", disse Ukamaka, sentando diante do laptop. "A princípio, pensei que ela havia morrido no acidente também."

Ele se balançava de leve, os braços continuavam cruzados. "É coincidência demais", disse. "Deus está dizendo alguma coisa para nós. Só Deus pode salvar nosso país."

Nós. Nosso. Essas palavras os uniam numa perda comum e, por um instante, Ukamaka sentiu-se próxima dele. Ela atualizou uma página de internet. Ainda não havia nem sinal de sobreviventes.

"Deus tem que assumir o controle da Nigéria", continuou Chinedu. "Disseram que um governo civil seria melhor que os militares, mas veja só o que Obasanjo está fazendo. Ele destruiu seriamente o nosso país."

Ukamaka assentiu, perguntando-se qual seria a maneira mais educada de pedir que ele fosse embora, mas ainda assim relutante em fazê-lo, pois sua presença, por um motivo que ela não sabia explicar, dava a ela esperanças de que Udenna pudesse estar vivo.

"Você viu fotos dos familiares das vítimas? Uma mulher rasgou as próprias roupas e ficou zanzando, só de combinação. Ela disse que a filha estava naquele voo, que tinha ido a Abuja comprar tecido para ela. *Chai!*", disse Chinedu, emitindo o longo som sugado que era usado para demonstrar tristeza. "Meu único amigo que poderia ter pegado aquele avião acabou de me mandar um e-mail dizendo que está bem, graças a Deus. Nenhum dos meus parentes poderia estar nele, então, pelo menos, não tenho que me preocupar com eles. Eles não têm dez mil nairas para desperdiçar numa passagem!", ele riu, um som súbito e inapropriado. Ukamaka atualizou uma página de internet. Ainda não havia nenhuma notícia.

"Eu conheço alguém que estava no avião", disse. "Que talvez estivesse no avião."

"Sangue de Jesus!"

"Meu namorado Udenna. Ex-namorado, na verdade. Ele estava fazendo MBA em Wharton e foi à Nigéria na semana passada para o casamento do primo." Assim que ela disse isso, se deu conta de que usara os verbos no passado.

"Mas você não tem certeza?", perguntou Chinedu.

"Não. Ele não tem um celular na Nigéria e eu não consigo ligar para o telefone da irmã dele. É possível que ela estivesse com ele. O casamento ia ser amanhã em Abuja."

Eles ficaram sentados, em silêncio. Ukamaka notou que Chinedu estava com os punhos cerrados, que já não se balançava mais.

"Quando foi a última vez que você falou com ele?", perguntou ele.

"Na semana passada. Ele me ligou antes de ir para a Nigéria."

"Deus é fiel. Deus é fiel!", afirmou Chinedu, erguendo a voz. "Deus é fiel. Está me ouvindo?"

Um pouco alarmada, Ukamaka respondeu: "Ouvi".

O telefone tocou. Ukamaka ficou olhando para ele, para aquele telefone preto sem fio que tinha colocado ao lado de seu laptop, com medo de atender. Chinedu levantou e esticou o braço na direção do aparelho. "Não!", gritou Ukamaka, pegando o telefone e indo para a janela. "Alô? Alô?" Queria que a pessoa que estivesse ligando lhe contasse tudo imediatamente, sem nenhum preâmbulo. Era a mãe dela.

"*Nne*, Udenna está bem. Chikaodili acabou de me ligar para dizer que eles perderam o avião. Ele está bem. Eles iam pegar aquele voo, mas perderam, graças a Deus."

Ukamaka deixou o telefone no parapeito da janela e começou a chorar. Primeiro, Chinedu agarrou seus ombros e depois abraçou-a. Ela se acalmou por um instante, apenas o suficiente para contar a ele que Udenna estava bem, e então voltou para o seu abraço, surpresa com aquele conforto familiar, certa de que Chinedu compreendia instintivamente que ela estava chorando de alívio pelo que não tinha acontecido, de tristeza pelo que poderia ter acontecido e de raiva pelo que permanecia não resolvido desde que Udenna dissera a ela, numa sorveteria da rua Nassau, que o namoro estava terminado.

"Eu sabia que meu Deus ia ajudar! Estava rezando no meu coração para Deus cuidar dele", disse Chinedu, massageando as costas dela.

Mais tarde, depois que ela convidara Chinedu para almoçar, quando estava esquentando um cozido no micro-ondas, ela perguntou a ele: "Se, como você diz, Deus foi responsável por ter cuidado de Udenna, então Ele foi responsável pelas pessoas que morreram, pois podia ter cuidado delas também. Isso quer dizer que Deus gosta mais de algumas pessoas do que de outras?".

"Os caminhos de Deus não são os nossos", disse Chinedu, tirando o tênis e colocando ao lado da estante de livros.

"Não faz sentido."

"Deus sempre faz sentido, mas nem sempre um tipo humano de sentido", afirmou ele, olhando as fotos na estante dela. Era o tipo de pergunta que Ukamaka fazia ao padre Patrick, embora o padre Patrick fosse concordar que Deus nem sempre fazia sentido, com aquele seu jeito de encolher os ombros, como fizera no dia em que eles se conheceram, no dia de verão em que Udenna disse a ela que tinha acabado. Ela e Udenna estavam na Thomas Sweet, bebendo vitaminas de morango e banana, seu ritual de domingo depois de ir ao mercado, e ele dera uma última sugada barulhenta antes de dizer que o namoro deles já tinha acabado há muito tempo, que estavam juntos por hábito. Ela o olhara esperando vê-lo rir, embora não fosse seu estilo fazer aquele tipo de brincadeira. "Estagnado" foi a palavra que ele usou. Ele não estava saindo com mais ninguém, mas o namoro tinha se tornado estagnado. Estagnado, apesar de Ukamaka estar organizando sua vida de forma a encaixá-la na dele há três anos. Estagnado, apesar de Ukamaka ter começado a insistir com o tio, que era senador, que lhe arrumasse um emprego em Abuja quando ela se formasse, pois Udenna queria voltar para lá depois de terminar a pós-graduação e começar a construir o que ele chamava de "capital político" para quando fosse se candidatar a governador do estado de Anambra. Estagnado, apesar de Ukamaka fazer seus cozidos com pimenta malagueta agora, do jeito que ele gostava. Estagnado, apesar de eles terem falado várias vezes dos filhos que teriam, um menino e uma menina, cuja concepção ela já tomava como certa, a menina se chamaria Ulari e o menino, Udoka, para que todos os nomes da família começassem com U. Ukamaka tinha saído da Thomas Sweet e começado a andar sem rumo pela rua Nassau, subindo a rua toda e depois descendo de novo, até passar pela igreja de pedras cinzentas, entrar e dizer ao homem de gola branca prestes a embarcar em seu Subaru que a vida não fazia sentido. Ele dissera a ela que se chamava padre Patrick e que a vida não fazia sentido, mas que todos nós precisávamos ter fé mesmo assim. Ter fé. "Tenha fé" era como dizer seja alta e bonita de corpo. Ukamaka queria ser alta e bonita de corpo, mas claro que não era; era baixa, tinha o traseiro chato e uma dobrinha teimosa na parte baixa da barriga que ficava proeminente até quando ela usava sua cinta modeladora Spanx, com aquele tecido apertadíssimo. Quando ela disse isso, o padre Patrick riu.

"Dizer 'tenha fé' não é o mesmo que dizer 'seja alta e bonita de corpo'. Na verdade, é mais como dizer: 'conforme-se com sua dobrinha e com o fato de ter que usar Spanx'", respondera ele. E Ukamaka rira também, surpresa por aquele homem branco gorducho saber o que era Spanx.

Ukamaka serviu um pouco de cozido ao lado do arroz já aquecido no prato de Chinedu. "Se Deus gosta mais de algumas pessoas do que de outras, não faz sentido que Ele não preferisse às outras pessoas. Udenna com certeza não era a pessoa mais legal ou mais bondosa que estaria naquele voo", disse ela.

"Você não pode usar o raciocínio humano com Deus", disse Chinedu, erguendo o garfo que Ukamaka tinha disposto ao lado do seu prato. "Por favor, me dê uma colher." Ela entregou uma para ele. Udenna teria achado Chinedu engraçado, teria dito que era coisa de gente da roça comer arroz com uma colher do jeito que ele estava fazendo, pegando a haste com todos os dedos — Udenna tinha seu jeito de olhar um segundo para as pessoas e saber, pela postura e pelos sapatos delas, que tipo de infância tinham tido.

"Aquele é o Udenna, não é?" Chinedu fez um gesto indicando a foto na moldura de vime, aquela que mostrava o braço de Udenna ao redor dos ombros dela, os rostos de ambos abertos num sorriso; tinha sido tirada por uma estranha num restaurante na Filadélfia, uma mulher que perguntara "Vocês fazem um casal tão bonito, são casados?". E Udenna respondera "Ainda não", com aquele jeito sedutor e aquele meio sorriso que sempre dava para as mulheres que não conhecia.

"Sim, esse é o grande Udenna", respondeu Ukamaka, acomodando-se na mesa minúscula com seu prato. "Eu sempre me esqueço de tirar essa foto daí." Era mentira. Ukamaka olhara muitas vezes para aquela foto no último mês, às vezes com relutância, sempre com medo do ponto final que seria removê-la dali. Ela sentiu que Chinedu sabia que era mentira.

"Vocês se conheceram na Nigéria?", perguntou ele.

"Não, a gente se conheceu na festa de formatura da minha irmã, três anos atrás, em New Haven. Ele foi com um amigo dela. Estava trabalhando em Wall Street, e eu já estava fazendo pós-graduação aqui, mas nós tínhamos vários conhecidos em comum na região da Filadélfia. Ele fez graduação da Universidade da Pensilvânia e eu, na Bryn Mawr. A gente achava engraçado que tivéssemos tanto em comum, mas que até aquela ocasião nunca tivéssemos nos conhecido. Nós dois viemos para os Estados Unidos fazer faculdade mais ou menos na mesma época. Depois, descobrimos que tínhamos feito os SATs não só no mesmo lugar em Lagos, mas no mesmo dia!"

"Ele parece alto", disse Chinedu, ainda diante da estante, com o prato equilibrado na mão.

"Tem um metro e noventa", disse Ukamaka, e ela pôde discernir o orgulho na sua própria voz. "Não está muito bonito nessa foto. Ele parece o Thomas Sankara. Eu era apaixonada por ele quando era adolescente. Sabe, aquele presidente de Burkina Faso muito conhecido, aquele que mataram..."

"Claro que eu sei quem é Thomas Sankara." Chinedu olhou com atenção para a foto por um momento, como se buscasse traços da famosa beleza de Sankara. Então disse: "Eu vi vocês dois uma vez perto do estacionamento e tive certeza de que eram da Nigéria. Quis ir me apresentar, mas estava com pressa para pegar o ônibus".

Ukamaka ficou satisfeita ao ouvir aquilo; o fato de Chinedu tê-los visto juntos tornava o relacionamento tangível. Os últimos três anos, durante os quais ela dormira com Udenna, alinhara seus planos aos dele e colocara pimenta na comida não existiam, afinal, apenas na sua imaginação. Ela controlou-se para não perguntar do que exatamente Chinedu se lembrava; ele vira a mão de Udenna em sua lombar? Vira Udenna dizendo algo sugestivo para ela, com o rosto perto do seu?

"Quando você nos viu?", perguntou.

"Há mais ou menos dois meses. Vocês estavam indo para o carro."

"E como soube que éramos nigerianos?"

"Eu sempre sei", respondeu ele, sentando-se diante dela. "Mas, hoje de manhã, olhei os nomes nas caixas de correio para saber qual apartamento era o seu."

"Acabei de lembrar que já vi você no ônibus uma vez. Eu sabia que era africano, mas achei que podia ser do Gana. Parecia gentil demais para ser nigeriano."

"Quem disse que sou gentil?", perguntou Chinedu, rindo.

Ele estufou o peito de brincadeira, com a boca cheia de arroz. Udenna teria apontado para a testa de Chinedu e dito que não era preciso ouvir o sotaque dele para saber que era o tipo de pessoa que fizera o ensino médio numa escola pública de aldeia e aprendera inglês lendo um dicionário à luz de vela, pois bastava ver aquela testa cheia de bolotas e veias proeminentes para concluir isso. Foi exatamente isso que Udenna disse sobre o estudante nigeriano de Wharton, cuja amizade ele sistematicamente esnobava, cujos e-mails nunca respondia. O estudante, com aquela testa que entregava suas origens e aquele jeito de roça, simplesmente não se qualificava. Não se qualificava. Udenna usava muito essa expressão e Ukamaka, a princípio, a achara pueril, mas, no último ano começara a usá-la também.

"O cozido está apimentado demais?", perguntou ela, vendo como Chinedu comia devagar.

"Está ótimo. Estou acostumado a comer pimenta. Fui criado em Lagos."

"Eu não gostava de pimenta na comida até conhecer Udenna. Nem sei se gosto de verdade."

"Mas usa pimenta para cozinhar."

Ela não gostou de ouvir Chinedu dizer isso e não gostou de como seu rosto estava inescrutável, com uma expressão indecifrável, quando ele olhou para ela e logo baixou os olhos de volta para o prato. "Bom, acho que me acostumei", disse Ukamaka.

"Você pode checar as últimas notícias?"

Ela apertou uma tecla em seu laptop, atualizou uma página de internet. "Todos mortos no desastre aéreo da Nigéria." O governo havia confirmado que todos os cento e dezessete passageiros do avião estavam mortos.

"Nenhum sobrevivente", disse Ukamaka.

"Pai, assuma o controle", disse Chinedu, exalando audivelmente. Ele sentou-se ao lado dela para ler a tela do laptop, os dois corpos próximos, o cheiro do cozido apimentado em seu hálito. Havia mais fotos dos destroços. Ukamaka ficou olhando para uma que mostrava homens sem camisa carregando um pedaço de metal que parecia a estrutura retorcida de uma cama; não conseguia imaginar que parte do avião poderia ter sido.

"Há muita iniquidade em nosso país", disse Chinedu, levantando-se. "Corrupção demais. Motivos demais para rezar."

"Você quer dizer que o desastre foi uma punição de Deus?"

"Uma punição e um alerta." Chinedu estava comendo o resto do arroz. Era estranho para Ukamaka quando ele raspava a colher nos dentes.

"Eu costumava ir à igreja todos os dias quando era adolescente, para a missa das seis. Ia sozinha, minha família só frequentava aos domingos. Então, um dia, eu simplesmente parei de ir."

"Todo mundo tem uma crise de fé. É normal."

"Não foi uma crise de fé. A igreja de repente passou a ser como o Papai Noel. Você nunca questiona quando é criança, mas, quando vira adulto, se dá conta de que o homem usando a roupa de Papai Noel na verdade é seu vizinho do fim da rua."

Chinedu apenas deu de ombros, como se não tivesse muita paciência para aquela sua frivolidade, sua ambivalência. "Acabou o arroz?", perguntou.

"Tem mais." Ukamaka pegou o prato dele para esquentar um pouco mais de arroz e cozido. Ao entregá-lo, disse: "Não sei o que eu teria feito se Udenna tivesse morrido. Nem sei o que eu teria sentido".

"Você precisa apenas estar grata a Deus."

Ela andou até a janela e ajeitou a persiana. O outono estava quase chegando. Lá fora, via as árvores que ladeavam a Lawrence Drive, cuja folhagem misturava tons de verde e cobre.

"Udenna nunca disse 'eu amo você' para mim, pois achava que isso era um clichê. Certa vez, eu disse a ele que lamentava

muito que ele se sentisse mal por uma coisa qualquer e ele começou a gritar, dizendo que eu não devia usar uma expressão como 'lamento muito que você se sinta assim', pois ela não era original. Ele costumava me fazer pensar que nada do que eu dizia era espirituoso, sarcástico ou inteligente o suficiente. Sempre se esforçava para ser diferente, até quando não tinha importância. Era como se a vida dele fosse uma performance, não uma vida."
Chinedu não disse nada. Enfiava bastante comida na boca; às vezes, usava um dos dedos para equilibrar mais arroz na colher.
"Ele sabia como eu amava estudar aqui, mas sempre me dizia que Princeton era uma universidade chata, ultrapassada. Quando achava que eu estava feliz demais com algo que não tinha a ver com ele, sempre encontrava um jeito de falar mal. Como você pode amar alguém e ao mesmo tempo querer controlar o nível de felicidade que é permitido à pessoa?"
Chinedu assentiu; ele a compreendia e estava do lado dela, Ukamaka tinha certeza. Nos dias seguintes, dias já frios o suficiente para Ukamaka usar suas botas de couro de cano alto, dias em que ela pegava o ônibus para o campus, fez pesquisas para a dissertação na biblioteca, encontrou com sua orientadora, deu suas aulas de redação para a graduação ou conversou com alunos querendo permissão para entregar trabalhos depois do prazo, ela voltava para seu apartamento no fim da tarde e esperava que Chinedu viesse visitá-la para oferecer arroz, pizza ou espaguete para ele. E então ela podia falar sobre Udenna. Ukamaka contou a Chinedu coisas que não podia ou não queria contar ao padre Patrick. Gostava do fato de Chinedu falar pouco, de parecer não apenas estar escutando, mas também pensando sobre o que ela dizia. Certa vez, Ukamaka pensou vagamente em ter um caso com Chinedu, em se permitir aquela relação superficial clássica após o fim de um namoro, mas havia algo de assexual nele, o que era um alívio, algo que a fazia sentir que não precisava colocar pó sob os olhos para esconder as olheiras escuras.

* * *

O prédio de Ukamaka tinha muitos outros estrangeiros. Ela e Udenna costumavam brincar que era a incerteza desses estrangeiros sobre aquele novo território que acabara por se transformar na indiferença gélida com que tratavam uns aos outros. Eles não se cumprimentavam nos corredores ou nos elevadores, nem se encaravam no ônibus durante o trajeto de cinco minutos até o campus, aquelas estrelas intelectuais do Quênia, da China e da Rússia, aqueles pós-graduandos ou bolsistas que sairiam dali para liderar, curar ou reinventar o mundo. Por isso, Ukamaka ficava surpresa quando, ao caminhar com Chinedu até o estacionamento, ele acenava para uma pessoa ou dizia olá para outra. Ele lhe falou do japonês bolsista de pós-doutorado que às vezes lhe dava uma carona até o shopping, do alemão doutorando cuja filha de dois anos o chamava de Chindle.

"Você conhece os dois das aulas?", perguntou ela. "O que você estuda?", acrescentou.

Chinedu certa vez dissera algo sobre química, e Ukamaka presumiu que estava fazendo doutorado nessa área. Devia ser por isso que nunca o via no campus; os laboratórios de ciência eram tão distantes e tão desconectados de tudo.

"Não. Conheci quando vim para cá."

"Há quanto tempo você mora aqui?"

"Há não muito tempo. Desde a primavera."

"Quando eu cheguei em Princeton, não tinha certeza se queria ficar num alojamento só para pós-graduandos e bolsistas, mas, agora, até que gosto. Na primeira vez em que Udenna me visitou, disse que este prédio quadrado era muito feio e sem charme. Você morava num alojamento para estudantes antes?"

"Não", respondeu Chinedu, parando e desviando o olhar.

"Eu sabia que tinha que me esforçar para fazer amigos neste

prédio. Se não, como ia chegar ao mercado e à igreja? Graças a Deus, você tem carro."

Ukamaka ficou feliz por ele ter dito "Graças a Deus, você tem carro", pois era uma afirmação de amizade, de que eles iam fazer coisas juntos a longo prazo, de que ela teria alguém para ouvi-la falar sobre Udenna.

Aos domingos, ela levava Chinedu até sua igreja pentecostal em Lawrenceville antes de ir para sua igreja católica na rua Nassau, e, depois da missa, ela o buscava e eles iam fazer compras no supermercado McCaffrey's. Ela notou que Chinedu comprava pouca coisa e lia atentamente os folhetos com as ofertas que Udenna sempre havia ignorado.

Quando Ukamaka parou no Wild Oats, onde ela e Udenna compravam legumes orgânicos, Chinedu balançou a cabeça de espanto, sem entender por que alguém pagaria mais caro pelos mesmos vegetais, só porque não tinham agrotóxicos. Ele estava examinando os grãos à mostra em grandes contêineres de plástico enquanto ela escolhia maços de brócolis e colocava numa sacola.

"Orgânico isso, orgânico aquilo. O povo desperdiça dinheiro sem motivo. Os remédios que eles tomam para ficar vivos também não são feitos de química?"

"Você sabe muito bem que não é a mesma coisa, Chinedu."

"Eu não vejo diferença."

Ukamaka riu. "Para mim não tem importância, mas Udenna sempre queria comprar frutas e verduras orgânicas. Acho que leu em algum lugar que era isso que alguém como ele devia comprar."

Chinedu fitou-a com aquela expressão fechada e indecifrável de novo. Seria uma crítica? Estaria tentando decidir o que achava dela?

Ao abrir o porta-malas para colocar as sacolas de compras,

Ukamaka disse: "Estou morrendo de fome. Vamos comer um sanduíche em algum lugar?".
"Eu não estou com fome."
"Eu pago. Ou você prefere ir num chinês?"
"Estou jejuando", disse ele, baixinho.
"Ah." Quando Ukamaka era adolescente, ela também jejuara, bebendo apenas água de manhã até o fim da tarde durante uma semana inteira, pedindo a Deus que a ajudasse a tirar a maior nota na prova de último ano do ensino médio. Ela ficou em terceiro lugar.
"Não foi à toa que você não comeu nenhum arroz ontem", disse Ukamaka. "Pode me fazer companhia enquanto eu como?"
"Claro."
"Você jejua com frequência ou está pedindo uma graça em especial? Ou é uma questão pessoal demais para compartilhar?"
"É uma questão pessoal demais para compartilhar", disse Chinedu com uma solenidade fingida.
Ela baixou as janelas do carro ao sair de ré do Wild Oats, parando para deixar que duas mulheres sem casaco passassem a pé, ambas de jeans apertados e cabelos louros atirados para o lado pelo vento. Estava um dia estranhamente quente para um fim de outono.
"O outono às vezes me lembra o harmatã", disse Chinedu.
"É mesmo. Eu amo o harmatã. Acho que é por causa do Natal. Amo a secura e a poeira do Natal. Udenna e eu fomos passar o Natal juntos na Nigéria no ano passado. Ele passou o Ano-Novo com a minha família em Nimo e meu tio não parava de fazer perguntas: 'Rapaz, quando você e sua família vão bater na nossa porta? O que você estuda na faculdade?'", disse Ukamaka, imitando uma voz grave. Chinedu riu.
"Você já voltou para visitar a Nigéria desde que veio para cá?", perguntou ela. Assim que disse isso, se arrependeu. É claro

que ele não tinha dinheiro para comprar uma passagem para a Nigéria.

"Não", respondeu Chinedu, friamente.

"Eu estava planejando voltar quando terminasse a pós-graduação e trabalhar com uma ONG em Lagos, mas Udenna queria entrar para a política e, por isso, comecei a planejar morar em Abuja. Você vai voltar depois que terminar aqui? Posso imaginar a fortuna que vai ganhar numa daquelas petroleiras do Delta do Níger, com seu doutorado em química." Ela sabia que estava falando rápido demais, que estava tagarelando, para tentar compensar pelo constrangimento que sentira antes.

"Não sei", respondeu Chinedu, dando de ombros. "Posso trocar a estação de rádio?"

"Claro." Ukamaka sentiu a mudança no humor dele pelo modo como manteve os olhos fixos na janela depois de tirar da NPR e colocar numa estação FM que tocava uma música animada.

"Acho que em vez de comer um sanduíche, vou comer sushi, sua comida preferida", disse ela, para provocá-lo. Certa vez, Ukamaka perguntara a Chinedu se ele gostava de sushi e ele respondera "Deus me livre. Sou um homem africano. Só como comida cozida". "Você devia experimentar um dia", acrescentou ela. "Como pode viver em Princeton e não comer sashimi?"

Chinedu mal sorriu. Ukamaka dirigiu devagar até o lugar que vendia sanduíches, mexendo exageradamente a cabeça ao som da música que vinha do rádio, para mostrar que gostava dela tanto quanto ele parecia gostar.

"Vou só pegar o sanduíche", disse ela. Ele disse que ia esperar ali. O cheiro de alho do sanduíche de frango embrulhado em papel-alumínio tomou o carro quando Ukamaka entrou.

"Seu telefone tocou", disse Chinedu.

Ela pegou o celular, que estava enfiado num buraco perto da marcha, e olhou a tela. Rachel, uma amiga do departamento, tinha ligado, talvez para descobrir se Ukamaka queria ir à palestra sobre a moralidade e romance que haveria no prédio East Pyne no dia seguinte.

"Não acredito que Udenna não me telefonou", disse ela, ligando o carro. Ele mandara um e-mail para agradecer a ela pela preocupação quando ainda estava na Nigéria. Removera-a de sua lista de amigos no Messenger para que ela não pudesse mais saber quando estava on-line. E não telefonara.

"Talvez seja melhor que ele não telefone", disse Chinedu.

"Assim, você pode tirá-lo da cabeça."

"Não é tão simples assim." Ukamaka sentiu-se um pouco irritada porque queria que Udenna ligasse, porque a foto ainda estava na prateleira, porque Chinedu falara aquilo como se só ele soubesse o que era melhor para ela. Só depois que eles estavam no prédio, quando Chinedu levara suas sacolas para seu apartamento e descera as escadas de novo até o dela, Ukamaka disse: "Sabe, não é mesmo tão simples quanto você pensa. Você não sabe como é ser apaixonada por um babaca".

"Sei, sim."

Ela olhou para Chinedu, que usava as mesmas roupas que naquela tarde em que batera em sua porta pela primeira vez: uma calça jeans e um moletom velho de gola frouxa com a palavra Princeton escrita na frente em letras laranja.

"Você nunca falou sobre isso", disse ela.

"Você nunca perguntou."

Ukamaka colocou o sanduíche num prato e sentou-se à mesa minúscula. "Não sabia que tinha algo para perguntar. Achei que você ia me contar e pronto."

Chinedu não disse nada.

"Então, me conte. Fale desse amor. Foi aqui ou na Nigéria?"

"Na Nigéria. Eu fiquei quase dois anos com ele."

Foi um momento de silêncio. Ela pegou um guardanapo e

se deu conta de que soubera instintivamente, talvez desde o início, mas, como achou que ele estava esperando uma expressão de surpresa, disse: "Ah, você é gay".

"Alguém uma vez me disse que eu era o gay mais heterossexual que já tinha conhecido, e eu me odiei por gostar disso." Ele estava sorrindo; parecia aliviado.

"Então, me fale desse amor."

O homem se chamava Abidemi. Algo na maneira como Chinedu disse o nome dele, Abidemi, fez Ukamaka pensar no gesto de apertar levemente um músculo dolorido, no tipo de dor autoinfligida que causa satisfação.

Ele falou devagar, corrigindo detalhes que, para ela, não faziam diferença — tinha sido numa quarta ou numa quinta que Abidemi o levara a uma boate gay privada onde eles apertaram a mão de um ex-chefe de estado? Isso a fez pensar que aquela não era uma história que Chinedu contava por inteiro com frequência; talvez nunca a tivesse contado para ninguém. Enquanto ele falava, Ukamaka terminou o sanduíche e sentou-se ao seu lado no sofá, sentindo uma estranha nostalgia pelos detalhes de Abidemi: ele bebia Guinness preta, mandava o motorista comprar banana-da-terra assada dos camelôs de beira de estrada, ia à igreja pentecostal House on the Rock, gostava do quibe libanês do restaurante Double Four, jogava polo.

Abidemi era banqueiro, filho de um homem poderoso que fizera faculdade na Inglaterra, o tipo de homem que usava cintos de couro com fivelas em formato de logotipos famosos e complicados. Estava usando um desses cintos quando entrou na filial de Lagos da empresa de telefonia celular onde Chinedu trabalhava com atendimento ao consumidor. Tinha sido quase grosseiro, perguntado se não poderia conversar com um superior, mas Chinedu percebeu o olhar que eles trocaram, o arrepio excitante que ele não sentia desde seu primeiro namoro com um capitão de time no ensino médio. Abidemi lhe dera seu cartão, dizendo "me liga", sem rodeios. Era assim que Abidemi conduziria o namoro pelos próximos dois anos, querendo saber aonde Chinedu ia e o que fazia, comprando um carro para ele sem consultá-lo e, assim, impondo a ele a posição constrangedora de ter que explicar para a família e os amigos como subitamente tinha comprado um Honda; convidando-o para viajar para Calabar e Kaduna com apenas um dia de antecedência; mandando mensagens de texto cruéis quando Chinedu não atendia a algum telefonema. Ainda assim, Chinedu gostara de como ele era possessivo, da vitalidade de um relacionamento que consumia a ambos. Até Abidemi contar que ia se casar. O nome dela era Kemi e os pais dele e os dela se conheciam há muito tempo. A inevitabilidade do casamento sempre estivera entendida entre eles — tácita, mas entendida —, e talvez nada tivesse mudado se Chinedu não tivesse conhecido Kemi na festa de aniversário de casamento dos pais de Abidemi. Chinedu não queria ir à festa — sempre se mantinha distante dos eventos da família de Abidemi —, mas o namorado insistira, dizendo que só sobreviveria àquela longa noite se ele estivesse lá. Abidemi usara um tom perturbadoramente irônico ao apresentar Chinedu para Kemi como "um grande amigo".

"Chinedu bebe muito mais do que eu", Abidemi dissera para Kemi. Ela usava um longo aplique no cabelo e um vestido tomara que caia amarelo. Estava sentada ao lado de Abidemi, e se esticava de tempos em tempos para tirar algo da camisa dele, servir-lhe mais bebida, colocar a mão sobre seu joelho e, durante todo o tempo, seu corpo inteiro permaneceu atento e sintonizado com o dele, como se estivesse pronto para dar um salto e fazer qualquer coisa que o agradasse. "Você disse que eu vou ficar com barriga de cerveja, *abi*?", dissera Abidemi, com a mão na coxa dela. "Esse homem vai ficar com uma antes de mim, pode acreditar."

Chinedu forçou um sorriso, sentindo o começo de uma dor de cabeça causada pelo nervosismo, sentindo sua raiva de Abidemi explodir. Quando contou isso para Ukamaka, dizendo que a raiva daquela noite lhe "embaralhou as ideias", ela notou o quanto ele ficara tenso.

"Você não queria ter conhecido a esposa dele", disse Ukamaka.

"Não. Eu queria que ele tivesse ficado dividido."

"Deve ter ficado."

"Não ficou. Eu fiquei observando Abidemi naquele dia, a maneira como ele se comportou com nós dois ali, bebendo cerveja preta e fazendo piadas de mim para ela e dela para mim, e soube que ele ia deitar na cama e dormir bem naquela noite. Se nós tivéssemos continuado juntos, ele ia sair comigo e depois voltar para ela e dormir bem todas as noites. Eu queria que ele dormisse mal às vezes."

"E você terminou com ele?"

"Ele ficou zangado. Não entendia por que eu me recusava a fazer o que ele queria."

"Como uma pessoa pode dizer que ama você e mesmo assim querer que faça só o que é bom para ela? Udenna era assim."

Chinedu apertou a almofada que estava em seu colo. "Ukamaka, nem tudo gira em torno de Udenna."

"Só estou dizendo que Abidemi parece um pouco com Udenna. Acho que eu não entendo esse tipo de amor."

"Talvez não fosse amor", disse Chinedu, se levantando abruptamente do sofá. "Udenna fez isso, Udenna fez aquilo, mas por que você deixou? Já parou para pensar que talvez não fosse amor?"

O tom dele foi tão frio, tão cruel, que, por um segundo, Ukamaka ficou com medo. Depois, ficou com raiva e mandou-o sair de seu apartamento.

* * *

Ela havia começado, antes daquele dia, a notar coisas estranhas sobre Chinedu. Ele nunca a convidava para ir ao seu apartamento e, certa vez, depois que ele disse qual apartamento era, ela olhou a caixa de correio e ficou surpresa ao não ver seu sobrenome nela; o superintendente do prédio era muito rigoroso em exigir que os nomes de todos os inquilinos estivessem na caixa de correio. Chinedu nunca parecia ir ao campus; na única vez em que Ukamaka perguntou por que, ele disse algo deliberadamente vago, o que deixou claro que não queria falar no assunto, e ela deixou para lá, porque suspeitava que Chinedu tivesse problemas acadêmicos, talvez estivesse às voltas com uma dissertação que não avançava. Por isso, uma semana depois de mandá-lo sair de seu apartamento, período durante o qual não falou com ele, Ukamaka subiu e bateu em sua porta e, quando Chinedu abriu e olhou-a circunspecto, ela perguntou: "Você está escrevendo uma dissertação?".

"Estou ocupado", disse Chinedu abruptamente, fechando a porta na cara de Ukamaka.

Ela ficou parada ali durante algum tempo antes de voltar ao seu apartamento. Jamais voltaria a falar com ele, disse a si mesma; era uma pessoa grosseira e rude da roça. Mas chegou o domingo, e Ukamaka se acostumara a levar Chinedu a sua igreja em Lawrenceville antes de ir para a dela na rua Nassau. Ela torceu para que ele batesse em sua porta, mesmo sabendo que ele não faria isso. Sentiu um medo súbito de que Chinedu fosse pedir a outra pessoa em seu andar para deixá-lo na igreja e, como viu que seu medo estava se transformando em pânico, subiu e bateu na porta dele. Chinedu demorou um pouco para abrir. Parecia abatido; seu rosto estava sujo e macilento.

"Desculpe", disse Ukamaka. "Aquela pergunta sobre você

estar escrevendo uma dissertação foi meu jeito idiota de pedir desculpas."
"Da próxima vez que você quiser pedir desculpas, peça desculpas."
"Quer que eu leve você na igreja?"
"Não." Ele fez um gesto, pedindo que ela entrasse. O apartamento tinha poucos móveis: um sofá, uma mesa e uma televisão; havia livros em pilhas encostadas nas paredes.
"Olhe, Ukamaka, eu tenho que explicar para você o que está acontecendo. Sente-se."
Ela se sentou. Havia um desenho passando na televisão, uma Bíblia aberta virada para baixo sobre a mesa e uma xícara do que parecia ser café ao lado dela.
"Eu estou ilegal. Meu visto venceu há três anos. Este apartamento é de um amigo. Ele foi passar o semestre no Peru e disse que eu podia ficar aqui até resolver as coisas."
"Você não estuda em Princeton?"
"Nunca disse que estudava", disse Chinedu, virando-se e fechando a Bíblia. "Vou receber um aviso de deportação do departamento de imigração a qualquer momento. Ninguém na Nigéria sabe da minha situação. Não consigo mandar muito dinheiro para eles desde que perdi meu emprego numa obra. Meu chefe era uma boa pessoa e estava me pagando por fora, mas ele disse que não queria confusão agora que eles estão falando em dar batidas nas empresas."
"Você já tentou se consultar com um advogado?"
"Um advogado para quê? Eu não tenho o que alegar." Ele estava mordendo o lábio inferior, e Ukamaka nunca o vira tão feio, com a pele do rosto escamando e os olhos escurecidos. Decidiu que não perguntaria mais detalhes, pois sabia que ele estava relutante em compartilhá-los com ela.
"Você está com a cara horrível. Não deve ter comido nada

desde a última vez em que nos vimos", disse Ukamaka, pensando em todas as semanas que passara falando de Udenna enquanto Chinedu se preocupava em ser deportado.

"Estou jejuando."

"Tem certeza de que não quer que eu leve você na igreja?"

"Já está tarde, de qualquer jeito."

"Então venha comigo na minha."

"Você sabe que eu não gosto de igreja católica, com todo aquele senta, levanta e essa mania de adorar ídolos."

"Só desta vez. Na semana que vem, eu vou com você na sua."

Finalmente, ele se levantou, lavou o rosto e colocou um suéter limpo. Eles caminharam até o carro em silêncio. Ukamaka jamais lhe contara sobre o tremor que sentira enquanto ele rezava naquele primeiro dia, mas, como agora ansiava por um gesto significativo que mostrasse a Chinedu que ele não estava sozinho, que mostrasse que ela entendia como devia ser sentir tanta incerteza em relação ao futuro, não ter controle sobre o que aconteceria a seguir, como, na verdade, não sabia o que mais dizer, ela falou do tremor.

"Foi estranho", disse. "Talvez tenha sido só minha ansiedade reprimida por causa de Udenna."

"Foi um sinal de Deus", declarou Chinedu com firmeza.

"Qual o sentido de eu tremer como sinal de Deus?"

"Você tem que parar de achar que Deus é uma pessoa. Deus é Deus."

"A sua fé é quase uma briga", ela olhou para ele. "Por que Deus não pode se revelar de maneira não ambígua e esclarecer as coisas de uma vez por todas? Qual o sentido de Deus ser um enigma?"

"Porque é a natureza de Deus. Se você compreender a ideia básica de que a natureza de Deus é diferente da natureza humana, então isso vai fazer sentido", disse Chinedu. Ele abriu a porta para sair do carro. Que luxo ter uma fé como a dele, pensou Ukamaka, tão acrítica, tão poderosa, tão impaciente. No entanto, havia qualquer coisa naquela fé de extremamente frágil; era como se Chinedu só conseguisse conceber a fé em extremos, como se reconhecer um meio-termo fosse se arriscar a perder tudo.

"Entendi o que você quis dizer", disse ela, embora não entendesse nem um pouco, embora fossem respostas como aquela que, anos antes, a haviam feito parar de ir à igreja e a haviam mantido afastada até aquele domingo em que Udenna disse a palavra "estagnada" numa sorveteria da rua Nassau.

Diante da igreja de pedras cinzentas, padre Patrick cumprimentava as pessoas, com seus cabelos grisalhos brilhando como prata à luz da manhã.

"Trouxe uma pessoa nova para a masmorra do catolicismo, padre Pê", disse Ukamaka.

"Sempre cabe mais um na masmorra", disse padre Patrick, apertando calorosamente a mão de Chinedu e dando-lhe boas-vindas.

A igreja estava mergulhada na penumbra, repleta de ecos, mistérios e de um leve odor de velas. Eles se sentaram lado a lado na fileira do meio, perto de uma mulher com um bebê.

"Gostou dele?", sussurrou Ukamaka.

"Do padre? Ele pareceu legal."

"Mas gostou, *gostou*?"

"Sangue de Jesus! Claro que não!"

Ela o fizera sorrir. "Você não vai ser deportado, Chinedu. Nós vamos dar um jeito. Vamos, sim." Ela apertou a mão de Chinedu e percebeu que ele se divertira com a ênfase na palavra "nós".

Ele se inclinou para ela: "Sabe, eu também tive uma paixonite pelo Thomas Sankara", disse.

"Não!", exclamou Ukamaka, com uma comichão de riso no peito.

"Eu nem sabia que havia um país chamado Burkina Faso na África Ocidental até minha professora do ensino médio falar dele e mostrar uma foto. Nunca vou me esquecer da paixão louca que senti por uma foto de jornal."

"Não me diga que Abidemi meio que parece com ele."

"Pior que parece, sim."

A princípio, eles abafaram o riso e depois não se contiveram mais, apoiando-se alegremente um no outro, enquanto, ali do lado, a mulher com o bebê os observava.

O coro tinha começado a cantar. Era um daqueles domingos em que o padre abençoava a congregação com água benta no começo da missa, e o padre Patrick estava andando para cima e para baixo, salpicando água nas pessoas com algo que parecia um enorme saleiro. Ukamaka o observou e pensou como as missas católicas eram mais sisudas nos Estados Unidos; na Nigéria, o padre teria usado o galho verde-vivo de uma mangueira, molhando-o num balde de água benta segurado por um ajudante nervoso e suado; ele teria percorrido a nave a passos largos, molhando e girando, com a água benta chovendo de cima; as pessoas teriam ficado encharcadas; e, sorrindo e fazendo o sinal da cruz, teriam se sentido abençoadas.

Os casamenteiros

Meu novo marido tirou a mala do táxi e entrou no prédio antigo, subiu uma escada sombria, desceu por um corredor abafado com o carpete puído e parou diante de uma porta. O número 2B, esculpido toscamente num metal amarelado, estava colado nela.

"Chegamos", disse ele. Ele tinha usado a palavra "casa" para se referir ao lugar onde íamos morar. Eu imaginara uma aleia plana que serpenteava por um gramado cor de pepino até uma porta que dava num saguão, quadros serenos nas paredes. Uma casa como aquelas dos brancos recém-casados nos filmes americanos que passavam aos sábados à noite na NTA.

Ele acendeu a luz na sala de estar, onde havia apenas um sofá bege bem no meio, torto, como se tivesse sido largado ali por acidente. Fazia calor; o ar estava pesado, com um cheiro de bolor antigo.

"Vou mostrar o lugar para você", disse ele.

O quarto menor tinha um colchão sem lençóis enfiado num canto. O quarto maior tinha uma cama e uma cômoda, além de um telefone sobre o chão acarpetado. Ainda assim, faltava aos dois quartos uma sensação de espaço, como se as paredes tivessem ficado desconfortáveis uma com a outra, tendo tão pouco entre elas.

"Agora que você está aqui, vamos comprar mais móveis. Eu não precisava de muita coisa quando morava sozinho", disse ele.

"O.k.", respondi. Eu estava zonza. O voo de dez horas de Lagos até Nova York e a espera interminável enquanto a agente americana da alfândega remexia minha mala tinham me deixado aturdida, como se minha cabeça estivesse cheia de chumaços de algodão. A agente examinara os alimentos que eu tinha trazido como se fossem aranhas, com os dedos enluvados cutucando as sacolas impermeáveis de *egusi* moído, folhas de *enugbu* secas e sementes de *uziza*, até confiscar as sementes. Teve medo de que eu fosse plantá-las em solo americano. Não importava que as sementes houvessem passado semanas secando ao sol e fossem tão duras quanto um capacete de bicicleta.

"*Ike agwum*", eu disse, colocando a mala no chão do quarto.

"Sim, eu estou exausto também", disse ele. "Vamos para a cama."

Na cama com os lençóis macios, eu me enrosquei bem, como os punhos do tio Ike quando está com raiva, esperando que nenhum dever de esposa fosse requerido de mim. Relaxei instantes depois, quando ouvi os roncos baixos do meu novo marido. Eles começavam como um ribombo profundo na garganta dele e terminavam num apito agudo, um som que parecia um assovio safado. Eles não mencionam esse tipo de coisa quando arranjam seu casamento. Não mencionam roncos ofensivos ou casas que na verdade eram apartamentos que sofriam de uma falta de móveis.

Meu marido me acordou imprensando seu corpo pesado em cima do meu. Seu peito achatou os meus seios.

"Bom dia", eu disse, abrindo meus olhos grudados de sono. Ele grunhiu, um som que podia ser uma resposta ao meu cumprimento ou parte do ritual que estava realizando. Ele ergueu seu corpo para puxar minha camisola até acima da minha cintura.

"Espere..." eu disse, para que ele me deixasse tirar a camisola, para que não parecesse tão rápido.

Mas ele já havia apertado a boca contra a minha. Outra coisa que os casamenteiros se esquecem de mencionar — bocas que contam a história do sono, que parecem meladas como chiclete, que têm o cheiro das latas de lixo do mercado Ogbete. Sua respiração fazia um som áspero enquanto ele se movia, como se suas narinas fossem estreitas demais para o ar que precisava sair dali. Quando finalmente parou de me dar estocadas, soltou seu peso todo em cima de mim, inclusive o das pernas. Eu só me mexi quando ele saiu para ir ao banheiro. Abaixei minha camisola e cobri meu quadril com ela.

"Bom dia, amor", disse ele, voltando para o quarto e me entregando o telefone. "Temos que ligar para os seus tios e dizer que você chegou bem. Tem que ser rápido: custa quase um dólar por minuto para ligar para a Nigéria. Disque 011 e depois 234 antes do número."

"*Ezi okwu?* Tudo isso?"

"Sim. O código de ligação internacional e depois o código da Nigéria."

"Ah", disse eu, apertando os catorze números e sentindo coçar a coisa melada entre minhas pernas.

A linha telefônica estalava de eletricidade estática, cruzando o Atlântico. Eu sabia que o tio Ike e a tia Ada seriam calorosos, que perguntariam o que eu tinha comido e como estava o tempo nos Estados Unidos. Mas nenhuma das minhas respostas seria registrada; eles perguntariam por perguntar. O tio Ike provavelmente sorriria para o telefone, o mesmo tipo de sorriso que abrira quando me falara do marido perfeito que tinha encontrado para mim. O mesmo sorriso que eu vira pela última vez meses antes, quando a seleção da Nigéria tinha ganhado a medalha de ouro nas Olimpíadas de Atlanta. "Um médico nos Estados Unidos", dissera ele, radiante. "O que poderia ser melhor? A mãe de Ofodile estava procurando uma mulher para ele, morrendo de medo de que fosse se casar com uma americana. Ele não vinha para casa há onze anos. Eu dei a ela uma foto sua. Não ouvi notícias dela durante algum tempo e achei que eles tinham encontrado outra pessoa. Mas..." O tio Ike não terminara a frase, abrindo mais ainda o sorriso.

"Sim, tio."

"Ele vem para cá no começo de junho", dissera a tia Ada. "Vocês vão ter bastante tempo para se conhecer antes do casamento."

"Sim, tia." "Bastante tempo" eram duas semanas.

"O que nós não fazemos por você? Criamos você como se fosse nossa filha e agora lhe arrumamos um *ezigbo di*! Um médico nos Estados Unidos! É como se tivéssemos ganhado a loteria para você!", dissera a tia Ada. Ela tinha alguns pelinhos nascendo no queixo, e puxara um deles ao falar.

Eu agradeci aos dois por tudo — me arrumar um marido, me receber em sua casa, me comprar um par de sapatos novos a cada dois anos. Era a única maneira de não ser chamada de ingrata. Não lembrei a eles que queria fazer o exame nacional de admissão de novo e tentar entrar numa universidade, que enquanto estava no ensino médio, graças a mim a padaria da tia Ada vendera mais pão do que todas as outras de Enugu, que os móveis e assoalhos da casa brilhavam por minha causa.

"Conseguiu falar?", perguntou meu novo marido.

"Está em comunicação", respondi, virando o rosto para que ele não visse minha expressão de alívio.

"Ocupado. Os americanos dizem 'ocupado', não 'em comunicação'", disse ele. "A gente tenta mais tarde. Vamos tomar café."

Para o café, ele descongelou panquecas que vinham numa embalagem amarelo vivo. Eu observei os botões que apertou no micro-ondas branco, memorizando-os com cuidado.

"Ferva um pouco de água para o chá", disse ele.

"Você tem leite em pó?", perguntei, levando o bule para a pia, cujas laterais estavam cobertas de uma ferrugem que parecia tinta marrom descascada.

"Os americanos não fazem chá com leite e açúcar."

"*Ezi okwu*? Você não toma chá com leite e açúcar?"

"Não, eu me acostumei com o jeito daqui há muito tempo. Você também vai se acostumar, amor."

Sentei diante das minhas panquecas moles — muito mais finas que a massa suculenta que eu fazia em casa — e do meu chá sem graça, que temi não conseguir engolir. A campainha tocou e ele se levantou. Andava com as mãos balançando até as costas; eu não tinha percebido isso antes, não tive tempo de perceber.

"Ouvi você chegar na noite passada." A voz da pessoa na porta tinha sotaque americano, as palavras fluíam depressa, se atropelavam. *Supri-supri*, como dizia a tia Ify, depressa-depressa. "Quando você voltar para nos visitar, vai estar falando *supri-supri* que nem os americanos", dissera.

"Oi, Shirley. Obrigado por receber a minha correspondência", disse ele.

"Sem problema nenhum. Como foi o casamento? Sua esposa está?"

"Está, venha dizer oi."

Uma mulher de cabelo cor de metal entrou na sala de estar. Seu corpo estava coberto por um roupão cor-de-rosa amarrado na cintura. A julgar pelas rugas que se espalhavam pelo seu rosto, podia ter de seis a oito décadas; eu ainda não tinha visto um número suficiente de brancos para avaliar corretamente a sua idade.

"Eu sou a Shirley, do 3A. Prazer", disse ela, apertando minha mão, com a voz anasalada de alguém que combatia um resfriado.

"Você é bem-vinda."

Shirley fez uma pausa, como se estivesse surpresa. "Bom, vou deixar vocês tomarem café", disse. "Venho fazer uma visita com mais calma quando já estiverem com tudo arrumado."

Ela saiu arrastando os pés. Meu novo marido fechou a porta. Uma das pernas da mesa de jantar era mais curta que a outra e, por isso, a mesa oscilou como uma gangorra quando ele se apoiou nela e disse: "Você deve dizer 'oi' para as pessoas aqui, não 'você é bem-vinda'".

"Ela não é da minha idade."

"Aqui não é assim. Todo mundo diz oi."

"*O di mma*. O.k."

"Ninguém me chama de Ofodile aqui, aliás. Eles me chamam de Dave." Ele olhou para a pilha de envelopes que Shirley lhe entregara. Muitos tinham algo escrito no próprio envelope, acima do endereço, como se o remetente houvesse lembrado de uma informação só depois de fechar a carta.

"Dave?" Eu sabia que ele não tinha um nome inglês. Os convites do nosso casamento diziam "Ofodile Emeka Udenwa e Chinaza Agatha Okafor".

"O sobrenome que eu uso aqui é diferente também. Os americanos têm dificuldade em dizer Udenwa e, por isso, eu mudei."

"Como é?" Eu ainda estava tentando me acostumar com Udenwa, um nome que só conhecia há poucas semanas.

"Bell."

"Bell!" Eu tinha ouvido falar de um Waturuocha que mudou para Waturu nos Estados Unidos, de um Chikelugo que assumiu o nome mais fácil para os americanos de Chikel, mas de Udenwa para Bell? "Bell não se parece nada com Udenwa", comentei.

Ele se levantou.

"Você não entende como as coisas funcionam neste país. Se você quiser chegar a algum lugar, tem que ser o mais normal possível. Se não for, vai ser largada na beira da estrada. Tem que usar seu nome inglês aqui."

"Eu nunca usei, meu nome inglês só existe na minha certidão de nascimento. Fui Chinaza Okafor minha vida inteira."

"Você vai se acostumar, amor", disse ele, esticando a mão e fazendo um carinho na minha bochecha. "Pode acreditar."

Ao preencher um formulário para requerer meu número de seguridade social no dia seguinte, o nome que ele colocou em letras maiúsculas foi AGATHA BELL.

Nosso bairro se chamava Flatbush, disse meu novo marido enquanto andávamos, encalorados e encharcados de suor, por uma rua barulhenta que tinha cheiro de peixe que alguém havia demorado demais para congelar. Ele queria me mostrar como fazer compras no supermercado e como usar o ônibus.

"Olhe em volta, não baixe os olhos desse jeito. Olhe em volta. Assim, vai se acostumar mais rápido com as coisas", disse ele.

Virei minha cabeça de um lado para o outro para que ele visse que eu estava seguindo seu conselho. Vitrines escuras de restaurantes prometiam a "Melhor comida americana e caribenha" em letras tortas, um lava-jato do outro lado da rua anunciava lavagens por três dólares e cinquenta num quadro escrito a giz que ficava em meio a latas de coca-cola e pedaços de papel.

A borda da calçada era lascada, como se tivesse sido roída por ratos.

No ônibus com ar-condicionado, ele me mostrou onde colocar as moedas, como apertar o botão na parede para avisar que eu queria descer.

"Aqui não é que nem na Nigéria, onde a gente grita para o motorista", disse com desdém, como se tivesse inventado pessoalmente o superior sistema americano.

No Key Food, nós andamos devagar de corredor em corredor. Fiquei cismada quando ele colocou um pacote de carne no carrinho. Quis poder tocar a carne, examinar sua vermelhidão, como fazia muitas vezes no mercado Ogbete, onde o açougueiro erguia pedaços recém-cortados rodeados de moscas.

"Podemos comprar essa bolacha?", perguntei. Os pacotes azuis de Burton's Rich Tea eram familiares; eu não queria comer bolachas, queria algo familiar dentro do carrinho.

"Biscoito. Os americanos chamam de biscoito", disse ele.

Estiquei a mão para pegar a bolacha (biscoito).

"Pegue a marca do supermercado. É mais barata, mas é a mesma coisa", disse ele, apontando para um pacote branco.

"O.k.", respondi. Não queria mais o biscoito, mas coloquei a marca do supermercado no carrinho e fiquei olhando para o pacote azul na prateleira, para o logotipo familiar da Burton's em relevo, até sairmos daquele corredor.

"Quando eu virar médico assistente, a gente vai parar de comprar as marcas do supermercado, mas, por enquanto, não dá; essas coisas parecem baratas, mas elas acabam fazendo diferença", disse ele.

"Quando você virar especialista?"

"Sim, mas aqui nós chamamos de assistente, médico assistente."

Os casamenteiros só lhe dizem que os médicos ganham

muito dinheiro nos Estados Unidos. Não avisam que, para ganhar muito dinheiro, antes têm que fazer uma residência e um treinamento complementar, e que meu novo marido ainda não tinha terminado. Meu novo marido me contara isso na breve conversa que tivemos durante o voo, logo depois de decolarmos de Lagos, antes de ele cair no sono.

"Os residentes ganham uns vinte e oito mil dólares por ano, mas trabalham cerca de oitenta horas por semana. Isso dá mais ou menos três dólares por hora", dissera ele. "Dá para acreditar? Três dólares por hora!"

Eu não sabia se três dólares por hora era muito bom ou muito ruim — estava inclinada a acreditar que era muito bom — até ele acrescentar que até estudantes do ensino médio trabalhando em meio período ganhavam muito mais que isso.

"Além disso, quando eu virar assistente, não vamos morar num bairro como esse", disse meu novo marido. Ele parou para deixar passar uma mulher com o filho enfiado no carrinho de compras. "Está vendo como eles têm barras de ferro para você não poder sair com os carrinhos daqui? Nos bairros bons, não tem isso. Você pode levar o carrinho até o carro", explicou.

"Ah", disse eu. Que importância tinha se você podia ou não sair com os carrinhos? A questão é que *havia* carrinhos.

"Olhe para as pessoas que fazem compras aqui. São o tipo de pessoa que emigra e continua a agir como se estivesse em seu próprio país", disse ele, indicando com desprezo uma mulher e os dois filhos, que estavam falando espanhol. "Eles nunca vão avançar se não se adaptarem aos Estados Unidos. A sina deles é continuar comprando em supermercados como este."

Eu murmurei algo para mostrar que estava escutando. Pensei no mercado ao ar livre de Enugu, nos feirantes que nos bajulavam para que parássemos em suas barraquinhas com teto de zinco, prontos para barganhar o dia todo para acrescentar um kobo ao preço. Eles embrulhavam o que comprávamos em sacolas plásticas quando tinham e, quando não tinham, riam e lhe ofereciam jornais velhos.

Meu novo marido me levou ao shopping; ele queria me mostrar o máximo de coisas possível antes de voltar ao trabalho na segunda-feira. Seu carro chacoalhava ao se mover, como se estivesse com diversas peças soltas — um som parecido com o de uma lata cheia de pregos. O motor morreu em um sinal de trânsito e ele girou a chave algumas vezes até conseguir ligar de novo.

"Vou comprar um carro novo depois da residência", disse.

No shopping, o chão brilhava, liso como cubos de gelo, e o teto, alto como o céu, cintilava, repleto de minúsculas luzes etéreas. Eu me senti como se estivesse em um mundo físico diferente, em outro planeta. As pessoas que passavam esbarrando em nós, até as negras, ostentavam as marcas do estrangeiro, da alteridade, em seus rostos.

"Antes, vamos comer pizza", disse ele. "É uma coisa dos Estados Unidos que você tem que amar."

Nós nos aproximamos da barraquinha de pizza, do homem que usava um brinco no nariz e um chapéu branco e comprido.

"Duas de pepperoni e linguiça; o combo é mais barato?", perguntou meu novo marido. Ele soava diferente quando falava com americanos: exagerava os "r" e não pronunciava direito os "t". E sorria, o sorriso ansioso de uma pessoa que deseja ser querida pelos outros.

Nós comemos a pizza sentados diante de uma mesinha redonda, um lugar que ele chamou de "praça de alimentação". Um mar de pessoas sentadas ao redor de mesas circulares, debruçadas sobre pratos de papel de comida gordurosa. O tio Ike ficaria horrorizado com a ideia de comer ali; ele recebera títulos honoríficos e nem sequer comia em casamentos se não fosse servido numa sala privada. Aquele lugar era humilhantemente público; havia uma falta de dignidade ali, naquele espaço aberto com mesas demais e comida demais.

"Gostou da pizza?", perguntou meu marido. O prato de papel dele estava vazio.

"Os tomates não estão bem cozidos."

"Nós cozinhamos demais a comida lá na Nigéria, e é por isso que ela perde todos os nutrientes. Os americanos cozinham as coisas direito. Está vendo como todos parecem saudáveis?"

Eu assenti, olhando em volta. Na mesa ao lado, uma mulher negra com um corpo tão largo quanto um travesseiro sorriu para mim. Eu sorri de volta e dei outra mordida na pizza, encolhendo meu estômago para que ele não mandasse nada de volta.

Depois, nós fomos à Macy's. Meu novo marido me levou até uma escada que deslizava; o movimento dela era macio como borracha e eu soube que ia cair no segundo em que colocasse o pé ali.

"*Biko*, eles não têm um ascensor?", perguntei. Pelo menos, uma vez, no prédio do governo local, eu tinha andado no ascensor barulhento, que tremia durante um minuto inteiro antes que as portas abrissem.

"Fale inglês. Tem gente atrás de você", sussurrou ele, me puxando na direção de um balcão de vidro repleto de joias que brilhavam. "É elevador, não ascensor. Os americanos dizem elevador."

"O.k."

Meu novo marido me levou até o ascensor (elevador) e nós subimos até uma seção com fileiras e mais fileiras de casacos pesados. Ele comprou para mim um casaco da cor do céu de um dia triste, estufado com o que parecia ser espuma. O casaco parecia grande o suficiente para caber duas de mim apertadas lá dentro.

"O inverno está chegando", disse ele. "É como estar dentro de um congelador, por isso você precisa de um casaco bom."

"Obrigada."

"É sempre melhor fazer compras quando tem liquidação. Às vezes, você compra a mesma coisa por menos da metade do preço. É uma das maravilhas dos Estados Unidos."

"*Ezi okwu?*", eu disse, mas me corrigi depressa. "É mesmo?"

"Vamos dar uma volta no shopping. Há outras maravilhas dos Estados Unidos aqui."

Nós andamos, olhando lojas que vendiam roupas, ferramentas, pratos, livros e telefones, até as solas dos meus pés doerem.

Antes de irmos embora, meu marido me levou ao McDonald's. A lanchonete ficava perto dos fundos do shopping; havia um M amarelo e vermelho do tamanho de um carro na entrada. Ele não olhou o cardápio no painel alto antes de pedir duas refeições número dois grandes.

"Nós podemos ir para casa, eu cozinho", sugeri. "Não deixe seu marido comer demais na rua", dissera a tia Ada, "ou ele vai acabar nos braços de uma mulher que cozinha. Sempre cuide de seu marido como se ele fosse um ovo de galinha-d'angola."

"Eu gosto de comer aqui de vez em quando", disse meu novo marido. Ele segurou o hambúrguer com as duas mãos e mastigou com tanta concentração que franziu as sobrancelhas e contraiu o maxilar, parecendo a mim ainda mais estranho.

Eu fiz arroz de coco na segunda, como compensação por termos comido fora tantas vezes. Quis fazer sopa de pimenta também, do tipo que a tia Ada dizia que amolecia o coração de um homem. Mas precisava da *uziza* que a agente da alfândega tinha confiscado; sopa de pimenta não era a mesma coisa sem ela. Comprei um coco na loja jamaicana da nossa rua, e passei uma hora cortando-o em pedaços minúsculos, porque nós não tínhamos ralador; depois, deixei de molho na água quente para extrair a polpa. Tinha acabado de ficar pronto quando ele chegou em casa. Usava o que parecia ser um uniforme — uma blusa azul meio feminina enfiada num par de calças azuis amarradas na cintura.

"N*no*", disse eu. "Trabalhou bem?"

"Você tem que falar inglês em casa também, amor. Assim, se acostuma." Assim que ele roçou os lábios no meu rosto, a campainha tocou. Era Shirley, com o corpo envolto pelo mesmo roupão cor-de-rosa. Ela girava a faixa da cintura.

"Esse cheiro", disse ela, com sua voz encatarrada. "Está em tudo, no prédio inteiro. O que você está fazendo?"

"Arroz de coco", expliquei.

"É uma receita do seu país?"

"Sim."

"O cheiro está muito bom. O problema daqui é que a gente não tem cultura, cultura nenhuma." Ela se virou para o meu novo marido, como se quisesse que ele concordasse, mas ele apenas sorriu. "Você pode vir dar uma olhada no meu ar-condicionado, Dave?", pediu. "Ele está dando problema de novo, e está tão quente hoje."

"Claro", disse meu novo marido.

Antes de eles irem, Shirley acenou para mim e disse: "O cheiro está *muito* bom". Senti vontade de convidá-la para comer um pouco de arroz. Meu novo marido voltou meia hora depois e comeu a refeição cheirosa que eu coloquei diante dele, chegando até a estalar os lábios como tio Ike às vezes fazia para mostrar à tia Ada como estava satisfeito. Mas, no dia seguinte, ele chegou com um livro chamado *Receitas americanas de uma boa dona de casa*, grosso como uma Bíblia.

"Não quero que a gente fique conhecido como as pessoas que espalham o cheiro de comida estrangeira pelo prédio", disse. Eu peguei o livro de receitas e passei a mão pela capa, sobre a foto de algo que parecia uma flor, mas que provavelmente era comida.

"Sei que daqui a pouco você vai saber fazer uma ótima comida americana", disse ele, me puxando para si. Naquela noite, eu pensei no livro de receitas quando ele estava com todo o seu peso em cima de mim, rugindo e resfolegando. É outra coisa que os casamenteiros não lhe contam — como é difícil dourar a carne no óleo e passar frango sem pele na farinha. Eu sempre tinha fervido carne de vaca no fogo lento, sem óleo nenhum. Já o frango, eu cozinhava com a pele inteira. Nos dias seguintes, fiquei feliz por meu marido sair para trabalhar às seis da manhã e só voltar às oito da noite, pois assim tinha tempo de jogar fora pedaços de galinha pegajosos e mal cozidos e começar de novo.

Da primeira vez que eu vi Nia, a moradora do 2D, achei que ela era o tipo de mulher que a tia Ada não aprovaria. Tia Ada a chamaria de *ashawo* por causa da blusa transparente que usava, deixando o sutiã de cor diferente bem visível. Ou então ela ganharia o título de prostituta por causa de seu batom, que era laranja e cintilante, e da sombra — de um tom parecido ao do batom — que espalhara nas pálpebras pesadas.

"Oi", disse ela quando eu desci para pegar a correspondência. "Você é a esposa nova do Dave. Eu ia mesmo lá me apresentar. Eu sou a Nia."

"Obrigada. Eu sou a Chinaza... Agatha."

Nia estava me observando com atenção. "Qual foi a primeira coisa que você disse?", perguntou.

"Meu nome nigeriano."

"É um nome ibo, não é?", disse ela, sem pronunciar o "g".
"É."
"O que ele significa?"
"Deus atende às preces."
"É muito bonito. Nia é um nome suaíli, sabia? Eu mudei meu nome quando tinha dezoito anos. Passei três anos na Tanzânia. Foi muito foda."
"Ah", eu disse, balançando a cabeça. Ela, uma negra americana, tinha escolhido um nome africano, enquanto meu marido me obrigava a trocar o meu por um nome inglês.
"Você deve morrer de tédio naquele apartamento; eu sei que o Dave chega bem tarde", disse ela. "Venha tomar uma coca comigo."
Eu hesitei, mas Nia já estava subindo as escadas. Fui atrás. A sala de estar dela era de uma simplicidade elegante: um sofá vermelho, uma planta esguia num vaso, uma imensa máscara de madeira pendurada na parede. Ela me deu uma coca diet num copo comprido com gelo, perguntou se eu estava me acostumando bem à vida nos Estados Unidos, se ofereceu para me mostrar o Brooklyn.
"Mas teria que ser numa segunda", disse. "Eu não trabalho às segundas."
"O que você faz?"
"Tenho um salão."
"Seu cabelo é lindo." "Isso aqui?", disse Nia, tocando o cabelo, como se não achasse nada demais. Mas não era só o cabelo, que formava um coque afro natural no topo de sua cabeça, que eu tinha achado bonito; era sua pele cor de amendoim torrado, seus olhos misteriosos de pálpebras pesadas, seus quadris arredondados. Ela colocou música para tocar um pouco alto demais, de modo que tivemos que erguer nossas vozes para conversar.
"Sabe, minha irmã é gerente da Macy's", disse Nia. "Eles

estão contratando vendedores sem experiência para o departamento de roupas femininas. Então, se tiver interesse, eu posso recomendar você e é quase certo que você seja contratada. Ela me deve uma."

Algo saltou dentro de mim com a ideia, a súbita e nova ideia, de ganhar algo de meu. Meu.

"Eu ainda não tenho um visto de trabalho", respondi.

"Mas o Dave já fez o pedido?"

"Fez."

"Não deve demorar a sair; você deve receber até o inverno, no mais tardar. Tenho uma amiga do Haiti que acabou de receber o dela. Então, me avise assim que chegar."

"Obrigada", eu disse, com vontade de dar um abraço em Nia. "Obrigada."

Naquela noite, eu falei de Nia para o meu novo marido. Os olhos dele estavam fundos de cansaço, depois de tantas horas no trabalho, e ele disse "Nia?", como se não soubesse quem era, mas depois acrescentou: "Ela é legal, mas tome cuidado, porque é uma má influência".

Nia passou a me visitar depois do trabalho, e bebia uma lata de refrigerante diet que ela própria levava e ficava me vendo cozinhar. Eu desligava o ar-condicionado e abria a janela para deixar o ar quente entrar, de modo que ela pudesse fumar. Nia falava das mulheres que iam ao seu salão e dos homens com quem saía. Ela pontilhava todas as suas conversas com palavras como o substantivo "clitóris" e o adjetivo "foda". Eu gostava de escutá-la. Gostava do fato de que, quando sorria, deixava à mostra um dente quebrado, com um triângulo perfeito faltando na ponta. Ela sempre ia embora antes de meu novo marido chegar em casa.

O inverno me pegou de surpresa. Uma manhã, eu saí do

prédio e tomei um susto. Era como se Deus estivesse rasgando pedaços de papel branco e jogando lá de cima. Eu fiquei parada olhando pela primeira vez a neve, os flocos que giravam no ar, por um longo, longo tempo antes de voltar para o apartamento. Limpei o chão da cozinha de novo, cortei mais alguns cupons de desconto do catálogo do Key Food que vinha pelo correio e fiquei sentada diante da janela, vendo Deus começar a rasgar seus papéis freneticamente. O inverno tinha chegado e eu ainda estava desempregada. Quando meu marido chegou em casa à noite, eu coloquei as batatas fritas e o frango frito na mesa diante dele e disse: "Achei que meu visto de trabalho já ia ter chegado a essa altura".

Ele comeu algumas batatas oleosas antes de responder. Nós falávamos apenas em inglês agora; ele não sabia que eu falava igbo sozinha enquanto cozinhava e que tinha ensinado Nia a dizer "estou com fome" e "até amanhã" em igbo.

"A mulher americana com quem eu me casei para conseguir o *green card* está causando problemas", disse, partindo devagar um pedaço de frango em dois, com a área abaixo dos olhos inchada. "Nosso divórcio estava quase finalizado, mas não completamente, quando eu me casei com você na Nigéria. Era só um detalhe, mas ela descobriu e agora está ameaçando me denunciar para o departamento de imigração. Quer mais dinheiro."

"Você já tinha sido casado antes?", perguntei, entrelaçando os dedos porque eles tinham começado a tremer.

"Pode passar aquilo para mim, por favor?", disse ele, apontando para a limonada que eu fizera mais cedo.

"O vaso?"

"A jarra. Os americanos dizem jarra, não vaso."

Eu empurrei o vaso (jarra) para perto dele. Havia um pulsar forte na minha cabeça, enchendo meus ouvidos com um líquido feroz. "Você já tinha sido casado antes?"

"Foi só no papel. Muita gente da Nigéria faz isso aqui. É um negócio, você dá dinheiro para a mulher e vocês preenchem uns formulários, mas, às vezes, dá errado, e ela ou se recusa a se divorciar de você ou decide o chantagear."

Eu puxei a pilha de cupons para perto de mim e comecei a rasgá-los ao meio, um por um. "Ofodile, você devia ter me contado isso antes."

Ele deu de ombros. "Eu ia contar", disse.

"Eu merecia saber antes de nós nos casarmos." Afundei na cadeira diante dele devagar, como se ela fosse quebrar se eu não fizesse isso.

"Não ia ter feito diferença. Seus tios já tinham decidido. Você ia dizer não para as pessoas que cuidaram de você desde que seus pais morreram?"

Fiquei olhando para ele em silêncio, rasgando os cupons em pedaços cada vez menores; partes de fotos de detergentes, pacotes de carne e papéis-toalhas caíram no chão.

"Além do mais, do jeito que as coisas andam ruins na Nigéria, o que você teria feito?", perguntou ele. "Não tem gente com mestrado desempregada, andando pela rua sem rumo?", acrescentou, friamente.

"Por que você casou comigo?", perguntei.

"Eu queria uma esposa nigeriana e minha mãe disse que você era uma menina boa, tranquila. Disse que talvez fosse até virgem", disse ele, sorrindo, e parecendo ainda mais cansado ao fazê-lo. "Eu provavelmente deveria contar a ela que estava muito enganada."

Joguei mais cupons no chão, juntei as mãos e enfiei as unhas na carne.

"Eu fiquei feliz quando vi sua foto", continuou ele, estalando os lábios. "Você tinha a pele clara. Eu tinha que pensar na aparência dos meus filhos. Negros de pele clara se dão melhor nos Estados Unidos."

Eu fiquei observando-o comer o resto do frango empanado e notei que não terminou de mastigar antes de tomar um gole d'água.

Naquela noite, enquanto ele tomava banho, eu coloquei apenas as roupas que ele não tinha me dado, dois *boubous* bordados e um cafetã, todas peças usadas que tia Ada não queria mais, na mala de plástico que trouxera da Nigéria e fui para o apartamento de Nia.

Nia fez um chá com leite e açúcar para mim e se sentou comigo diante de sua mesa de jantar redonda, com três banquinhos altos ao redor.

"Se você quiser ligar para a sua família, pode ligar daqui. Fique o tempo que quiser; eu faço um plano internacional com a Bell Atlantic."

"Não tem ninguém lá com quem eu possa conversar", disse eu, olhando para o rosto em forma de pera da escultura na prateleira de madeira, cujos olhos ocos me encararam de volta.

"E sua tia?", perguntou Nia.

Eu balancei a cabeça. Você largou seu marido? Gritaria a tia Ada. Está doida? Por acaso a gente joga fora um ovo de galinha-d'angola? Você sabe quantas mulheres dariam os olhos da cara por um médico dos Estados Unidos? Por qualquer marido? E o tio Ike falaria, aos berros, da minha ingratidão, da minha estupidez, com o punho cerrado e o cenho franzido, antes de bater o telefone.

"Ele devia ter contado que tinha se casado antes, mas não foi um casamento de verdade, Chinaza", disse Nia. "Eu li um livro que dizia que a gente não se apaixona de uma vez, mas aos poucos. De repente, se você esperar um tempo..."

"Essa não é a questão."

"Eu sei", disse Nia, com um suspiro. "Estou tentando ser positiva, mas é foda. Você gostava de alguém na Nigéria?"

"Já gostei, mas ele era jovem demais e não tinha dinheiro."

"Que merda. É foda."

Eu mexi meu chá, embora ele não precisasse ser mexido.

"Queria saber por que meu marido teve que ir arrumar uma esposa na Nigéria."

"Você nunca diz o nome dele, nunca diz Dave. É uma coisa cultural?"

"Não." Eu olhei para o jogo americano feito de tecido impermeável. Queria explicar que era porque eu não sabia o nome dele, porque não o conhecia.

"Você algum dia conheceu a mulher com quem ele se casou? Ou uma das namoradas dele?", perguntei.

Nia desviou o olhar. Foi o tipo de virada dramática de cabeça que significava, ou tinha intenção de significar, muita coisa. O silêncio entre nós se estendeu.

"Nia?", disse eu, afinal.

"Eu dei para o Dave há quase dois anos, quando ele tinha acabado de se mudar. Eu dei para ele, mas só durou uma semana. A gente nunca namorou. Eu nunca o vi namorar ninguém."

"Ah", disse eu, dando um gole no meu chá com leite e açúcar.

"Eu tinha que ser honesta com você, contar tudo logo."

"Sim." Eu me levantei e olhei pela janela. O mundo lá fora parecia embalsamado numa camada de brancura morta. Nas calçadas, havia pilhas de neve da altura de uma criança de seis anos.

"Você pode esperar pelo seu visto e depois ir embora", disse Nia. "Pode pedir ajuda do governo até se ajeitar, e depois arrumar um emprego, alugar um apartamento, se sustentar e começar do zero. A gente está nos Estados Unidos, porra."

Nia veio se postar ao meu lado, diante da janela. Ela estava certa, eu não podia ir embora por enquanto. Voltei para o apartamento do outro lado do corredor na noite seguinte. Toquei a campainha e ele abriu a porta, deu um passo para o lado e me deixou entrar.

Amanhã é tarde demais

Foi o último verão que você passou na Nigéria, o verão antes do divórcio dos seus pais, antes de sua mãe jurar que você nunca mais ia pisar naquele país para ver a família do seu pai, principalmente a vovó. Você se lembra com clareza do calor daquele verão, mesmo agora, dezoito anos depois — a maneira como o quintal da vovó era úmido e cálido, um quintal com tantas árvores que o fio telefônico ficava cheio de folhas, um quintal onde galhos diferentes se tocavam e, às vezes, as mangas apareciam nos cajueiros e as goiabas nas mangueiras. O tapete espesso de folhas mortas deixava seus pés nus molhados. De tarde, abelhas de barriga amarela zumbiam ao redor da sua cabeça e das cabeças de seu irmão Nonso e de seu primo Dozie e, à noite, a vovó deixava apenas seu irmão Nonso subir nas árvores para sacudir um galho cheio de frutas, apesar de você saber trepar em árvore melhor do que ele. As frutas choviam, abacates, cajus e goiabas, e você e seu primo Dozie enchiam baldes velhos com elas.

Foi no verão em que a vovó ensinou Nonso a catar cocos. Era difícil subir nos coqueiros, tão lisos e tão altos, e a vovó deu a Nonso um pedaço de pau comprido, mostrando a ele como cutucar as frutas maduras até que caíssem. Não mostrou a você, pois disse que meninas nunca catavam cocos. A vovó abria os cocos batendo-os numa pedra com cuidado, de modo que a água permanecesse na parte de baixo, como uma caneca denteada. Todo mundo ganhava um gole da água gelada pelo vento, até as crianças do fim da rua que vinham brincar, e a vovó presidia o ritual dos goles para ter certeza de que Nonso beberia primeiro.

Foi no verão em que você perguntou à vovó por que Nonso bebia primeiro, apesar de Dozie ter treze anos, um ano a mais que seu irmão, e a vovó disse que Nonso era o único filho de seu filho, aquele que perpetuaria o nome da família Nnabuisi, enquanto Dozie era apenas um *nwadiana*, um filho de sua filha. Foi no verão em que você encontrou a pele de uma cobra na grama, inteira e transparente como uma meia-calça, e a vovó lhe disse que aquela espécie se chamava *echi eteka*, "Amanhã é tarde demais". Uma mordida, disse ela, e tudo estaria acabado em dez minutos.

Não foi no verão em que você se apaixonou pelo seu primo Dozie, pois isso aconteceu alguns verões antes, quando ele tinha dez anos e você sete, e vocês se espremeram no espaço minúsculo atrás da garagem da vovó e tentaram enfiar o que ambos chamavam de a "banana" dele naquilo que ambos chamavam de o seu "tomate", mas nenhum dos dois sabia direito qual era o buraco certo. Foi, no entanto, no verão em que você pegou piolho e você e seu primo Dozie enfiavam as mãos em seus cabelos espessos para encontrar os pequenos insetos pretos, esmagando-os contra suas unhas e rindo do estardalhaço de suas barrigas cheias de sangue explodindo; o verão em que seu ódio pelo seu irmão Nonso cresceu tanto que você podia senti-lo vazando por suas narinas, e em que seu amor pelo seu primo Dozie cresceu se inflou até envolver sua pele.

Foi no verão em que você viu uma mangueira se partir em duas metades perfeitas durante uma tempestade, quando os raios formavam linhas incandescentes que cortavam o céu. Foi no verão em que Nonso morreu.

A vovó não chamava aquilo de verão. Ninguém na Nigéria chamava. Era o mês de agosto, espremido entre a temporada de chuvas e a temporada do harmatã. Podia cair água o dia todo, a chuva prateada molhando a varanda onde você, Nonso e Dozie ficavam espanando mosquitos e comendo milho assado; ou fazia um sol que ofuscava de tão forte e vocês iam boiar no tanque de água que a vovó tinha serrado em dois, fazendo uma piscina improvisada. O dia em que Nonso morreu era um dia ameno; chuviscou de manhã, um sol morno à tarde e, de noitinha, a morte de Nonso. A vovó gritou com ele — com seu corpo inerte — dizendo *i laputago m*, que ele a havia traído, perguntando-lhe quem perpetuaria o nome da família Nnabuisi agora, quem protegeria a nossa linhagem.

Os vizinhos apareceram quando ouviram os gritos dela. Foi a mulher da casa do outro lado da rua — aquela cujo cachorro revirava o lixo da vovó de manhã — quem arrancou de você, de seus lábios dormentes, o número do telefone americano e quem ligou para a sua mãe. Também foi essa vizinha quem arrancou a mão de Dozie da sua, fez você sentar e lhe deu um pouco de água. A vizinha também tentou manter você por perto para que não ouvisse a vovó falando com sua mãe no telefone, mas você escapuliu da mulher e se aproximou do aparelho. A vovó e sua mãe estavam concentradas no corpo de Nonso, não na morte dele. Sua mãe insistia que o corpo fosse levado imediatamente de avião para os Estados Unidos, e a vovó repetia as palavras dela e balançava a cabeça. A loucura espreitava seus olhos.

Você sabia que a vovó nunca tinha gostado da sua mãe (tinha ouvido a vovó dizer isso alguns verões antes para uma amiga — aquela negra americana amarrou meu filho e o colocou no bolso). Mas, ao observar a vovó ao telefone, compreendeu que ela e sua mãe estavam ligadas. Você teve certeza de que sua mãe tinha a mesma loucura rubra nos olhos.

Quando você falou com sua mãe, a voz dela ecoou pela linha de uma maneira que jamais fizera em todos aqueles anos em que você e Nonso passaram os verões com a vovó. Você está bem?, perguntava ela sem parar. Você está bem? Parecia temerosa, como se suspeitasse que você *estava* bem, apesar da morte de Nonso. Você brincou com o fio do telefone e não falou muito. Ela disse que ia mandar avisar seu pai, embora ele estivesse no meio de uma floresta participando de um festival de Arte Negra, num local sem telefone e sem rádio. Finalmente, sua mãe deu um soluço rascante, um soluço que parecia o latido de um cão, e lhe disse que ia dar tudo certo e que ela mandaria trazer o corpo de Nonso de avião. Aquilo fez você pensar na risada dela, uma risada grave que nascia no fundo de sua barriga e não se suavizava ao subir, sem combinar nada com seu corpo esguio. Quando sua mãe entrava no quarto de Nonso para dar boa-noite, sempre saía de lá dando aquela risada. Muitas vezes, você apertava as palmas das mãos contra os ouvidos para abafar o som, e continuava apertando até quando ela entrava no seu quarto para dizer Boa noite, querida, durma bem. Ela nunca saía do seu quarto dando aquela risada.

Depois do telefonema, a vovó ficou deitada de costas no chão, sem piscar os olhos, rolando de um lado a outro, como se estivesse fazendo uma brincadeira boba. Disse que era errado levar o corpo de Nonso de volta para os Estados Unidos, que seu espírito sempre ficaria pairando por ali. Ele pertencia àquela terra dura que não absorvera o choque de sua queda. Pertencia às árvores daquele lugar, cujos galhos o soltaram. Você ficou sentada, observando-a e, a princípio, quis que ela se levantasse e a abraçasse, mas, depois, torceu para que não.

Passaram-se dezoito anos e as árvores no quintal da vovó parecem iguais; ainda se esticam e se abraçam, ainda espalham sombras pelo quintal. Mas todo o resto parece menor: a casa, os canteiros dos fundos, e o tanque de água que ficou cor de cobre por causa da ferrugem. Até o túmulo da vovó nos fundos da casa parece minúsculo e você imagina o corpo dela sendo amassado para caber num caixão pequeno. O túmulo foi coberto por uma camada fina de cimento; o solo ao redor foi escavado há pouco e você fica parada ali em frente e imagina como será dali a dez anos, sem ninguém para cuidar do lugar, com um emaranhado de ervas daninhas cobrindo o cimento e sufocando o túmulo.

Dozie está observando você. No aeroporto, ele a abraçara com cuidado, lhe dera boas-vindas, dissera que era uma surpresa você ter voltado, e você o encarara por muito tempo no saguão cheio de gente, até que ele desviou o rosto, com olhos castanhos e tristes como os do poodle da sua amiga. Mas você não precisava daquele olhar para saber que o segredo sobre a morte de Nonso estava bem guardado com Dozie, sempre estivera. Durante o trajeto de carro até a casa da vovó, ele perguntou como estava sua mãe e você disse que ela morava na Califórnia agora; não mencionou que era numa comunidade, entre pessoas de cabeça raspada e *piercing* nos mamilos ou que, quando ela telefonava, você sempre desligava no meio da conversa.

Você se aproxima do abacateiro. Dozie ainda a observa, e você olha para ele e tenta se lembrar do amor que a preenchia tão plenamente naquele verão em que tinha dez anos, que a fez segurar tão firme na mão de Dozie naquela tarde depois que

Nonso morreu, quando a mãe de Dozie, sua tia Mgbechibelije, veio para levá-lo embora. Há uma tristeza mansa nas rugas de sua testa, uma melancolia na maneira como ele fica parado, com os braços ao lado do corpo. Você subitamente se pergunta se ele também tinha aquele anseio. Você nunca soube o que havia por trás de seu sorriso gentil, por trás das vezes em que ficava tão imóvel que as moscas de fruta pousavam em seus braços, por trás dos desenhos que ele lhe dava e dos pássaros que guardava numa gaiola de papelão, fazendo carinho neles até que morressem. Você se pergunta o que Dozie achava, se é que achava algo, de ser o neto errado, aquele que não tinha o sobrenome Nnabuisi.

Você estica o braço para tocar o tronco do abacateiro; no mesmo instante, Dozie começa a dizer algo, assustando-a, pois você acha que ele vai mencionar a morte de Nonso, mas ele diz que nunca imaginou que você voltaria para se despedir da vovó, pois sabia o tamanho do ódio que você tinha por ela. Aquela palavra — "ódio" — fica suspensa no ar entre vocês dois, como uma acusação. Você tem vontade de dizer que quando ele ligou para você em Nova York, a primeira vez que você ouviu a voz dele em dezoito anos, para lhe dizer que a vovó tinha morrido — achei que você ia querer saber, essas foram as palavras dele —, você se apoiou na mesa do escritório, com as pernas derretendo, com uma vida inteira de silêncio entrando em colapso, e não foi na vovó que pensou, foi em Nonso, e nele, Dozie, e no abacateiro, e no verão úmido do reino amoral de sua infância, e em todas as coisas nas quais você não se permitira pensar, achatando-as até que virassem uma folha fina e escondendo-as bem fundo.

Mas em vez disso você não diz nada e aperta as palmas das mãos com força no tronco áspero da árvore. A dor a consola. Você se lembra de comer os abacates; gostava de comê-los com sal, mas Nonso não gostava com sal, e a vovó sempre dava muxoxos e dizia que você não sabia o que era bom quando você falava que abacate sem sal a deixava enjoada.

* * *

No enterro de Nonso, num cemitério frio da Virgínia, com lápides que se erguiam da terra de maneira obscena, sua mãe vestiu-se com um preto desbotado dos pés à cabeça, incluindo até um véu, o que fazia sua pele cor de canela brilhar. Seu pai se manteve afastado de vocês duas, usando o *dashiki* de sempre e um colar de búzios cor de leite ao redor do pescoço. Parecia não ser da família, como se fosse um daqueles convidados que fungavam bem alto e depois perguntou à sua mãe como exatamente Nonso tinha morrido, como exatamente ele tinha caído de uma daquelas árvores nas quais subia desde que engatinhava.

Sua mãe não disse nada para eles, para todas aquelas pessoas que faziam perguntas. Também não disse nada para você sobre Nonso, nem quando arrumou o quarto dele e empacotou suas coisas. Não perguntou se você queria ficar com algo, o que a deixou aliviada. Você não queria nenhum dos cadernos dele, com aquela letra que sua mãe dizia ser mais bonita que letra de máquina. Não queria as fotografias de pombos que ele tirara no parque e que seu pai dissera serem tão promissoras para uma criança. Não queria suas pinturas, que eram meras cópias das pinturas de seu pai, só que de cores diferentes. Ou suas roupas. Ou sua coleção de selos.

Sua mãe mencionou Nonso, finalmente, três meses depois do enterro, quando lhe falou do divórcio. Disse que o divórcio não era por causa de Nonso, que ela e seu pai há muito vinham se afastando (seu pai estava em Zanzibar na época; tinha ido embora logo após o enterro). Então sua mãe perguntou: como Nonso morreu?

Você ainda se pergunta como aquelas palavras saíram da sua boca. Ainda não reconhece a criança perspicaz que era. Talvez tenha sido porque ela disse que o divórcio não era por causa de Nonso — como se apenas Nonso pudesse ser um motivo, como se você nem fosse levada em consideração. Ou talvez tenha sido simplesmente porque você sentiu aquele desejo ardente que às vezes ainda sente, aquela necessidade de alisar as dobras, de aplanar as coisas que acha acidentadas demais. Você disse à sua mãe, com um tom apropriadamente relutante, que a vovó pedira a Nonso que subisse no galho mais alto do abacateiro, para mostrar a ela que já era um homem. Depois, ela o assustara — de brincadeira, você assegurou à sua mãe — dizendo-lhe que havia uma cobra, a *echi eteka*, no galho ao lado. Ela pediu a Nonso que não se mexesse. É claro que ele se mexeu e escorregou do galho e, quando caiu no chão, o som foi como o de muitas frutas caindo ao mesmo tempo. Um baque surdo, final. A vovó tinha ficado parada olhando para Nonso e então começara a gritar, dizendo que ele era o único filho, que tinha traído a linhagem ao morrer, que os ancestrais iam ficar insatisfeitos. Ele estava respirando, você disse para sua mãe. Estava respirando quando caiu, mas a vovó simplesmente ficou ali, gritando com seu corpo despedaçado até ele morrer.

Sua mãe começou a berrar. E você se perguntou se as pessoas berravam daquela maneira insana quando haviam acabado de escolher rejeitar a verdade. Ela sabia muito bem que Nonso tinha batido a cabeça numa pedra e morrido na hora — vira o corpo dele, a cabeça aberta. Mas escolheu acreditar que Nonso continuou vivo depois de cair. Chorou, uivou e amaldiçoou o dia em que pôs os olhos em seu pai, na primeira exposição do trabalho dele. Depois ligou para ele, você a ouviu gritando no telefone: Sua mãe é a culpada! Ela o deixou em pânico e fez com que ele caísse! Podia ter feito alguma coisa depois, mas ficou parada, porque é uma africana idiota e cheia de crendices, e deixou que ele morresse!

Seu pai conversou com você mais tarde e disse que entendia como era difícil para você, mas que precisava tomar cuidado com o que dizia, para não causar mais dor. E você pensou nas palavras de seu pai — Tome cuidado com o que diz — e se perguntou se ele sabia que você estava mentindo.

Aquele verão, dezoito anos atrás, foi o verão em que você teve sua primeira revelação. O verão em que soube que algo precisava acontecer com Nonso para que você pudesse sobreviver. Apesar de ter só dez anos, você soube que algumas pessoas podem ocupar espaço demais apenas sendo; que, apenas existindo, algumas pessoas podem sufocar as outras. A ideia de assustar Nonso com a *echi eteka* foi só sua. Mas você explicou isso a Dozie, que vocês dois precisavam que Nonso se machucasse — que ficasse aleijado, talvez, que quebrasse as pernas. Você queria macular a perfeição de seu corpo ágil, torná-lo menos adorável, menos capaz de fazer tudo o que fazia. Menos capaz de ocupar o seu espaço. Dozie não disse nada, apenas desenhou você com olhos em forma de estrelas.

A vovó estava dentro de casa cozinhando e Dozie estava de pé a seu lado, em silêncio, com o ombro tocando o seu, quando você sugeriu que Nonso subisse até o topo do abacateiro. Foi fácil convencê-lo: bastou lembrar que você subia em árvores melhor do que ele. E subia mesmo, conseguia trepar numa árvore, qualquer árvore, em questão de segundos — você era melhor nas coisas que não precisavam ser ensinadas, nas coisas que a vovó não podia ensinar a ele. Você pediu a Nonso que ele fosse primeiro, para ver se ele conseguia chegar ao galho mais alto do abacateiro antes de você ir atrás. Os galhos eram fracos, e Nonso era mais pesado que você. Pesado por causa de toda a comida que a vovó o fazia comer. Coma um pouco mais, ela sempre dizia. Para quem você acha que eu fiz tudo isso? Como se você não estivesse ali. Às vezes, ela dava tapinhas nas suas costas e dizia em igbo, É bom você estar aprendendo, *nne*, um dia vai cuidar assim do seu marido.

Nonso subiu na árvore. Cada vez mais alto. Você esperou até que ele estivesse quase no topo, até que suas pernas hesitassem a cada centímetro. Esperou até o breve instante em que ele estava entre um movimento e outro. Um instante aberto, em que você viu o azul de tudo, da vida em si — o anil puro de um dos quadros de seu pai, da oportunidade, de um céu lavado por uma chuva matinal. E então gritou: "Uma cobra! É a *echi eteka*! Uma cobra!". Você não sabia se devia dizer que a cobra estava num galho perto dele, ou deslizando tronco acima. Mas isso não importou, porque, naqueles poucos segundos, Nonso olhou para você lá embaixo e se soltou, com o pé escorregando, os braços se abrindo. Ou talvez simplesmente a árvore tenha se sacudido para que ele caísse.

Você não lembra quanto tempo ficou ali, olhando para Nonso, antes de entrar para chamar a vovó, com Dozie em silêncio ao seu lado o tempo todo.

A palavra de Dozie — "ódio" — flutua dentro da sua cabeça agora. Ódio. Ódio. Ódio. A palavra faz com que seja difícil respirar, da mesma maneira que foi difícil respirar quando você esperou, naqueles meses após a morte de Nonso, sua mãe notar que você tinha uma voz límpida como o cristal e pernas que pareciam elásticas, para que ela, depois de ir ao seu quarto lhe dar boa-noite, desse aquela risada grave. Em vez disso, sua mãe passou a segurá-la com cuidado demais ao dizer boa-noite, sempre falando aos sussurros, e você começou a evitar seus beijos fingindo que tossia ou espirrava. Em todos os anos depois, quando vocês se mudaram de um estado do país para outro, com ela acendendo velas vermelhas no quarto, banindo qualquer menção da Nigéria ou da vovó, recusando-se a deixar você ver seu pai, sua mãe jamais voltou a dar aquela risada.

Dozie está falando agora, contando que começou a sonhar com Nonso há alguns anos, sonhos nos quais Nonso está mais velho e mais alto do que ele, e você ouve frutas caindo de uma árvore ali perto e pergunta, sem se virar, O que você queria, naquele verão, o que você queria?

Você não percebe quando Dozie se move, quando se posta atrás de você, tão próximo que dá para sentir o cheiro cítrico vindo dele, talvez tenha descascado uma laranja e não tenha lavado as mãos depois. Ele vira você e a encara, e você o encara, e há rugas em sua testa e uma nova dureza em seus olhos. Ele lhe diz que não ocorreu a ele querer nada, porque só importava o que você queria. Faz-se um longo silêncio enquanto você observa a fileira de formigas pretas subindo o tronco, cada formiga levando um pequeno chumaço branco, criando um estampado preto e branco. Ele pergunta se você tem sonhos como os dele, e você diz não, desviando os olhos, e ele se vira de costas. Você quer falar da dor no seu peito, do vazio nos seus ouvidos e da baforada de ar após o telefonema dele, das portas que tinham sido escancaradas, das coisas aplanadas que pularam para fora, mas Dozie está se afastando. E você está chorando, parada, sozinha sob o abacateiro.

A historiadora obstinada

Muitos anos depois que seu marido morreu, Nwamgba ainda fechava os olhos de vez em quando para reviver suas visitas noturnas à cabana dela e as manhãs seguintes, quando ela caminhava até o riacho cantando uma melodia, pensando no cheiro de fumo dele, na firmeza de seu peso, nos segredos que compartilhava consigo mesma, e sentindo-se como se estivesse rodeada de luz. Outras lembranças de Obierika continuavam claras — seus dedos grossos envolvendo a flauta quando ele tocava à noite, seu deleite quando ela servia suas tigelas de comida, suas costas suadas quando ele voltava com cestos cheios de argila fresca para que ela fizesse cerâmica. Desde o instante em que Nwamgba viu Obierika pela primeira vez numa luta, quando ambos não paravam de se olhar, quando ainda eram jovens demais, ela ainda sem o pano da menstruação, acreditou com uma teimosia mansa que seu *chi* e o *chi* dele haviam predestinado seu casamento, e, assim, quando ele veio ver seu pai alguns anos depois, levando cabaças de vinho de palma, acompanhado por seus parentes, ela disse à mãe que aquele era o homem com quem ia se casar. Sua mãe ficou horrorizada. Será que Nwamgba não sabia que Obierika era filho único, que seu falecido pai fora um filho único cujas esposas tinham abortado filhos e enterrado bebês? Talvez alguém da família houvesse violado o tabu de vender uma menina como escrava e o deus da terra, Ani, estivesse assolando-os com infortúnios. Nwamgba ignorou a mãe. Ela foi ao *obi* do pai e disse a ele que fugiria da casa de qualquer outro homem se não permitissem que ela se casasse com Obierika. Seu pai a achava cansativa, aquela filha obstinada de língua ferina que certa vez vencera o irmão numa luta (depois disso, o pai tinha dito que não queria que ninguém de fora da propriedade soubesse que a menina derrubara um menino). Ele também estava preocupado com a infertilidade da família de Obierika, mas não era uma má família; o falecido pai dele tinha recebido o título de *ozo*; e o próprio Obierika já estava cedendo suas sementes de inhame excedentes para outros fazendeiros. Não seria ruim para Nwamgba se casar com ele. Além do mais, era melhor que ele deixasse a menina ir com o homem que ela escolhera, para proteger a si mesmo dos anos de aborrecimento em que ela não pararia de voltar para a casa depois de brigar com os sogros. Assim, ele deu sua bênção, sorriu e chamou Obierika pelo seu nome de louvor.

Ao vir pagar o dote de Nwamgba, Obierika chegou com dois primos da família da mãe, Okafo e Okoye, que eram como irmãos para ele. Nwamgba detestou-os à primeira vista. Ela viu uma inveja sovina em seus olhos naquela tarde, quando estavam bebendo vinho de palma no *obi* de seu pai, e, nos anos seguintes, quando Obierika recebeu títulos, aumentou sua propriedade e vendeu inhames para estranhos de terras distantes, viu a inveja se aprofundar. Mas Nwamgba os tolerava, porque eles eram importantes para Obierika, porque ele fingia não notar que eles não trabalhavam, mas vinham lhe pedir inhame e galinhas, porque ele gostava de imaginar que tinha irmãos. Foram esses primos que insistiram, após o terceiro aborto espontâneo de Nwamgba, que Obierika se casasse com outra esposa. Obierika disse-lhes que pensaria no assunto, mas, quando ele e Nwamgba estavam a sós na cabana à noite, falou para ela que tinha certeza de que eles teriam um lar cheio de crianças, e que não se casaria com outra esposa até que estivessem velhos, pois assim teriam alguém para cuidar deles. Nwamgba achou isso estranho, um homem próspero com apenas uma esposa, e se preocupava mais do que ele com o fato de eles não terem filhos e com as canções que as pessoas cantavam, que tinham letras melodiosas e maldosas: *Ela vendeu seu ventre. Ela comeu o pênis dele. Ele toca sua flauta e dá a fortuna toda para ela.*

Certa vez, numa reunião à luz da lua, quando a praça estava cheia de mulheres contando histórias e aprendendo novas danças, um grupo de meninas viu Nwamgba e começou a cantar, com os seios agressivos apontados para ela. Nwamgba parou e perguntou se elas podiam cantar um pouco mais alto, para que ela pudesse ouvir a letra e apontar qual jabuti era maior. As meninas pararam de cantar. Nwamgba gostou do medo delas, do modo como elas se afastaram dando passos para trás, mas naquele momento decidiu ela própria encontrar uma esposa para Obierika.

Nwamgba gostava de ir até o riacho Oyi, desamarrar a canga da cintura e descer a ladeira até o jato prateado que explodia de uma pedra. As águas do Oyi eram mais frescas que as do outro riacho, Ogalanya, ou talvez ela achasse isso apenas porque se sentia confortada pelo templo da deusa Oyi, escondido num canto. Na infância, Nwamgba tinha aprendido que Oyi era a protetora das mulheres, motivo pelo qual elas não podiam ser vendidas como escravas. Sua amiga mais íntima, Ayaju, já estava no riacho e, quando Nwamgba a ajudou a colocar o pote sobre a cabeça, perguntou-lhe quem poderia ser uma boa esposa para Obierika.

Ayaju e Nwamgba tinham sido criadas juntas e casado com homens do mesmo clã. A diferença entre elas, no entanto, era que Ayaju era descendente de escravos; seu pai fora levado como escravo após uma guerra. Ayaju não gostava de seu marido Okenwa, que dizia ter cara e cheiro de rato, mas ela não tinha podido escolher muito; nenhum homem de família livre teria pedido sua mão. Pelo corpo ágil e esguio de Ayaju era possível ver que ela já fizera muitas expedições para trocar mercadorias; viajara até para além de Onicha. Fora Ayaju quem primeiro contara histórias sobre os estranhos costumes dos mercadores de Igala e de Edo, fora ela quem primeiro falou sobre os homens de pele branca que haviam chegado a Onicha com espelhos, tecidos e as maiores armas que qualquer pessoa daquelas paragens já vira. Esse lado cosmopolita fizera Ayaju ser respeitada e ela era a única pessoa descendente de escravos a falar alto no Conselho das Mulheres, a única pessoa que tinha resposta para tudo.

Ayaju imediatamente sugeriu, para segunda mulher de Obierika, a menina da família Okonkwo; tinha lindos quadris largos e era respeitosa, bem diferente das meninas de hoje em dia, que têm a cabeça cheia de bobagens. Quando elas estavam voltando do riacho para casa, Ayaju disse que talvez Nwamgba devesse fazer o que outras mulheres em sua situação faziam — arrumar um amante e engravidar para dar continuidade à linhagem de Obierika. Nwamgba retrucou com rispidez, pois não tinha gostado do tom de Ayaju, que sugeria que Obierika era impotente; e, como em resposta a seus pensamentos, sentiu uma pontada feroz nas costas e soube que estava grávida de novo, mas não disse nada, pois também soube que perderia o bebê de novo.

O aborto aconteceu algumas semanas mais tarde, quando um sangue encaroçado lhe escorreu pelas pernas. Obierika a confortou e sugeriu que eles fossem até o famoso oráculo, Kisa, assim que ela estivesse bem o suficiente para a jornada de meio dia. Depois que o *dibia* tinha consultado o oráculo, Nwamgba estremeceu de horror ao pensar em sacrificar uma vaca inteira; Obierika realmente tinha ancestrais gananciosos. Mas eles fizeram os rituais de limpeza e os sacrifícios e, quando ela sugeriu que ele fosse falar com a família Okonkwo sobre a menina, Obierika adiou, adiou, até que Nwamgba sentiu outra dor aguda lhe perpassar as costas; meses depois, estava deitada atrás da cabana, sobre uma pilha de folhas de bananeira recém-lavadas, se contorcendo e empurrando até o bebê escorregar para fora.

Eles deram a ele o nome de Anikwenwa: Ani, o deus da terra, finalmente lhes abençoara com um filho. O menino tinha a pele escura, um corpo robusto e a curiosidade alegre de Obierika. Obierika levou-o para colher ervas medicinais, para pegar argila para a cerâmica de Nwamgba, para torcer trepadeiras de inhame na fazenda. Okafo e Okoye, os primos de Obierika, faziam visitas demais. Eles ficavam maravilhados com a habilidade de Anikwenwa para tocar flauta e com a rapidez com que o menino aprendia poesia e movimentos de luta com o pai, mas Nwamgba via a malevolência incandescente que seus sorrisos não conseguiam esconder. Ela temia pelo filho e pelo marido e, quando Obierika morreu — um homem que estava saudável, rindo, bebendo vinho de palma segundos antes de desabar — ela soube que eles o tinham matado com feitiçaria. Nwamgba ficou agarrada ao cadáver de Obierika até uma vizinha lhe dar uma bofetada para obrigá-la a soltá-lo; ficou deitada sobre as cinzas frias durante dias; arrancou os cabelos raspados que formavam desenhos. A morte de Obierika a deixou num desespero interminável. Ela pensou muito na mulher que, após a morte do décimo filho seguido, fora ao quintal dos fundos e se enforcara numa árvore de cola. Mas decidiu que não faria isso, por causa de Anikwenwa.

Mais tarde, Nwamgba se arrependeu de não ter insistido para que os primos de Obierika bebessem o *mmili ozu* dele diante do oráculo. Já tinha visto isso ser feito uma vez, quando um homem rico morrera e sua família insistira para que seu rival bebesse o *mmili ozu* dele. Diante de Nwamgba, uma mulher solteira pegara uma folha em concha cheia de água, tocara o corpo do morto com ela, sempre proferindo palavras solenes, e dera para o acusado. Ele bebeu. Todos ficaram observando para ter certeza de que tinha engolido, enquanto um silêncio grave pairava no ar, pois eles sabiam que, se o homem fosse culpado, morreria. Ele morreu dias depois; sua família baixara a cabeça de vergonha e Nwamgba fora tocada pelo acontecido de uma maneira que não sabia explicar. Ela devia ter insistido naquilo com os primos de Obierika, mas ficara cega de dor, e agora seu marido tinha sido enterrado e era tarde demais.

Os primos de Obierika, durante seu enterro, pegaram sua presa de marfim, alegando que os símbolos dos títulos passavam para os irmãos, não para os filhos. Quando eles tiraram todos os inhames do celeiro de Obierika e levaram os bodes adultos de seu curral, Nwamgba os enfrentou aos gritos e, quando eles a ignoraram, ela esperou até o anoitecer e caminhou ao redor do clã cantando uma canção sobre sua perversidade e sobre as abominações que traziam àquela terra ao roubar uma viúva, até que os anciãos da aldeia lhe pedissem que os deixasse em paz. Ela reclamou ao Conselho das Mulheres e, à noite, vinte delas foram até a casa de Okafo e Okoye, brandindo pilões e dizendo que deviam deixar Nwamgba em paz. Membros da mesma idade de Obierika disseram o mesmo. Mas Nwamgba sabia que aqueles primos gananciosos jamais parariam. Sonhava em matá-los. Sem dúvida, conseguiria — aqueles fracos, que tinham passado a vida se aproveitando de Obierika em vez de trabalhar —, mas, é claro que então seria banida e não haveria ninguém para cuidar de seu filho. Assim, Nwamgba levava Anikwenwa em longas caminhadas, dizendo a ele que a terra que ia daquela palmeira até aquele pé de banana-da-terra era deles, que seu avô a passara para o seu pai. Disse-lhe a mesma coisa inúmeras vezes, apesar de o menino parecer entediado e perplexo, e nunca o deixava ir brincar nas noites de lua, a não ser que ela estivesse de guarda.

Ayaju voltou de uma viagem em que fora trocar mercadorias com mais uma história: as mulheres em Onicha estavam reclamando dos homens brancos. Elas tinham ficado felizes quando eles construíram um posto de troca, mas agora os brancos estavam querendo ensiná-las como fazer negócio e, quando os anciãos de Agueke, um clã de Onicha, se recusaram a colocar os polegares num pedaço de papel, os homens brancos vieram à noite com os homens normais que os ajudavam e arrasaram a aldeia. Não tinha sobrado nada. Nwamgba não entendeu. Que tipo de arma esses brancos tinham? Ayaju riu e disse que as armas deles eram bem diferentes daquela coisa enferrujada que seu marido tinha. Alguns brancos estavam visitando os clãs e pedindo aos pais que mandassem seus filhos à escola, e ela havia decidido mandar Azuka, o filho que tinha mais preguiça de trabalhar na fazenda, pois, embora fosse respeitada e rica, ainda era descendente de escravos e seus filhos eram proibidos de assumir títulos. Ayaju queria que Azuka aprendesse os hábitos daqueles estrangeiros, pois um povo mandava no outro não por ser melhor, mas por ter armas melhores; afinal, seu próprio pai não teria sido vendido como escravo se seu clã fosse tão bem armado quanto o clã de Nwamgba. Quando Nwamgba ouviu a história da amiga, sonhou em matar os primos de Obierika com as armas dos brancos.

No dia em que os homens brancos visitaram seu clã, Nwamgba largou o pote que estava prestes a colocar no forno, pegou Anikwenwa e as meninas que eram suas aprendizes, e correu para a praça. A princípio, ficou desapontada em ver a aparência ordinária dos dois brancos, que pareciam indefesos e eram da cor de albinos, com pernas e braços frágeis e delgados. Seus companheiros eram homens normais, mas também pareciam estrangeiros, e apenas um falava igbo, mas com um sotaque estranho. Ele disse que era de Elele; os outros homens normais eram de Serra Leoa, e os brancos, da França, um lugar longe, do outro lado do mar. Eram todos da Congregação do Espírito Santo; haviam chegado a Onicha em 1885 e estavam construindo sua escola e sua igreja lá. Nwamgba foi a primeira a fazer uma pergunta: Eles por acaso haviam trazido suas armas, aquelas que tinham usado para destruir o povo de Agueke, e ela podia ver uma? O homem disse que infelizmente eram os soldados do governo britânico e os mercadores da Royal Niger Company que destruíam aldeias; já eles traziam boas novas. Ele falou de seu deus, que viera ao mundo para morrer, e que tinha um filho, mas não tinha esposa, e que era três, mas também era um. Muitas das pessoas que estavam perto de Nwamgba riram alto. Algumas foram embora, pois tinham imaginado que o homem branco era um grande sábio. Outras ficaram e ofereceram tigelas de água fresca.

Semanas depois, Ayaju voltou com outra história: os homens brancos tinham construído um tribunal em Onicha, onde julgavam disputas locais. Tinham vindo, de fato, para ficar. Pela primeira vez, Nwamgba duvidou da amiga. Não era possível que o povo de Onicha não tivesse seu próprio tribunal. O tribunal do clã vizinho ao de Nwamgba, por exemplo, só fazia sessões durante o festival do inhame novo, de modo que o rancor das pessoas crescia enquanto elas esperavam por justiça. Um sistema estúpido, na opinião de Nwamgba, mas, sem dúvida, todos tinham o seu. Ayaju riu e disse mais uma vez para Nwamgba que um povo mandava no outro quando tinha armas melhores. Seu filho já estava aprendendo os hábitos dos estrangeiros, e talvez o filho dela devesse fazer o mesmo. Nwamgba se recusou. Era impensável que seu único filho, a luz de seus olhos, fosse entregue para os homens brancos, por melhores que fossem as armas deles.

Três acontecimentos, ocorridos nos anos que se seguiram, fizeram Nwamgba mudar de ideia. O primeiro foi que os primos de Obierika tomaram um grande pedaço de terra e disseram aos anciãos que estavam cultivando ali para ela, uma mulher que tinha roubado a virilidade de seu irmão morto e que agora se recusava a casar de novo, embora tivesse pretendentes e seios ainda redondos. Os anciãos ficaram do lado deles. O segundo foi que Ayaju contou uma história sobre duas pessoas que levaram uma disputa de terra ao tribunal dos homens brancos; o primeiro homem estava mentindo, mas sabia falar a língua deles, enquanto o segundo, o verdadeiro dono das terras, não sabia falar a língua e, por isso, perdeu e foi espancado, preso e obrigado a entregar a propriedade. O terceiro foi a história do menino Iroegbunam, que tinha desaparecido muitos anos atrás e subitamente reapareceu, um homem adulto, que deixou a mãe viúva em choque ao contar sua história: um vizinho, com quem seu pai muitas vezes discutia nas reuniões da aldeia, o raptara quando sua mãe estava no mercado e o levara para os mercadores de escravos de Aro, que o examinaram e reclamaram que a ferida em sua perna reduziria seu preço. Então ele e alguns outros foram amarrados pelas mãos, formando uma longa fila humana, e os homens bateram neles com um pedaço de pau e lhe mandaram andar mais depressa. Havia apenas uma mulher entre eles. Ela gritou até ficar rouca, dizendo aos raptores que eles não tinham coração, que seu espírito atormentaria a eles e a seus filhos, que ela sabia que seria vendida para o homem branco, e por acaso eles não sabiam que a escravidão do branco era muito diferente, que as pessoas eram tratadas como bodes, que eram levadas em navios para muito longe e que, após algum tempo, eram comidas? Iroegbunam andou, andou e andou, com os pés sangrando, o corpo dormente, bebendo apenas um pouco de água que era derramado em sua boca de vez em quando, até que se esqueceu de tudo, a não ser do cheiro da poeira. Finalmente, eles pararam num clã no litoral, onde um homem falava um igbo quase incompreensível, mas Iroegbunam conseguiu entender que outro homem, aquele que iria vender os capturados para os brancos do navio, tinha ido para lá barganhar, mas acabara ele próprio sendo raptado. As vozes se ergueram, houve uma confusão; alguns dos capturados puxaram as cordas e Iroegbunam desmaiou. Quando acordou, viu um homem branco massageando seus pés com óleo e, a princípio, ficou aterrorizado, certo de que estava sendo preparado para a refeição dele. Mas esse era um homem branco de outro tipo, um missionário que comprava escravos apenas para libertá-los, e ele levou Iroegbunam para viver com ele e o treinou para ser um missionário cristão.

    A história de Iroegbunam assombrou Nwamgba, porque ela teve certeza de que seria do mesmo jeito que os primos de Obierika tentariam se livrar de seu filho. Matá-lo era perigoso demais, o risco de ter infortúnios profetizados pelo oráculo era alto demais, mas eles seriam capazes de vendê-lo se tivessem um feitiço poderoso que os protegesse. Nwamgba também ficou impressionada com a maneira como Iroegbunam, às vezes, falava sem querer a língua dos brancos. O som era anasalado e repugnante. Nwamgba não sentia nenhuma vontade de falar aquilo ela própria, mas, num rompante, decidiu que Anikwenwa falaria bem o suficiente para ir ao tribunal dos brancos com os primos de Obierika, derrotá-los e reaver o controle do que lhe pertencia. Assim, pouco tempo após a volta de Iroegbunam, ela disse a Ayaju que queria que seu filho fosse à escola.

Primeiro, elas foram à missão anglicana. Na sala, havia mais meninas do que meninos — alguns meninos curiosos entravam distraídos com seus bodoques, mas logo saíam. Os alunos ficavam sentados com ripas de madeira no colo, enquanto o professor ficava de pé diante deles, segurando uma grande bengala, contando uma história sobre um homem que transformou uma tigela de água em vinho. Nwamgba ficou impressionada com os óculos do professor e imaginou que o homem da história devia ser um feiticeiro bastante poderoso para conseguir transformar água em vinho. Mas, quando as meninas foram separadas dos meninos e uma mulher veio ensiná-las a costurar, Nwamgba achou uma tolice; em seu clã, as meninas aprendiam a fazer cerâmica e eram os homens que costuravam tecido. O que a fez desistir completamente da escola, no entanto, foi o fato de as aulas serem em igbo. Ela perguntou ao primeiro professor por que era assim. Ele disse que é claro que os alunos aprendiam inglês — mostrou até a cartilha —, mas explicou que as crianças aprendiam melhor em sua própria língua, e que elas, na terra dos brancos, também tinham aulas em sua própria língua. Nwamgba virou-se para ir embora. O professor se postou na sua frente e disse que os missionários católicos eram severos e não tinham nenhuma consideração pelos interesses dos nativos. Nwamgba achou aqueles estrangeiros engraçados, porque não sabiam que, diante de estranhos, é preciso que um povo ao menos finja que é unido. Mas ela saíra em busca da língua inglesa e, por isso, passou pelo homem e foi para a missão católica.

    O padre Shanahan disse a Nwamgba que Anikwenwa teria que assumir um nome inglês, pois não era possível ser batizado com um nome pagão. Ela concordou facilmente. Para Nwamgba, o nome de seu filho sempre seria Anikwenwa; se eles, antes de ensiná-lo a falar sua língua, queriam chamá-lo de algo que ela não conseguiria pronunciar, ela não se importava nem um pouco. Só importava que ele aprendesse o suficiente da língua para enfrentar os primos do pai. O padre Shanahan olhou para Anikwenwa, uma criança musculosa de pele escura, e imaginou que devia ter mais ou menos doze anos, embora achasse difícil adivinhar a idade daquela gente; às vezes, um mero menino parecia um homem, bem diferente da África Ocidental, onde ele trabalhara antes e onde os nativos tendiam a ser esguios, menos musculosos e, portanto, induzir menos à confusão. Quando derramou um pouco d'água na cabeça do menino, o padre disse: "Michael, eu batizo você em nome do pai, do filho e do espírito santo".

    Ele deu ao menino uma camisa e um par de calções, pois o povo de Deus não andava por aí nu, e tentou pregar para sua mãe, mas ela olhou-o como se ele fosse uma criança fazendo tolice. A mãe possuía uma assertividade perturbadora, qualidade que o padre vira em muitas mulheres dali; havia muito potencial a ser explorado se sua selvageria pudesse ser amansada. Seria notável ter essa tal de Nwamgba como missionária. Ele observou-a indo embora. Havia uma elegância em suas costas eretas e ela, ao contrário dos outros, não passava tempo demais fazendo rodeios e mais rodeios ao falar. Isso o enfurecia, aquela conversa longa demais e aqueles provérbios tortuosos, o fato de que eles nunca chegavam ao ponto, mas ele estava decidido a ter sucesso ali; por isso se juntara à Congregação do Espírito Santo, cuja vocação especial era a redenção de negros pagãos.

Nwamgba ficou alarmada com a maneira indiscriminada com que eles açoitavam os alunos — por chegarem atrasados, por serem preguiçosos, por serem lentos, por não fazerem nada. E, uma vez, de acordo com Anikwenwa, o padre Lutz tinha colocado algemas de metal nos pulsos de uma menina para ensiná-la a não mentir, sempre dizendo em igbo — pois o padre Lutz falava um igbo rudimentar — que os pais nativos mimavam demais os filhos, que ensinar as escrituras também significava ensinar disciplina. No primeiro fim de semana em que Anikwenwa veio para casa, Nwamgba viu vergões violentos em suas costas. Ela amarrou a canga na cintura e foi até a escola. Disse ao professor que arrancaria os olhos de todos na missão se eles fizessem aquilo com ele de novo. Nwamgba sabia que Anikwenwa não queria assistir às aulas, e disse a ele que seria apenas durante um ou dois anos, para que pudesse aprender inglês, e, embora a gente da missão tenha lhe dito para não ir lá com tanta frequência, insistia em buscá-lo todos os fins de semana e levá-lo para casa. Anikwenwa sempre tirava as roupas, antes mesmo de eles saírem do terreno da missão. Não gostava dos calções e da camisa que o faziam suar, do tecido que dava coceira ao redor das axilas. E também não gostava de estar na mesma turma que homens velhos e de ter que perder algumas lutas.

Talvez tenha sido porque ele começou a notar os olhares de admiração que suas roupas causavam no clã, mas a postura de Anikwenwa em relação à escola foi mudando devagar. Nwamgba percebeu isso pela primeira vez quando alguns dos meninos com quem Anikwenwa varria a praça da aldeia reclamaram que ele não fazia mais sua parte do trabalho por causa da escola.

Anikwenwa então respondeu algo em inglês, algo que soava ríspido e que fez os meninos calarem a boca e encheu Nwamgba de um orgulho indulgente. Seu orgulho se transformou numa preocupação vaga quando ela notou que a curiosidade dos olhos de Anikwenwa havia diminuído. Havia uma nova gravidade nele, como se subitamente houvesse descoberto que era obrigado a carregar um mundo pesado demais. Ele passava muito tempo olhando a mesma coisa. Parou de comer a comida da mãe porque, segundo dizia, ela era um sacrifício a falsos ídolos. Disse a Nwamgba que ela devia amarrar a canga ao redor do peito em vez de ao redor da cintura, pois sua nudez era pecado. Ela olhou para Anikwenwa, achando graça daquela seriedade, mas ainda assim preocupada, e perguntou por que ele só notara sua nudez agora.

Quando chegou a hora de sua cerimônia *ima mmuo*, Anikwenwa disse que não ia participar, pois era um costume pagão iniciar os meninos no mundo dos espíritos, um costume que o padre Shanahan dissera que deveria acabar. Nwamgba puxou a orelha dele com força e disse-lhe que um albino estrangeiro não podia determinar quando seus costumes iriam mudar, e assim, até que o próprio clã decidisse que a iniciação iria parar de acontecer, ou ele participaria ou teria de escolher se era filho dela ou do homem branco. Anikwenwa concordou com relutância, mas, ao ser levado com um grupo de meninos, Nwamgba notou que não estava tão excitado quanto os outros. Sua tristeza a entristecia. Ela sentia o filho lhe escapando por entre os dedos, mas ainda assim estava orgulhosa por Anikwenwa estar aprendendo tanto que poderia se tornar um intérprete do tribunal ou um escritor de cartas, e também porque, com a ajuda do padre Lutz, ele trouxera para casa alguns papéis que mostravam que suas terras pertenciam a ele e à mãe. O maior orgulho de Nwamgba foi quando Anikwenwa foi ter com os primos de seu pai, Okafo e

Okoye, e pediu a eles que lhe devolvessem a presa de marfim do pai. E eles devolveram.

Nwamgba sabia que seu filho agora habitava um espaço mental que lhe era estranho. Ele disse a ela que ia para Lagos aprender a ser professor e, mesmo enquanto ela gritava Como você pode me abandonar? Quem vai me enterrar quando eu morrer?, Nwamgba teve a certeza de que ele não mudaria de ideia. Ela não viu Anikwenwa por muitos anos, anos durante os quais Okafo morreu. Nwamgba com frequência consultava o oráculo para saber se Anikwenwa estava vivo; a *dibia* a admoestava e a mandava embora, porque é claro que ele estava vivo. Afinal Anikwenwa voltou, no ano em que o clã baniu todos os cães depois que um deles matou um membro do grupo de Mmangala, o grupo ao qual seu filho teria pertencido se não tivesse dito que aquelas coisas eram demoníacas.

Nwamgba não disse nada quando Anikwenwa anunciou que tinha recebido o posto de catequista na nova missão. Ela estava afiando sua *aguba* na palma da mão, prestes a raspar desenhos na cabeça de uma menininha, e continuou a fazê-lo — *frique, frique, frique* — enquanto Anikwenwa falava sobre salvar as almas do clã. O prato de sementes de fruta-pão que ela lhe oferecera não tinha sido tocado — ele não comia mais absolutamente nada que a mãe preparava — e Nwamgba olhou para ele, aquele homem que usava calças e um rosário ao redor do pescoço, e se perguntou se havia interferido em seu destino. Era para aquilo que seu *chi* o havia fadado, para aquela vida em que ele era uma pessoa desempenhando tão bem uma pantomima bizarra?

No dia em que Anikwenwa lhe falou sobre a mulher com quem iria se casar, Nwamgba não ficou surpresa. Ele não fez como todo mundo fazia, não consultou ninguém para saber como era a família da noiva; simplesmente disse que alguém da missão tinha visto uma moça adequada em Ifite Ukpo e que a moça adequada seria levada às Irmãs do Rosário Sagrado em Onicha para aprender como ser uma boa esposa cristã. Nwamgba estava doente de malária naquele dia, deitada em sua cama de lama, massageando suas juntas doloridas, e perguntou a Anikwenwa qual era o nome da moça. Anikwenwa disse que era Agnes. Nwamgba perguntou pelo nome de verdade. Anikwenwa pigarreou e disse que a moça era chamada Mgbeke antes de virar cristã e Nwamgba perguntou se ela ao menos faria a cerimônia da confissão, mesmo se ele não fosse realizar nenhum dos outros ritos matrimoniais de seu clã. Ele balançou a cabeça furiosamente e disse que a confissão feita antes do casamento por uma mulher, na qual ela, cercada por parentes mulheres, jurava que nenhum homem a tocara desde que seu marido declarara seu interesse, era pecado, pois as esposas cristãs não tinham que ter sido tocadas por um homem *nunca*.

A cerimônia de casamento na igreja foi estranhamente engraçada, mas Nwamgba suportou-a em silêncio e disse a si mesma que logo ia morrer e se unir a Obierika, libertando-se de um mundo que cada vez fazia menos sentido. Ela estava decidida a não gostar da esposa do filho, mas era difícil não gostar de Mgbeke, que tinha a cintura fina e o temperamento gentil, queria muito agradar o homem com quem se casara — agradar qualquer pessoa —, chorava por tudo e pedia desculpas por aquilo que não podia controlar. Então, em vez de não gostar de Mgbeke, Nwamgba sentia pena dela. Mgbeke muitas vezes a visitava aos prantos, dizendo que Anikwenwa tinha se recusado a comer o jantar porque estava aborrecido com ela, ou que Anikwenwa a proibira de ir ao casamento de uma amiga na igreja anglicana dizendo que os anglicanos pregavam mentiras, e Nwamgba fazia desenhos na cerâmica em silêncio enquanto Mgbeke chorava, sem saber bem o que fazer com uma mulher que chorava por causa de coisas que não mereciam lágrimas.

* * *

    Mgbeke era chamada de "senhora" por todos, até pelos não cristãos, que respeitavam a mulher do catequista, mas, no dia em que ela foi ao riacho Oyi e se recusou a tirar a roupa por ser cristã, as mulheres do clã, indignadas por ela ousar desrespeitar a deusa, espancaram-na e a largaram no mato. A notícia se espalhou depressa. A senhora tinha sido agredida. Anikwenwa ameaçou prender todos os anciãos se sua esposa fosse tratada daquela maneira novamente, mas o padre O'Donnell, na visita seguinte de sua missão em Onicha, foi ter com os anciãos, pediu desculpas em nome de Mgbeke e perguntou se não poderia ser permitido às mulheres cristãs buscar água vestidas. Os anciãos disseram que não — quem queria as águas de Oyi tinha que seguir as regras dela —, mas foram corteses com o padre O'Donnell, que os escutou e não se comportou como seu próprio filho Anikwenwa.
    Nwamgba sentiu vergonha do filho, irritou-se com a mulher dele e ficou aborrecida por aquela vida apartada que os dois levavam, tratando todos os não cristãos como se eles tivessem varíola, mas continuou a torcer por um neto; rezou e ofereceu sacrifícios para que Mgbeke tivesse um menino, pois seria a volta do espírito de Obierika, trazendo algum sentido para o seu mundo. Ela não sabia do primeiro e do segundo abortos espontâneos de Mgbeke, foi só depois da terceira vez que a menina, fungando e assoando o nariz, veio lhe contar. Elas precisavam consultar o oráculo, já que aquele era um problema de família, disse Nwamgba, mas os olhos de Mgbeke se arregalaram de medo. Michael ficaria furioso se ouvisse falar dessa sugestão de ir ao oráculo. Nwamgba, que ainda tinha dificuldade em lembrar que Michael era Anikwenwa, foi ao oráculo sozinha, e, depois, pensou como era ridículo que até os deuses houvessem mudado e não

pedissem mais vinho de palma, mas gim. Será que tinham se convertido também? Alguns meses depois, Mgbeke veio visitá-la, sorrindo, trazendo uma tigela coberta com uma daquelas gororobas que Nwamgba achava impossíveis de comer, e ela soube que seu *chi* continuava bem acordado e que sua nora estava grávida. Anikwenwa havia decretado que Mgbeke teria o bebê na missão em Onicha, mas os deuses tinham outros planos e ela entrou em trabalho de parto antes da hora, em uma tarde chuvosa; alguém correu no meio da chuva torrencial para ir chamar Nwamgba em sua cabana. Nasceu um menino. O padre O'Donnell o batizou com o nome de Peter, mas Nwamgba o chamava de Nnamdi, pois acreditava que era o espírito de Obierika que tinha voltado. Ela cantava para Nnamdi e, quando ele chorava, colocava seu mamilo ressecado em sua boca, mas, por mais que tentasse, não sentia o espírito de seu magnífico marido Obierika. Mgbeke sofreu mais três abortos e Nwamgba foi ao oráculo muitas vezes até que uma gravidez vingou e um segundo bebê nasceu, dessa vez na missão em Onicha. Uma menina. No instante em que Nwamgba a pegou no colo e viu seus olhos brilhantes fixos nela com deleite, ela soube que era o espírito de Obierika que tinha voltado; era estranho que tivesse vindo numa menina, mas quem podia prever os caminhos dos ancestrais? O padre O'Donnell batizou-a com o nome de Grace, mas Nwamgba a chamou de Afamefuna, "Meu nome não se perderá", e ficou radiante com o interesse solene da criança em suas poesias e suas histórias e na vigilância atenta da adolescente quando a avó lutava para fazer cerâmica com mãos que já haviam começado a tremer. Nwamgba, no entanto, não ficou radiante ao saber que Afamefuna ia fazer o ensino médio em outro lugar (Peter já estava vivendo com os padres em Onicha), pois temeu que, no internato, os novos costumes fossem dissolver o espírito lutador da neta e substituí-lo ou por uma rigidez sem curiosidade, como acontecera com Anikwenwa, ou por um desamparo frouxo, como era o caso de Mgbeke.

No ano em que Afamefuna foi para o internato em Onicha, Nwamgba sentiu como se um lampião houvesse sido apagado numa noite sem lua. Foi um ano estranho, aquele ano em que a escuridão se abateu de repente sobre a região no meio da tarde e, quando Nwamgba sentiu uma dor funda nas juntas, soube que seu fim estava próximo. Enquanto permanecia deitada em sua cama, respirando com dificuldade, Anikwenwa implorava que fosse batizada e recebesse a extrema-unção para que ele pudesse fazer um enterro católico, pois não poderia participar de uma cerimônia pagã. Nwamgba lhe disse que se ele ousasse trazer alguém para lhe esfregar com um óleo nojento, ela daria uma bofetada na pessoa com suas últimas forças. Tudo o que queria era ver Afamefuna antes de ir se encontrar com os ancestrais, mas Anikwenwa disse que Grace estava em período de provas na escola e não podia vir para casa. Mas ela veio. Nwamgba ouviu sua porta ranger ao ser aberta e lá estava Afamefuna, sua neta que viera sozinha de Onicha porque tinha passado várias noites sem conseguir dormir, com seu espírito inquieto insistindo que fosse para casa. Grace largou a mochila, dentro da qual havia um livro escolar com um capítulo intitulado "A pacificação das tribos primitivas do sul da Nigéria", escrito por um administrador de Worcestershire que vivera no meio deles durante sete anos.

Foi Grace quem leu sobre esses selvagens, intrigada com seus costumes curiosos e sem sentido, sem conectá-los consigo mesma até que sua professora, a irmã Maureen, lhe dissera que não podia se referir à chamada-e-resposta que sua avó tinha lhe ensinado como poesia, pois as tribos primitivas não tinham poesia. Foi Grace quem riu alto até a irmã Maureen levá-la para o castigo e depois chamar seu pai, que lhe deu uma bofetada diante dos professores para mostrar a eles quão bem disciplinava os filhos. Foi Grace quem nutriu um ressentimento profundo pelo pai durante anos, passando as férias trabalhando de empregada em Onicha para evitar as beatices e as certezas azedas dos pais e do irmão. Foi Grace quem, depois de se formar no ensino médio, tornou-se professora do ensino fundamental em Agueke, onde as pessoas contavam histórias sobre a destruição de sua aldeia anos antes pelas armas dos homens brancos, histórias nas quais ela não sabia se acreditava, pois eles também falavam de sereias que apareciam no rio Níger segurando maços de dinheiro em notas novas. Foi Grace quem, quando era uma das poucas mulheres na University College de Ibadan em 1950, largaria a química para estudar história depois de ouvir a história do sr. Gboyega quando tomava chá na casa de uma amiga. O eminente sr. Gboyega, um nigeriano de pele cor de chocolate, renomado especialista em história do império britânico, tinha pedido demissão, repugnado, quando o Conselho de Exames da África Ocidental começou a discutir a ideia de acrescentar história africana ao currículo, pois considerava um absurdo que história africana fosse considerada uma disciplina. Grace refletiria sobre isso durante um longo tempo, com grande tristeza, e, por causa desse ocorrido, veria com clareza a ligação entre educação e dignidade, entre as coisas duras e óbvias que são impressas nos livros e as coisas suaves e sutis que se alojam na alma. Foi Grace quem começou a repensar tudo o que havia aprendido — o entusiasmo com que cantara o hino britânico no Dia do Império; o fato de ter ficado intrigada ao ler sobre coisas como "papel de parede" e "dente-de-leão" nos livros da escola, sem conseguir imaginar o que eram; a dificuldade que tivera com problemas de aritmética que tinham a ver com misturas, pois não sabia o que era café, nem o que era chicória, e nem por que tinham de ser misturados. Foi Grace quem começou a repensar tudo o que seu pai havia aprendido e que então correu para casa para vê-lo, ele que já tinha os olhos molhados dos velhos, dizendo-lhe que não recebera todas aquelas cartas que tinha ignorado, dizendo amém quando ele rezava, apertando os lábios contra sua testa. Foi Grace quem, passando de carro por Agueke ao voltar, começaria a ser assombrada pela imagem de uma aldeia destruída, e iria a Londres, Paris e Onicha, folheando pastas emboloradas em arquivos e reinventando as vidas e os cheiros do mundo de sua avó para o livro que escreveria, intitulado *Pacificando com balas: uma história recuperada do sul da Nigéria*. Foi Grace quem, numa conversa sobre a primeira versão do manuscrito com seu noivo, George Chikadibia — um homem cheio de estilo, formado na King's College, de Lagos; um futuro engenheiro; usuário de ternos com colete; especialista em dança de salão que com frequência dizia que uma escola secundária sem latim entre as disciplinas era como uma xícara de chá sem açúcar —, soube que o casamento não ia durar quando ele disse que ela estava errada em escrever sobre cultura primitiva em vez de sobre um tópico relevante, como as alianças africanas em meio à tensão americano-soviética. Eles se divorciariam em 1972, não por causa dos quatro abortos espontâneos que Grace tinha sofrido, mas porque ela acordou coberta de suor uma noite e se deu conta de que o esganaria até a morte se tivesse que ouvir mais um monólogo extasiado sobre seus tempos de Cambridge. Foi Grace quem, quando recebia prêmios da universidade, quando discursava para plateias solenes em conferências sobre os povos ijaw, ibibio, igbo e efik do sul da Nigéria, quando escrevia relatórios para organizações internacionais sobre coisas que deviam ser óbvias para qualquer um que tivesse bom senso, mas pelas quais, mesmo assim, ela recebia remunerações generosas, imaginava sua avó observando tudo e rindo, muito divertida. Foi

Grace quem, cercada por seus prêmios, seus amigos, seu jardim de rosas inigualáveis, mas sentindo-se, sem saber explicar bem por que, distante de suas raízes no fim da vida, foi a um cartório em Lagos mudar oficialmente seu primeiro nome de Grace para Afamefuna.

Mas, naquele dia, ao se sentar ao lado da cama da avó à luz do crepúsculo, Grace não estava nem contemplando o futuro.

Ela simplesmente segurou a mão da avó, com sua palma áspera de tantos anos fazendo cerâmica.

1ª EDIÇÃO [2017] 19 reimpressões

ESTA OBRA FOI COMPOSTA PELO GRUPO DE CRIAÇÃO EM ELECTRA E
IMPRESSA EM OFSETE PELA GRÁFICA BARTIRA SOBRE PAPEL PÓLEN
DA SUZANO S.A. PARA A EDITORA SCHWARCZ EM MAIO DE 2025.

A marca FSC® é a garantia de que a madeira utilizada na fabricação do papel deste livro provém de florestas que foram gerenciadas de maneira ambientalmente correta, socialmente justa e economicamente viável, além de outras fontes de origem controlada.